KB260111

長虹貫日

장홍관일

월인 新무협 판타지 소설

FANTASTIC ORIENTAL HEROES

장흥관일 1
월인 新무협 판타지 소설

초판 1쇄 찍은 날 § 2010년 1월 22일
초판 1쇄 펴낸 날 § 2010년 1월 28일

지은이 § 월인
펴낸이 § 서경석

편집장 § 문혜영
편집책임 § 정서진

펴낸곳 § 도서출판 청어람
등록번호 § 제1081-1-89호
등록일자 § 1999. 5. 31
어람번호 § 제2-1876호

주소 § 경기도 부천시 원미구 심곡2동 163-2 서경B/D 3F (우) 420-822
전화 § 032-656-4452팩스 § 032-656-4453
http://www.chungeoram.com
E-mail § eoram99@chollian.net

ⓒ 월인, 2010

ISBN 978-89-251-2065-2 04810
ISBN 978-89-251-2064-5 (세트)

장홍관일

1

암중인(暗中人)

월인 新무협 판타지 소설

FANTASTIC ORIENTAL HEROES

長虹貫日

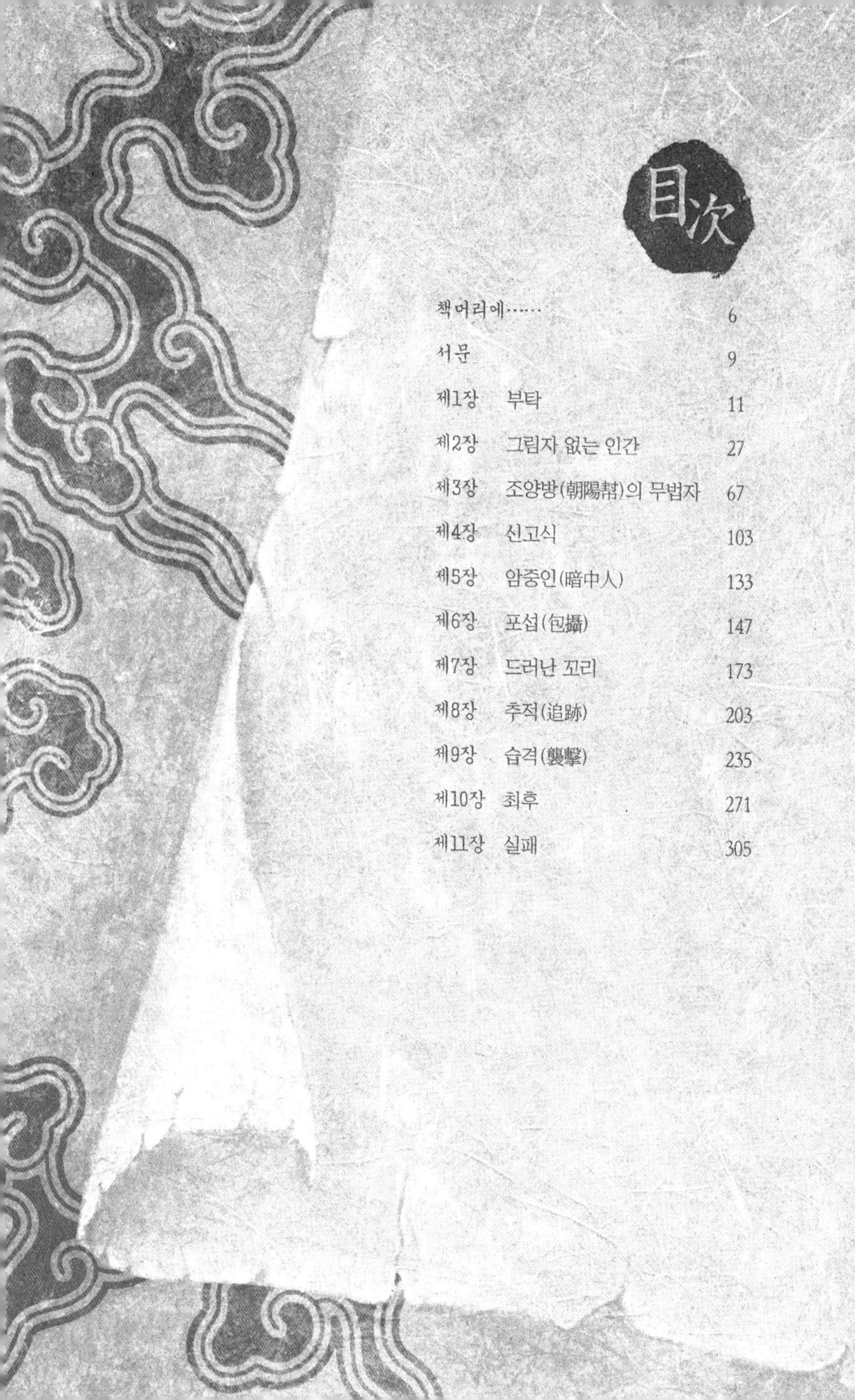

目次

책 머리에……

　새로운 작품을 쓴다는 것은 언제나 설렘과 함께 부담감이 상존하는 일이다.

　전작에 비해 더 잘 쓰고 싶고 더 재미있게 쓰고 싶은 마음은 어떤 작가에게나 마찬가지일 것이다.

　그러나 잘 쓴 작품, 재미있는 작품이라는 것은 작가 혼자서만 탄생시키는 것이 아니라 독자의 평가가 첨부되어야만 비로소 탄생되는 것이다.

　처음 작품을 쓸 때는 독자는 아랑곳 않은 채 혼자만의 흥취에 파묻혀 정신없이 썼다. 그때는 설렘만이 존재한 것 같았다. 그러나 작품 수가 늘어나면서부터는 설렘보다는 부담이 가중된다.

　그런 부담 속에서 한 작품을 끝내고 나면 다시는 쓰고 싶지 않다가도 얼마 지나지 않아 글을 쓰지 않으면 몸이 근질근질하고 왠지 모를 금단증세에 시달리게 된다.

　어쩌면 그건 쉽게 떨칠 수 없는 업인지도 모르겠다.

이번 작품은 어린 시절부터 무공에 입문하고 성장하는 주인공이 아닌, 이미 일정 부분 성장한 주인공이 정(正), 사(邪), 마(魔)의 강호를 넘나들며 활약하는 모습을 그리고 싶어 시작한 작품이다.

정, 사, 마라는 것이 엄격한 경계로 나누어진 세계가 아니라 모든 인간들의 내면에 병존(竝存)하는 세계라 생각하기에 그 모든 세계를 한 인간을 통해 거닐어보고 싶은 때문이기도 하다.

언젠가 독자 한 분이 필자(왠지 어색한 호칭^^)를 보고 사파에 가깝다는 평을 한 것을 본 적이 있다.

그 분의 평을 읽고 많은 부분 공감이 갔다.

아마도 고리타분한 명분을 우선시하는 정파인들 보다는 거침없는 마도인이나 사파인들이 본능적으로 끌리기 때문에 글 속에 그런 면이 드러나고 그런 평도

들은 것 같다.

　그렇다고 패악무도하기만 한 사파인이 좋다는 것은 아니고… 사파인이지만 정파인보다 더 정의롭고 인간적인 그런 사람이 속절없이 끌린다.

　그런 주인공을 따라 강호를 질주해 보고 싶다.

　　2010년의 새해를 밝히는 1월의 중턱에서…….
　　　　　　　　　　　　　　　　월인 배상.

세상은 언제나 정의가 승리하고, 그래서 사필귀정(事必歸正)이라고?

개소리!

세상은 나쁜 놈들이 지배하지.

그럼 왜 흑도는 항상 정파에 꺾이고 세상을 지배하지 못했느냐고?

그건 흑도의 인간들이 정파의 인간들보다 덜떨어지게 나빴기 때문이야.

패악 쓰고, 만인환시리에 살인하고, 불 지르고……. 그런 짓은 물론 볼 것 없이 나쁜 짓이지. 하지만 덜떨어진 놈들이나 하는 나쁜 짓이지.

완벽하게 나쁜 놈들은 그런 짓은 상대가 저지르게 하거나 상대에게 덮어씌우고 자신은 뒤에 나타나 그런 놈들을 더욱 잔인하게 처치하며 정의의 표상(表象)으로 추앙(推仰)받는 자들이지.

그게 진짜 나쁜 놈들이야.

현재 무림을 지배하고 있는 백도의 어떤 인간들처럼…….

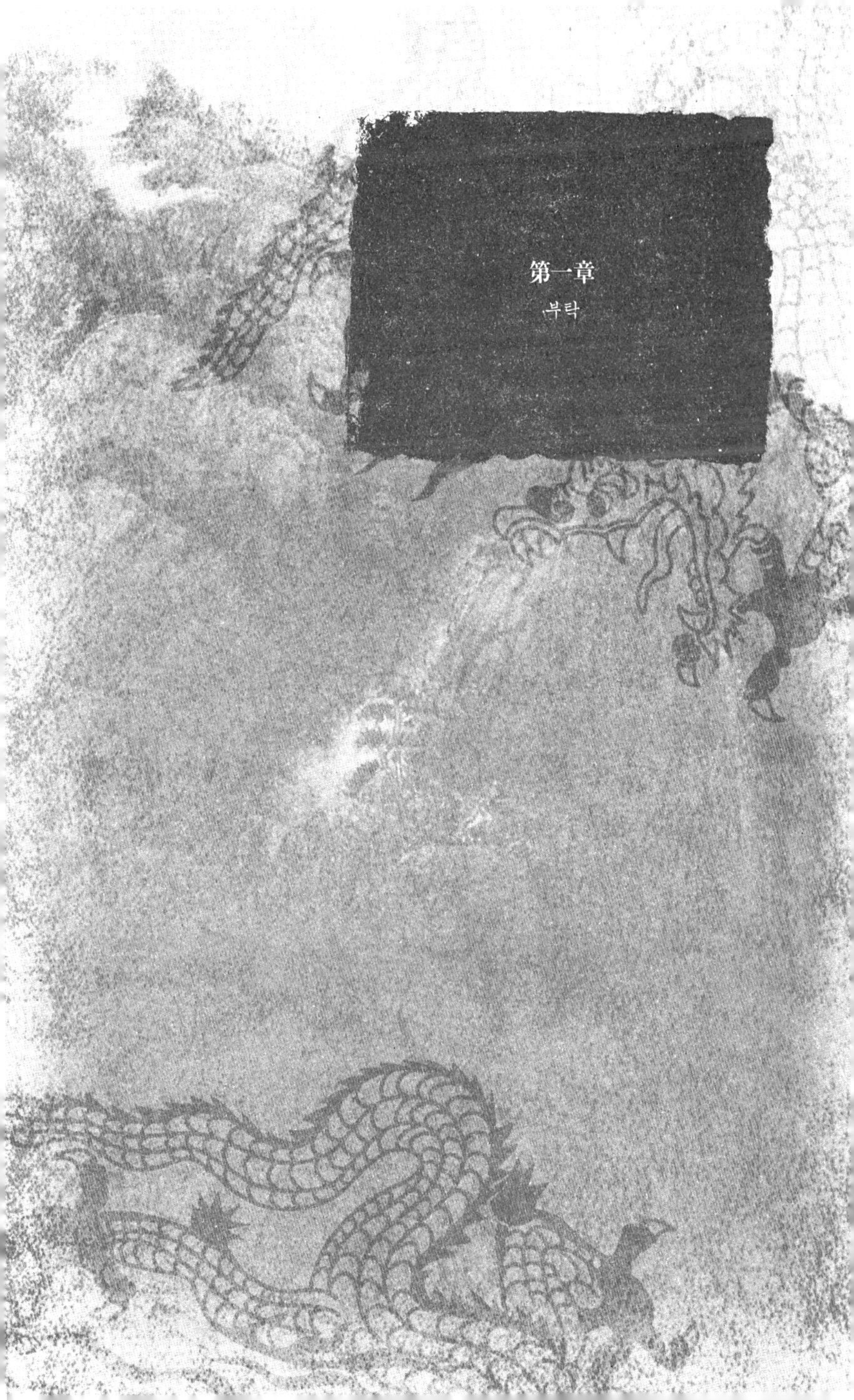

第一章
부탁

장홍관일

　화려한 백의를 입은 초로인이 태산 같은 모습으로 태사의
에 앉아 있었다.

　백호피가 깔린 태사의에는 온갖 보석이 박혀 있어 그것들
만 처분하더라도 몇 가족이 수년은 호의호식할 수 있을 것 같
았다. 또한 백호피 역시 금방이라도 백호가 포효하며 뛰쳐나
올 듯한 생동감이 느껴졌다.

　태사의 왼쪽에는 나이를 짐작할 수 없는 신선 같은 풍모의
노인이 한 명 서 있었다. 그리고 그 뒤로는 시퍼렇게 벼려진
보검 같은 느낌을 주는 청년과 청년에 비해 몇 살 더 어려 보
이는 여인이 시립해 있었다.

　신선 같은 풍모의 노인은 이미 절정고수의 경지를 넘어 노화순청에 이른 듯 아무런 기도도 느껴지지 않고 오히려 평범해 보였다. 반면 태사의 뒤쪽에 시립한 일남 일녀에게서는 순식간에 한 자루 검이 되어 쏘아져 나갈 것 같은 기도가 느껴졌다.

　태사의와 화려한 백의, 그리고 그 주위에 서 있는 인물들만 보더라도 절대로 범상치 않은 신분을 짐작케 하는 초로인은 조양방(朝陽幇)의 방주, 염천기(廉天基)였다.

　조양방!

　그리고 조양방주 염천기!

　이 년간의 긴 호북 흑도대전에서 승리한 조양방은 명실상부한 호북 흑도무림의 제일방이 되었고, 방주 염천기는 명실상부한 호북 흑도무림의 절대자로 부상했다.

　그런 그가 지금 숨길 수 없는 초조한 표정으로 넓디넓은 대전 한쪽을 응시하고 있었다.

　끼이익!

　육중한 음향과 함께 맞은편의 문이 열리며 흑색 경장 차림의 한 청년이 주춤거리며 걸어들어 왔다.

　이제 약관을 갓 넘겼을까 싶은 청년이었다.

　청년은 자신 같은 신분의 인간으로서는 함부로 올 곳이 아닌 곳에 들어선 듯 잔뜩 움츠린 모습으로 걸음을 옮겼고, 염천기 앞에 서서도 고개를 잔뜩 숙인 채 시종일관 시선을 바닥으로 고정시키고 있었다.

조양방주 염천기는 그런 청년을 한동안 탐색하듯 쳐다보았다.

잠시 후 조양방주 염천기가 입을 열었다.

"내 자식들을 지켜… 아니, 살려주게!"

"그, 그게 무슨……?"

염천기의 말을 들은 청년은 날벼락이라도 맞은 듯한 표정을 지었다. 아울러 절대로 쳐다보지 않을 것 같은 방주의 얼굴마저 불식간에 고개를 들고 쳐다보고는 허둥거렸다.

전혀 예측하지 못한 염천기의 말에 태사의 뒤에 시립한 일남 일녀의 눈동자 역시 바람 앞의 갈대처럼 흔들렸다. 잠시 후 그들은 약속이나 한 듯 태사의 왼쪽에 서 있는 노인을 쳐다보았다. 그러나 노인은 무언가를 알고 있는 듯 그들의 시선을 무시한 채 조용히 서 있기만 했다.

"부탁일세!"

염천기는 청년을 향해 다시 말했다.

이번에는 바위같이 무거운 기운에 더해 애절함마저 깃든 목소리였다.

그것은 도저히 이해가 되지 않은 이상한 광경이었다.

청년의 신분은 얼마 전까지 조양방의 내성을 지키는 경비무사 중의 한 사람이었다. 그러다 최근 우연히 회기대주(灰旗隊主) 손학(孫虐)의 눈에 들어 회기대의 제일 말석 조의 조원

자리 하나를 맡게 되었다.

조양방에는 흑기대(黑旗隊), 적기대(赤旗隊), 청기대(青旗隊), 황기대(黃旗隊), 회기대(灰旗隊), 녹기대(綠旗隊)의 순서로 여섯 개 전투 부대가 있다. 그리고 각 부대에는 스무 개의 조가 있었고, 각 조는 열 명 남짓으로 이루어져 있다.

녹기대가 여인들로만 구성된 조직이니 제쳐 둔다면 회기대는 그 조직 중 제일 후위 부대였다.

그들 중 청년이 속한 곳은 회기대의 말석 조인 이십조였다.

회기대주도 아니고, 회기대에 속한 스무 명의 조장도 아닌, 회기대 소속의 스무 개 조 중 제일 하위인 이십조에 속한 한 명의 조원일 뿐인 신분이었기에 청년의 위치를 산술적으로 따지자면 조양방 내부 서열의 끝에서 일백위 안에는 충분히 들 것이다. 그런데 호북 흑도무림의 절대자인 염천기가 애절함까지 깃든 목소리로 그에게 부탁을 하고 있었다.

그런 불가해한 상황에 잘 어울리게 회의 경장의 청년은 더욱 당황한 모습을 하고 있었다.

"제발… 부탁일세!"

점입가경이라고나 할까. 이젠 호북 흑도무림 절대자의 입에서 절대로 나오지 말아야 할 '제발!' 이라는 단어까지 흘러나왔다.

코가 땅에 닿을 듯 고개를 처박고 있던 청년은 더 이상은 안 되겠다는 듯 상체를 쭉 폈다. 그리고는 천천히 고개를 들고 염천기를 마주 보았다.

환골탈태(換骨奪胎)란 단어는 지금 이 순간 가장 잘 어울릴 것 같았다.

고양이 앞의 쥐처럼 움츠려 있을 때는 비루해 보이기까지 하던 청년이었는데 허리와 상체를 쭉 펴고 고개를 들어 염천기를 쳐다보자 순간적으로 눈앞에 태산이 하나 솟아나는 듯한 착각을 불러일으켰다.

신선 같은 풍모의 노인이 움찔하며 염천기 옆으로 다가섰고, 염천기 뒤에 시립해 있던 일남 일녀는 깜짝 놀라며 무의식적으로 검병에 손을 가져갔다.

그만큼 청년의 변모는 돌발적이었고, 본연의 모습으로 돌아오자 온몸에서 자연스레 풍겨 나오는 기도는 해일을 방불케 했다. 그러나 상체를 펴며 짧은 순간 쏟아져 나왔던 해일 같은 기운은 순식간에 안으로 갈무리되고, 어느새 청년은 지극히 담담한 모습으로 서 있었다.

검병으로 손을 가져갔던 일남 일녀가 주춤거리며 원래의 자세로 돌아왔다. 그들의 얼굴에는 아직도 놀란 기색이 역력했다.

'역시……'

염천기가 고개를 끄덕였다.

잠시 염천기의 눈을 정시하던 청년은 기이하게 입꼬리를 비틀며 미소를 지었다.

뒤틀린 것 같기도 하고 오만한 것 같기도 한, 그러면서도 환상적인 매력을 풍기는 그 미소는 세상에서 오직 이 청년에게만 어울릴 것 같았다.

"방주님의 자식들은 모두 자기 몸 하나 간수 못하는 칠푼이라도 되는 모양이지요?"

청년은 염천기를 향해 독설에 가까운 말을 내뱉은 후 조금 더 짙은 미소를 지었다

펄럭!

태사의 뒤에 시립해 있는 일남 일녀 중 청년의 무복이 폭풍우에라도 휩싸인 듯 부풀어 올랐다. 그리고는 비수같이 날카로운 살기를 내뿜었다.

"갈!"

염천기가 고함을 지르자 무심결에 살기를 내뿜던 청년이 모래 탑처럼 무너지며 바닥에 쿵! 하고 머리를 찧었다.

염천기는 손을 들어 올려 청년의 그런 행동마저 제지한 후 다시 입을 열었다.

"그렇다네. 이제 와 보니 그런 것 같네!"

염천기가 허탈한 음성으로 답했다.

"잘못 사셨군요. 자식 농사를 그렇게 망쳐 놓았으니."

청년이 다시 독설을 내뱉었다.

"허허!"

염천기가 텅 빈 웃음을 흘렸다.

"그렇지. 잘못 살았지. 세상을 다 얻은들 무엇 하겠나. 자식들 목숨 하나 지켜주지 못할 신세가 되었는데."

염천기의 얼굴에서 형언할 수 없는 비통함이 번져 나갔다.

청년은 만족감 어린 얼굴로 호북 흑도의 절대자 염천기에게 충분히 비통해할 시간을 준 후 입술을 움직였다.

"얼마나 남았습니까?"

"뭐가… 아니, 그것도 알고 있었나?"

염천기가 긴장된 표정을 지었다.

이때만큼은 신선 같은 풍모의 노인도 평정심을 잃은 모습을 보였다.

청년은 대답 대신 고개만 가볍게 끄덕였다.

"어떻게 알았나?"

염천기가 다시 초조함이 이는 표정과 함께 물었다.

"살아 있는 존재는 언젠가는 죽지요. 그리고 호북 흑도무림의 절대자를 그렇게 초조하게 할 수 있는 것은 예상치 못한 죽음밖에 없을 것이고……."

청년의 눈빛이 긁어내리듯 염천기의 얼굴을 훑었다.

"허허!"

염천기는 다시 텅 빈 웃음을 흘렸다.

"석 달 정도."

염천기의 대답에 태사의 뒤에서 옆에 있는 청년보다 더 냉정하게 서 있던 여인이 무너질 듯 휘청거렸다.

청년이 여인을 급히 부축했다. 여인은 억지로 중심을 잡으며 신형을 추슬렀다.

그렇게 온 세상을 다 잃은 듯한 충격을 받은 와중에도 여인은 한가닥의 음성도 흘리지 않았다.

"하지만 이제라도 자네를 만났으니……."

염천기가 긴 한숨을 내쉬며 말했다.

"제가 누군지 아십니까?"

청년이 다시 특유의 미소를 지었다.

"아니! 모르네. 하지만 조양방주를 향해 잘못 살았다고 질타할 수 있는 사람이라는 것은 알지."

"그 정도로는 안 될 텐데요?"

청년이 모호한 표정을 지었다.

"난 내 눈을 믿는다네."

"자식들이 알맹인지 쭉정인지도 알아보지 못한 그런 눈 말입니까?"

청년의 혀끝이 더욱 날카로워졌다.

"이제라도 알았으니 다행 아닌가?"

"그렇기는… 하지요."

잠시 대화가 끊어지며 암흑처럼 무거운 기운이 대전 가득 내려앉았다. 그 기운 속에서 청년은 홀로 여유로웠다.

"부탁일세!"

염천기가 침묵을 깼다.

"늙으면 염치가 없어진다는 옛말, 하나 틀린 게 없다니까요. 아무런 대가도 내놓지 않고 부탁이란 말만 거듭 뱉어대니……."

청년의 입가에 얼핏 조소가 어렸다.

"조양방의 재산 칠 할을 주겠네."

펄럭!

이번에는 신선 같은 노인의 상의가 부풀어 올랐다.

"혹시 창과 방패 얘기 아십니까?"

"알고 있네."

염천기가 고개를 끄덕였다.

"그 정도를 차지하려면 방주님의 아들들을 제일 먼저 죽여야 하는데… 그게 창과 방패 아닙니까?"

"그렇지. 그런 모순도 없지. 하지만 그런 모순을 해결할 능력이 자네에겐 있다고 보네."

염천기의 눈에 바위 같은 확신이 어렸다.

"취미없습니다. 그 정도는 마음만 먹으면 어디서든지 구할 수 있으니까요……."

조금도 물러서지 않고 한참 동안 염천기의 눈빛을 받아내던 청년이 건들건들 고개를 흔들었다.

"그럼 이곳에 왜 왔나?"

"딱 한 가지 마음에 드는 것이 있어서지요."

청년이 미소와 함께 답했다.

“그게 무언가?”

염천기의 얼굴에 의구심이 가득했다.

“조양패(朝陽牌)!”

“그… 그건!”

“이런 방자한!”

펄럭!

펄럭!

신선 같은 노인과 함께 염천기의 상의도 사정없이 펄럭거렸다.

조양패라면 조양방주의 신패이다. 구파일방으로 따지자면 장문 영패나 마찬가지이다. 그걸 달라는 것은 조양방을 넘겨 달라는 것이나 마찬가지다.

“아주 달라는 것은 아니고 당분간만 한시적으로 빌려 달라는 것입니다. 뭐… 물론 강요하진 않겠습니다.”

청년은 한 점 흔들림 없는 싸늘한 눈으로 염천기와 노인을 쳐다보았다. 그런 눈에서 어떤 생각을 읽어내고 이쪽이 유리한 패를 준비하는 일은 절대로 불가능할 것 같았다.

“자네가 그걸 가진다고 해서 조양방의 방주가 될 수 있을 것 같은가?”

노인이 찌를 듯한 눈으로 청년을 쳐다보며 물었다.

“저 역시 조양방의 방주 자리 같은 건 눈곱만큼도 탐나지 않습니다. 그런 것에 묶여 있기엔 빛나는 제 청춘이 너무 아

까우니까요. 하지만 앞으로의 제 일에 있어 조양패를 소지하
는 것이 필요해서 드리는 제안입니다. 방주께서 허락하시고
수석 장로님께서 다른 장로들을 설득하시면 안 될 것도 없다
고 봅니다.”
　청년이 건들거리면서도 설득력있게 말했다.
　“대체, 대체 자네, 정체가 무엇인가?”
　노인이 갈라지는 목소리로 질문을 던졌다.
　청년에 대해서는 방주 염천기로부터 미리 언질을 받았지
만 직접 대하고 보니 생각 이상이었다. 까닥하다간 늑대를 쫓
아내기 위해 호랑이를 불러들이는 결과를 초래할 수도 있었
다.
　“글쎄요… 그걸 한마디 말로 다 설명하기는 불가능하고…
다른 건 몰라도 약속은 그럭저럭 지키며 살려고 하는 착한 청
년이지요.”
　“조양패를 넘겨주기엔 그것만으로는 부족하네.”
　염천기가 무겁게 고개를 저었다.
　“아울러… 백도라는 껍질을 뒤집어쓴 이중인격자들을 경
멸하는 청년이기도 하고……．”
　청년은 특유의 미소를 피워 올렸다.
　염천기는 입을 다물었다. 청년의 대답으로 미루어 청년은
이미 조양방에 스며든 세력을 파악하고 있다는 말이었다. 그
것을 염천기에게 슬며시 내비쳐 염천기의 급한 마음을 휘저

어놓고 있었다.

근 한 식경가량의 침묵이 이어졌다. 그동안 청년은 미동도 않은 채 깊은 생각에 잠긴 염천기를 쏘아보고 있었다.

지금껏 오만한 듯 건들거리는 모습이 씻은 듯이 사라진 청년의 전신에서는 말로 표현하기 힘든 기도가 느껴졌다. 패도적이면서도 어딘지 모르게 웅혼했고, 그런가 하면 어느새 사이하기까지 한 기운 한가닥도 느껴졌다. 마치 정사마(正邪魔)의 모든 기운이 청년의 한 몸에 골고루 섞인 것 같았다.

"정말 백도를 그렇게 싫어하나?"

한참 후 염천기가 물었다.

"절대로 좋아하진 않습니다."

청년이 역설적인 화법으로 답했다.

다시 침묵이 이어졌다.

"그렇게… 하겠네."

마침내 염천기가 고개를 끄덕였다.

"방주!"

"방주님!"

노인과 여인이 동시에 고함을 질렀다.

염천기가 손을 들어 올렸다.

"내가 죽고 나면 내 아들들은 그것을 지킬 능력이 없습니다. 그럼 유명무실한 쇳조각이 되어버리겠지요."

"그렇겠지요. 그 와중에 방주님의 아들들은 거의 다 죽을 것이 확실하지요. 아마 서로 골육상쟁을 벌여 한 명도 살아남지 못할 가능성이 농후합니다."

청년이 다시 건들거렸다.

"이놈!"

신선 같은 풍모의 노인이 일갈과 함께 우수를 죽 뻗었다.

고함은 질렀지만 오만방자한 청년의 언행을 참지 못한 때문이 아니었다. 지금 앞에 선 청년에게서는 그 오만방자함이 너무 잘 어울렸다. 노인의 일수는 다분히 청년의 무공을 시험하기 위한 행위였다.

"내가 노인들을 싫어하는 또 한 가지 이유는… 의심이 많다는 것이지요."

청년은 노인과 마찬가지로 우수를 쭈욱 뻗었다.

우웅—

폭음도 터지지 않았다. 더 나아가 아무런 변화도 일어나지 않았다. 노인의 공력은 동혈 속으로 빨려들 듯 흔적도 없이 사라졌다.

잠시 경악한 표정을 짓던 노인이 염천기를 향해 미미하게 고개를 끄덕였다.

염천기도 마주 고개를 끄덕였다.

"한 달의 시간을 주겠네. 그동안 약속을 지킬 수 있다는 가시적인 성과를 최대한 보여주게. 그럼 자네가 원하는 대로 해주지."

염천기가 깊이 내려앉은 음성으로 말했다.

"좋습니다. 그럼… 먼저 착수금을 좀 주시지요."

청년이 씨익 웃으며 말했다.

"얼마면 되겠나? 황금 일백 냥 정도면 되겠나?"

염천기가 태사의의 팔걸이를 당겼다. 그러자 팔걸이가 위로 들려지며 그 속에서 휘황찬란한 빛이 흘러나왔다.

팔걸이 속에는 수백 냥은 되어 보이는 황금이 들어 있었다.

피식!

청년이 이제까지와는 전혀 다른 이질적인 미소를 지었다. 그건 조소에 가까웠다. 그리고 그 미소 역시 청년과 너무 잘 어울렸다.

"그런 너저분한 것들은 필요없고……."

청년의 시선이 태사의 뒤로 향했다.

"저 두 사람을 주십시오."

第二章
그림자 없는 인간

장홍관일

"너무 큰 모험을 하는 것이 아니오, 방주? 저놈이 약속을 지키지 않으면 방주 아들들의 운명은 훨씬 더 위험해지고 조양방은 아예 흔적도 없이 와해되어 버릴 수도 있소."

청년이 착수금(?)을 가지고 대전을 사라진 후 신선 같은 풍모의 노인이 무거운 음성으로 말했다.

노인은 조양방의 수석 장로 공야흠(公冶欽)이었다.

별호는 음풍쌍장(陰風雙掌)으로, 그의 양손에서 흘러나오는 기운은 지극히 음유로워 발출되었는지도 느끼지 못하지만, 그 장력에 마주친 것은 바위라고 해도 으스러지고 만다. 그래서 때로는 염왕쌍장(閻王雙掌)이라 불리기도 했다.

그는 또 염천기와 함께 조양방의 오늘을 있게 한 일등 공신이었다. 무공도 절정의 고수였지만 그 심계와 인품 또한 대해처럼 깊어 모두들 그가 없었으면 오늘의 염천기도 있을 수 없을 것이라 서슴없이 말했다.

"지난 열흘간 내 모든 능력을 동원하여 놈의 정체를 캐려했소. 하지만 도저히 알아낼 수가 없었소. 그만큼 이무기 같은 놈이란 말이지요. 만약 저놈이 방주의 판단과 달리 다른 뜻을 품고 있다면……."

공야흠이 불안한 표정으로 염천기를 쳐다보았다.

이제껏 공야흠이 무언가를 알아내고자 마음먹고 실패한 적은 없었다. 하려고만 한다면 황제가 오늘 아침에 무엇을 먹었는지도 알 수 있을 것이다. 그런데 방금 나간 청년의 정체는 도저히 알 수가 없었다.

얼마 전 공야흠은 방주 염천기로부터 한 청년에 대해 조사해 달라는 부탁을 받았다.

처음 그 부탁을 받았을 때 공야흠은 도저히 방주의 심중을 헤아릴 수가 없었다. 그런 일이라면 조양방의 다른 곳에서도 얼마든지 가능했다.

조양방에서 무언가를 조사하고 정보를 모으는 조직은 드러난 곳만 해도 두 개였고, 방주 직속으로 비밀리에 움직이는 곳도 있었다. 그런데 그런 조직들을 모두 배제시킨 채 자신에게 직접 부탁을 한 것은 이해가 가지 않는 일이었기에 연유를 물었지만 방주는 조사해 보면 알 수 있을 것이라는 말과 함께 얼굴 한구석으로 초조한 기운을 떠올릴 뿐이었다. 얼마 지나지 않아 생을 마감할 수밖에 없다는 사실이 그를 더욱 초조하게 만드는 것 같았다.

절박한 방주의 심경을 알기에 공야흠은 구름처럼 피어오르는 의구심을 접고 청년의 정체에 대해 조사를 하기 시작했다. 그런데 사흘이 지나기도 전에 공야흠은 안개 속을 헤매는 듯한 느낌을 받았다.

청년이 누구에게 무공을 배웠는지, 독문 무공은 어떤 것인지는 물론, 어디서 왔는지조차 알 수가 없었다. 청년은 그야말로 육 개월 전 어느 날 하늘에서 뚝 떨어진 듯 나타나 외성을 지키는 경비무사로 조양방에 발을 들여놓았다.

그를 경비무사로 천거한 사람은 왕육(王六)이라는 자였는데, 그 역시 외성의 경비무사로 오 년도 넘게 조양방의 밥을 먹었다. 그가 경비무사 직을 그만두고 고향으로 떠날 때 먼 친척이라며 자신의 자리에 청년을 천거했다고 서류에 적혀 있었다.

공야흠은 청년의 정체와 연관된 유일한 끈이었던 왕육의 행방을 추적하는 데 가장 역점을 두었다. 그러나 조양방의 경비 직을 그만두고 하루 종일 인근의 술집에 파묻혀 동료들과 술을 마신 다음날 그곳을 떠난 왕육의 흔적은 더 이상 세상 어디에서도 발견되지 않았다.

물론 그의 친척은 애초에 있지도 않았다. 그는 고아로 태어나 서른 살이 넘도록 결혼도 못하고 독신으로 살았다. 그러니 고향 또한 있을 리 없었다.

아마도 그런 왕육이 꼬리를 자르는 데 있어서는 제일 완벽한 조건이었을 테니 놈은 왕육에게 접근해 자신을 천거하게 하고는 흔적도 없이 사라지게 만들어 버린 것이 틀림없었다.

왕육 대신 외성 경비무사가 된 청년은 석 달 후 내성의 경비무사가 되었다.

그건 파격이었다.

내성의 경비무사는 최소한 삼 년 이상 외성 경비무사로 근무한 사람들 중에서 엄격한 심사를 거친 후 발탁했다. 그런데 청년은 외성 경비무사로 근무한 지 석 달 만에 내성의 경비무사가 된 것이다.

그 파격에는 천만뜻밖에도 방주의 손녀딸 한 명이 관련되어 있었다.

그녀는 방주의 셋째 아들인 염지강(廉池康)의 다섯 자녀 중 장녀였다. 어릴 때부터 여러 명의 손녀 중 가장 재기 발랄하고 예뻐 염지강은 물론, 방주 염천기의 사랑까지 듬뿍 받아 거칠 것 없는 성격으로 자랐다.

그런 성격에다 무공 역시 손녀들 중 제일 강해 그녀를 아는 모든 사람은 그녀를 조양방의 무법자라 부르고 있었다. 그러다 최근에는 미모마저 활짝 피어 조양방제일화라는 또 다른 별명까지 얻었다. 한데 그녀가 어떤 연유에서인지 청년을 내성 경비무사로 천거했고, 청년은 석 달 만에 내성 경비무사가 되어 있었다.

그가 회기대주 손학의 눈에 띄게 된 것은 뜻밖에도 방주 염천기의 입김이 작용했다. 공야흠이 조사한 바에 의하면 그랬다.

그렇게 손학의 눈에 띈 청년은 한 달 전, 그러니까 내성 경비무사가 된 지 두 달 후, 회기대의 제일 말석인 이십조의 조원이 되어 지금까지 지내오고 있었다.

공야흠이 닷새 동안 알아낸 것은 그것이 전부였다.

아니, 한 가지 더 있다면 청년의 이름이 무영(無影)이라는 것이다.

무영!

무(無) 씨라는 성에 영(影)이라는 외자 이름.

한 자씩 떼어놓고 따지면 이상할 것도 없었다. 어쩌면 제법 괜찮은 이름이기도 했다. 하지만 그 두 글자를 합치면 형체가 없다는 뜻이 되어 뭔가를 강하게 암시했다.

공야흠은 다시 닷새 동안 심혈을 기울여 조사를 했지만 더 이상은 아무것도 알아낼 수가 없었다. 공야흠에게 있어 그건 무공으로 누구에게 패배한 것보다 더한 충격이었다.

결국 그는 알아낸 사실만 방주 염천기에게 보고하며 쥐구멍이라도 찾고 싶은 심정이 되었다. 하나 그 보고서를 받은

염천기는 지극히 당연하다는 듯 고개를 끄덕이고는 오늘의
일을 계획한 것이다.

"놈은……."

공야흠의 말은 염천기의 손짓에 의해 막혀졌다.

"최악의 경우, 저 청년이 약속을 안 지키더라도 무황성(武
皇城) 놈들에게 넘어가는 것보다는 낫지요. 저놈은 아무리 보
아도 백도무림의 인물은 아닌 것 같으니까요."

염천기는 깊은 눈으로 공야흠을 정시했다.

"그렇기는 하지요. 백도무림에서는 절대로 저런 청년을 키
울 수 없지요. 아니, 저 청년의 기질상 백도무림은 절대로 어
울리지 않지요."

"최소한 그것만으로도 위안을 삼아야지요. 그리고 약속은
지킨다는 말을 믿어야지요."

염천기의 얼굴에 형언할 수 없는 고뇌의 빛이 어렸다. 그
고뇌의 빛 끝에는 죽음의 그림자 한 자락이 스멀거리며 밀려
들었다.

"쿨럭!"

염천기가 기침과 함께 선혈 한 모금을 토했다.

"방주!"

공야흠이 급히 염천기를 부축했다.

하나 염천기는 손을 내저어 공야흠의 부축을 거절했다. 어
떤 경우에도 꺾이지 않겠다는 의지가 그의 얼굴에 완강하게

어려 있었다.

염천기는 소맷자락으로 선혈을 닦은 후 상체를 꼿꼿이 세웠다.

"중독이 되어 생명이 경각에 달렸으면서도 어떻게 중독되었는지조차 눈치채지 못하다니. 그리고 그 어떤 방법으로도 해독을 할 수가 없다니……. 역시 무황성의 흉계는 빈틈없군요. 후후!"

염천기는 자조적인 목소리와 함께 공허한 웃음을 흘렸다.

"놈들의 간악함을 진즉에 간파하지 못한 게 천추의 한이오. 우린 그들에게 아무런 원한도, 아무런 위해도 가한 적이 없건만……."

공야흠은 탄식과 함께 허를 찼다.

"하지만 놈들은 자신들이 구축한 세상에 조금이라도 위해가 될 소지가 있는 곳이라면 애초에 싹을 자르려 하고 있다는 사실이 자명해졌습니다. 난 그걸 너무 늦게 알았기에 이 모양이 되었고……."

"정말 치가 떨리는 놈들이오. 얼마 전에 사천의 천가보(千家堡)가 무너져 버린 것도 그들의 농간이 분명하오. 그놈들이 아니면 절대로 천가보가 그렇게 될 리가 없지요."

"그때 놈들의 간계를 간파했더라면……."

염천기의 얼굴이 처참하게 일그러졌다.

사천의 흑도 세력 중 가장 큰 천가보는 지금의 조양방에 한

발 앞서 가주가 제거되고 몰락의 길을 걸었다. 물론 천가보주 천약성(千若成)은 자신처럼 중독된 것이 아니라 자식들의 반란으로 목숨을 잃었다.

겉으로는 분명 그랬다.

권력욕이 강한 아들들의 처절한 투쟁과 그런 과정에서 벌어진 자연스런 집안의 몰락!

하지만 그 내면을 자세히 살펴보면 그런 일이 일어나도록 누군가 치밀하게 공작을 꾸몄다는 것을 알 수 있었다.

천약성과 친분이 있던 염천기는 갑작스런 천약성의 죽음과 천가보의 몰락에 의혹을 느끼고 배후 조종한 세력에 대해 조사를 하려는 찰나, 염천기 자신도 천약성과 같은 운명에 놓여 있음을 알았다.

언제부터 시작되었는지 감도 잡을 수 없었지만 정체를 알수 없는 독이 골수에까지 퍼져 이젠 생명의 불꽃이 가물거리고 있었다.

염천기는 그때서야 천가보를 무너뜨린 배후가 조양방도 몰락시키기 위해 오래전부터 치밀하게 움직이고 있다는 것을 알았다.

천약성과는 달리 자신에게는 반골 기질의 아들이 하나뿐이었고, 또 여덟 명의 호법은 염천기와 혈육 같은 정을 나누고 있었기에 독살이라는 방법을 택한 것 같았다.

자신이 중독되었음을 안 후 염천기는 공야흠에게도 비밀

로 한 채 혼자서 은밀히 내부의 적을 조사하기 시작했다.

그들은 철저했지만 몇 달간의 끈질긴 노력으로 염천기는 흉수들의 정체가 무황성으로 이어져 있다는 것을 알아내고는 온몸에 힘이 다 빠져나감을 느꼈다.

무황성은 명실상부한 현 백도무림의 태산북두였다.

흔히들 소림을 무림의 태산북두라고 하지만 지금은 어디까지나 상징적인 의미로만 남아 있을 뿐이었고, 현 무림에 있어서 그 위치는 무황성이 차지하고 있었다.

오십 년 전 무림 최고의 고수라 일컬어지던 무황 초일부(焦一剖)에 의해 세워진 무황성은 그 이름에 걸맞게 수많은 신룡들의 집합체로 변해갔고, 작금에 이르러서는 구파일방을 모두 합친 것과 같은 힘을 가졌다는 말을 들을 만큼 거대한 문파가 되어 그 자체만으로도 또 하나의 강호를 이루고 있었다.

그런 성장을 이룬 데는 현 무황성주 단목상군(端木上君)의 역할을 빼놓을 수 없었다.

십 년 전 수많은 경쟁자들을 물리치고 무황성주가 된 그는 너무나 거대하기에 느슨하고 움직임이 둔해질 수밖에 없는 무황성의 방만한 조직에 서슴없이 칼을 들이댔다.

썩은 조직은 가차없이 도려냈고 군살이 덕지덕지 붙은 조직은 재정비하여 제비처럼 날렵한 조직으로 만들었다. 그런 과정에서 알게 모르게 흘린 피도 많았다고 했다.

근 오 년에 걸쳐 내부의 적을 숙청하고 조직을 재정비하며 완전히 실권을 장악한 단목상군은 무황성의 힘을 서서히 밖으로 표출하기 시작했다. 때마침 강호의 변방이라 할 수 있는 신강 땅에서는 사도맹(邪道盟)이라는 단체가 그 세력을 중원으로 확장시키고 있었고, 남만과 맞닿은 운남성의 남쪽에서는 오래전에 멸망한 마교의 잔당들이 마련(魔聯)이라는 단체를 조직하고 힘을 비축한 후 사천을 잠식해 들고 있었다.

그 두 세력은 착실히 성장하여 마침내 중원을 위협할 정도가 되었다.

단목상군은 어느 날 은밀히 그들을 향해 진군 명령을 내렸다.

그리고 일 년이 지난 후 사도맹과 마련은 조용히 그 자취를 감추었다.

구파일방의 도움도 없이 단독으로 마련과 사도맹을 궤멸시킨 무황성에 대해 강호의 모든 문파가 경악을 했지만 너무나 은밀하게 이루어진 일인지라 대체 얼마만큼의 무인들이 투입되었는지, 또 어떤 식으로 싸웠는지 아는 사람이 거의 없었다.

그것이 무황성에 대한 두려움과 경외감을 더욱 증폭시켰고 무황성은 명실상부한 백도무림의 태산북두가 되었다.

그런 무황성이니 최소한의 복수라도 하려면 엄청난 시간이 걸릴 것이다. 아니, 어쩌면 그건 평생 요원한 일인지도 모른다. 더구나 자신에게 남은 시간은 이제 겨우 석 달 남짓이었다. 그 기간이라면 자신의 주변을 정리하는 데도 모자랐다.

염천기는 통한의 눈물을 삼켰다.

자신이 죽고 나면 조양방은 개미 떼에게 뜯어먹히는 메뚜기처럼 급격히 와해될 것이다.

그건 불을 보듯 뻔했다. 사천의 천가보를 보면 그 과정이 훤히 눈에 그려졌다.

치를 떨던 염천기는 지푸라기라도 잡는 심정으로 한 가지 일을 꾸몄다. 그것은 자신을 중독시킨 흉수를 조사하며 암흑 속에서 마주친 한 가닥 빛줄기 같은 것이었다.

무영이라는 이름의 청년!

자신을 중독시킨 흉수를 찾아가며 존재를 확인한 그림자 인간 같은 청년이었다.

처음에는 그 청년 역시 무황성에서 보낸 흉수 중 한 놈이라고 생각했다. 그래서 무황성의 흉수들과 동일선상에서 조사를 해나가기 시작했다. 그러던 어느 날 뜻밖에도 무황성의 흉수 중 두 명이 그 청년에 의해 사라지게 되었다는 것을 알았다.

그들 두 명은 무척 위험한 놈들이었다.

자신이 가장 아끼는 손녀딸의 주변에서 서성거리며 무언가 음모를 꾸미고 있었던 놈들이다. 그런데 그 두 놈이 어느 순간 소리없이 사라져 버린 것이다.

그들이 사라진 사건과 무영이란 청년이 관련이 있다는 것은 심력을 꽤나 쏟아부은 후에 알게 되었다.

놈들의 행적을 추적하던 염천기는 놈들의 궤적과 무영이란 청년의 궤적이 일치한 날을 마지막으로 그들이 사라져 버렸다는 것을 알았다.

그들의 움직임이 그날 무영과 우연히 일치했다고 볼 수도 있겠지만 좀 더 조사해 보니 그게 아니란 걸 알았다.

무영이란 청년은 그날 외곽 경비의 당번이었는데, 동료와 번을 바꾸어 비번으로 빠진 후에 흉수들 두 놈과 마주쳤음이 분명했다. 그런 후에 두 놈은 흔적도 없이 사라져 버렸다.

그 후 염천기는 흉수들을 조사하는 것보다 무영이란 청년을 더 깊이 조사했다.

그러나 그가 누구인지, 어디서 왔는지 하나같이 오리무중이었다.

염천기는 결국 청년의 정체를 캐는 것을 포기했다. 대신 정체는 알 수 없었지만 무황성에서 보낸 가장 위험한 흉수 두 명을 처치해 버린 것이 분명해 보이는 청년이라는 생각과 함께 예의 주시하기 시작했다.

얼마 후 청년은 손녀딸 중 한 명, 그러니까 흉수들이 사전 공작을 벌이려던 그 손녀딸의 천거에 의해 내성 경비무사가 되었다. 물론 손녀딸의 눈에 든 것도 겉보기에는 지극히 우연처럼 보였다. 그 우연에 또 어떤 필연이 섞여 있는지도 알고 싶었지만, 그것은 중요한 것이 아니었기에 염천기는 청년의 행적만 주시했다.

청년이 내성 경비무사가 된 며칠 후, 흉수 중 세 명이 다시 사라졌다.

나중에 안 사실이지만, 놈들은 둘째 아들과 무언가 흉계를 꾸미던 자들이었다.

반골 기질이 뚜렷한 둘째 아들 염지검(廉池檢)은 호시탐탐 권력을 잡을 기회를 엿보고 있었다. 만약 조양방에서 반란이 일어난다면 그놈이 주범일 것이라는 생각과 함께 염천기는 항상 주의를 늦추지 않았다. 그리고 언젠가는 둘째 아들을 읍참마속의 심정으로 쳐낼 것이라 다짐하고 있었다.

그런데 무황성 놈들은 귀신같이 둘째 아들 염지검의 속마음을 읽고 마수를 드리우고 있었던 것이다.

그런 놈들이 무영이 내성 경비무사가 된 지 며칠 후 소리없이 사라져 버렸다.

염천기는 그놈들을 사라지게 한 사람 역시 무영이라고 직감했다. 물론 이번에도 아무런 증거는 없었다. 하지만 조양방에서 그런 짓을 할 사람은 그 청년뿐이었다.

염천기는 그런 확신을 가지고 놈들의 시신을 찾는 데 주력했다.

이번에는 내성에서 벌어진 일이기에 그들의 시체는 반드시 내성 어느 곳인가에 파묻혔을 것이고, 그들의 시체를 찾는다면 무영에 대해 좀 더 많은 것을 알 수 있을 터였다.

며칠을 고생하며 무영의 행적을 쫓은 끝에 염천기는 놈들의 시체를 찾아냈다.

무영이 그날 내성의 어느 창고에서 시간을 한참 보냈다는 것을 알아냈는데, 놈들의 시체는 내성의 창고 바닥 한곳에 은밀히 매장되어 있었다.

심혈을 기울여 찾으려 하지 않았으면 백 년이 지나도 발견되지 않을 정도로 은밀하고 깊게 매장되어 있는 놈들의 주검을 보고 염천기는 혀를 내둘렀다.

그러나 정작 염천기가 혀를 내둘러야 할 사실은 그것이 아니었다. 중요한 것은 흉수들의 사인이었다.

흉수들은 모두 아무런 외상이 없었다. 도검에 베인 상처도 없었고, 권장에 가격당한 흔적도 보이지 않았다. 마치 자다가 죽은 것처럼 그들은 편안하게 누워 있었다.

결국 염천기는 흉수들의 시체를 해부까지 해보았다.

그때 비로소 염천기는 머리끝이 쭈뼛 서는 느낌을 받았다.

흉수 세 명은 하나같이 내상을 입고 내장이 완전히 녹아 있었다. 그런 상태에서도 놈들의 옷에는 피 한 방울 묻어 있지 않았다.

가슴속이 왕창 터지고 내장이 녹아내릴 정도로 극강한 내가기공! 그러면서도 피 한 방울 흘리지 않고 절명시켜 버린 손속.

그건 자신의 상식 밖이었고, 더 나아가 능력 밖이었다.

절대로 정파의 무공은 아니었다. 정파의 무공은 남들 눈이 무서워서라도 저렇게 잔인하지 않다. 하지만 어떤 정파의 무공보다 무겁고 위력적이었다.

염천기는 청년의 정체가 갈수록 더 궁금했지만 그것 역시 자신의 능력 밖이었다. 다만 적의 적은 친구라는 사실 한 가지만이 강하게 뇌리에 감돌았다.

그 후 무영은 조양방 회기대의 조원 자리를 차지했다.

그건 무영의 의도가 아닌, 염천기의 의도였다.

염천기는 회기대주 손학에게 은밀히 지시를 내려 무영을 회기대의 조원으로 편입시키게 했다. 비록 회기대가 제일 후미 부대이긴 하지만 회기대의 조원이라면 경비무사보다 훨씬 더 자유롭게 내성을 활보할 수 있기 때문이다.

무영은 아무 말 없이 내성 경비무사에서 회기대 조원으로 자리를 옮겼다. 그러나 그 일에 무언가 흑막이 있음을 간파했는지 그날 이후부터 지금까지 아무런 특별한 움직임을 보이지 않고 있었다.

염천기는 쓴 입맛을 다셨다. 그 쓴 입맛에 피 냄새가 느껴지자 염천기는 더 두고 보지 못하고 오늘 무영을 자신의 처소로 부른 것이다.

"너무 자학하지 마시오, 방주. 독을 제조한 놈을 찾으면 해독약도 만들 수 있을 것이오. 내 백방으로 노력하고 있으니 방도가 있을 것이오."

　　괴로운 얼굴로 생각에 잠긴 염천기를 보며 공야흠이 위로했다.

　　"후후!"

　　염천기는 공허한 웃음만 흘렸다.

＊　　　＊　　　＊

　　'쯧쯧, 망조가 들었군. 죽어라 노력해서 얻으면 무얼 하나, 지킬 능력도 없는걸. 어쨌든 대단한 놈들이야. 조양방주 염천기를 저렇게 만들어 싹을 잘라놓으려 하다니. 하긴, 백도무림 놈들이 음흉하긴 흑도무림보다 더하지. 그러나 이번에는 쉽지 않을걸.'

　　무영의 입가로 차가운 비웃음 한가닥이 스쳐 지나갔다.

　　'그건 그렇고… 이것들은 어쩐다……? 발자국 소리만 들어봐도 방주 명령이라 어쩔 수 없이 따라오지만 당장에라도 날 잡아먹을 기센데. 쩝!'

　　속으로 혀를 찬 무영은 갑자기 걸음을 멈추었다. 그리고는 뒤를 돌아보며 입을 열었다.

　　"난 허깨비들은 원치 않는다."

　　"허깨비?"

　　청년이 눈살을 찌푸리며 대꾸했다.

　　"그래, 허깨비! 마음은 전혀 따르지 않는데 명에 의해 몸만 따라오는 인간은 허깨비나 다름없지.”

“잘 아는군.”

“그래서 허깨비들에게 혼을 조금 불어넣어 줄 생각이야. 마음속 깊이 날 존경할 정도는 아니더라도 최소한의 명령은 능동적으로 수행할 수 있을 정도로.”

“지랄!”

“맞아! 지랄 맞은 일이지. 수족을 부리는 데도 실력을 증명하고 부려야 하니까. 하지만 질 때 지더라도 끝까지 최선을 다해! 그래야 그대들의 능력을 제대로 파악하고, 또 그래야 그에 맞게 일을 시킬 수 있으니까.”

무영의 말에 청년은 기가 막혀 더 이상 대꾸할 생각도 안 드는지 그를 노려보기만 했다.

“저기가 좋겠군.”

대전의 복도 한곳으로 걸음을 옮긴 무영은 다시 등을 돌리며 미소를 지었다.

아무런 자세도 취하지 않고 두 사람과 마주 선 그의 표정에서는 자신감을 넘어 장난기마저 흘러나왔다.

“죽여 버리겠다.”

청년이 이를 갈며 검을 뽑았다.

조양방주의 가장 가까운 곳에서 호위를 서는 청년의 검이었기에 뽑히자마자 주변을 얼릴 듯한 기운이 사방으로 퍼져 나왔다.

"그대는 왜 검을 안 빼 들지?"

무영은 여인에게 눈길을 주며 질문을 던졌다.

당장에라도 씹어 먹을 듯 살기를 내뿜으며 검을 뽑아 든 청년과 달리, 여인은 얼음 조각처럼 차가운 기색과 함께 그 자리에 서 있기만 했다.

"합공을 하기에는 자존심이 상한다, 그건가?"

여인이 대답을 하지 않자 무영은 빙긋 웃으며 고개를 끄덕였다.

"그럼 검이나 좀 빌리지."

무영이 여인을 향해 손을 내밀었다. 그러나 이번에도 여인은 미동조차 않고 얼음 조각처럼 서 있기만 했다.

"쩝! 열이 잔뜩 올라 씩씩거리는 놈보다 훨씬 더 무섭군."

여인에게서 검을 빌리지 못한 무영은 입맛을 다신 후 가슴 속으로 손을 넣었다. 그리고는 두툼한 책 한 권을 꺼냈다.

어지러운 그림이 잔뜩 그려져 있는 책이었다.

그것을 본 청년의 인상이 심하게 구겨졌고, 얼음 조각상 같던 여인도 이때만큼은 어쩔 수 없었는지 미미하게 얼굴을 찌푸렸다.

"쩝! 요즘 좀 외로워서 말이야."

입맛을 다시며 춘화책(春畵册)을 펼쳐 몇 장을 들춰본 무영은 책을 덮고 그것을 돌돌 말았다. 그러자 이내 춘화책은 한 뼘이 조금 넘는 몽둥이로 변했다.

그것으로 청년을 상대하겠다는 듯 무영은 춘화책 몽둥이를 앞으로 내밀었다.

"개자식이!"

청년은 기가 막히다 못해 폭발 일보 직전으로 얼굴이 벌겋게 달아올랐다.

"좋잖아? 검에 부딪쳐도 소리도 안 날 테고."

무영이 다시 웃었다.

청년은 더 이상 참을 수 없다는 듯 벼락처럼 검을 내리그었다.

순간 무방비 상태로 서 있던 무영이 슬쩍 춘화책 몽둥이를 흔들었다. 그리고는 청년이 내려치는 검에 맞부딪쳐 갔다.

터엉—

싹둑 잘려 나가야 할 춘화책 몽둥이에서 기이한 소리가 들렸다. 뒤이어 청년의 검에서도 찌이잉, 하는 맑은 음향이 흘러나왔다.

몽둥이처럼 돌돌 말린 춘화책이 검신을 때리며 흘러나오는 소리였다. 그 소리와 함께 청년의 검이 시위를 잔뜩 당긴 활처럼 휘어졌다가 물결치며 원래의 모습을 되찾았다. 반면 무영의 춘화책은 아무런 상처도 없이 그대로 돌돌 말려 있었다.

청년의 눈살이 와락 찌푸려졌다.

섬전처럼 내려치는 검의 검신을 정확히 두드렸다는 것도

놀랄 만한 일이었지만 자신의 검이 저 정도로 휘어졌다는 것은 더욱 놀랄 일이었다.

이를 악문 청년이 다시 검을 어지럽게 휘둘렀다.

단 한 동작 같았지만 열여덟 개의 변초가 내포된 공격이었다.

무영의 입가가 잠시 치켜 올라갔다. 그리고는 다시 바람처럼 춘화책 몽둥이를 흔들었다.

터터터터텅—

아까와 같은 음향이 연속적으로 흘러나왔다.

콩을 볶듯 급하게 흘러나온 터라 보통 사람이라면 몇 번이었는지 셀 수조차 없었겠지만 청년과 여인은 그것이 정확히 열여덟 번이라는 것을 알 수 있었다.

그것은 청년이 방금 펼친 변초의 숫자와도 일치했다. 결국 춘화책 몽둥이가 청년이 방금 뿌린 변초를 모조리 봉쇄하며 검신을 두드렸다는 말이었다.

얼음 조각 같던 여인의 눈이 조금 크게 뜨여지며 더욱 검게 물들었다.

검을 뿌렸던 청년도 반쯤 입을 벌린 채 믿어지지 않는다는 표정으로 무영을 쳐다보고 있었다.

그런 청년의 입에서는 탁한 숨결이 뿜어져 나오고 있었다.

변초의 가닥가닥을 봉쇄하며 두드린 춘화책에서 흘러든 기운이 청년의 내부를 온통 진탕시켜 놓았기 때문이다.

청년은 잠시 동안 검을 뿌리지 못하고 눈만 부릅뜨고 있었다.

상대의 변초를 반만 제대로 간파해도 훨씬 유리하게 싸울 수 있었다. 그런데 무영은 모두 간파한 정도가 아니라 가닥가닥 막아버렸다. 그건 상대가 자신보다 자신의 변초를 훨씬 더 잘 뿌릴 수도 있다는 애기였다.

무영에게 자신의 변초는 이미 변초가 아니라 삼척동자가 휘두르는 몽둥이질이나 마찬가지인 것 같았다. 세 살짜리 꼬마의 검이 아무리 빠르다 하더라도 어른 눈에 훤히 보이는 것과 같은 이치였다.

청년의 검미가 꿈틀거렸다.

무영이 자신의 상대가 아니라는 것은 절실하게 느꼈지만 춘화책 따위에 부딪쳐 자신의 보검이 맥을 못 추는 것은 도저히 참을 수가 없었다. 특히 돌돌 말아서 밖으로 드러난 곳은 여인의 희고 풍만한 엉덩이 부분의 그림이었다. 무영은 그 엉덩이로 청년의 검신을 줄기차게 가격했던 것이다.

청년이 다시 검을 들어 올려 중단세를 취했다. 그리고는 그대로 무영의 허리를 잘라갔다.

잘라가던 검이 어느새 수평으로 방향을 바꾸어 독사출동(毒蛇出洞)의 수법으로 찔러갔다. 베어가는 동작에서 순식간에 찌르기로 바뀐 초식도 초식이었지만, 찔러오는 검첨에 실린 기운은 한 뼘 두께의 철판이라도 구멍을 낼 듯 강맹했다.

무영도 후려쳐 가던 자세를 바꾸어 춘화책 몽둥이를 앞으로 쭈욱 뻗으며 같이 찔러갔다.

찔러오는 청년의 검첨에서 한가닥 날카로운 기운이 쏟아져 나왔다.

춘화책 몽둥이 끝으로 청년의 검첨을 막아가던 무영의 손이 미세하게 흔들렸다. 그러자 청년의 검에서 뻗어 나오던 기운이 순식간에 소멸되었다.

이내 무영의 손이 조금 더 큰 흔들림을 보였다.

돌돌 말았던 춘화책이 순식간에 활짝 펼쳐지며 그 사이로 여인의 풍만한 엉덩이와 허벅지가 훤히 드러났다.

청년이 자신도 모르게 눈살을 찌푸리는 사이 무영은 다시 춘화책을 말았다.

활짝 벌어졌던 여인의 다리가 오므려지고 청년의 검은 책장 사이로, 그리고 여인의 허벅지 사이로 같이 말려들었다.

청년이 자신의 검에 오물이라도 묻은 듯 신속하게 뒤로 뺐다.

순간, 청년의 얼굴에 굵은 힘줄이 솟아났다.

검은 수만 근 무게의 바위틈에 낀 것처럼 꼼짝도 하지 않았다. 뿐만 아니라 천천히 뒤틀리기까지 했다. 조금만 힘을 주어도 찢겨져 나가던 책장이 지금은 금강석보다 더 단단하게 변해 검을 속박하고, 검신마저 뒤틀고 있었다.

불신의 눈을 부릅뜬 청년은 내력을 불끈 끌어올렸다.

두 사람의 내력이 검신에 집중되며 몸체가 뒤틀린 검이 비명을 질렀다.

땡—

급기야 검신이 중간에서 뚝 부러졌다. 그렇게 대결은 끝이 났다.

"하체 힘이 굉장히 좋은 여자군."

무영이 춘화책을 쳐다보며 한마디 감탄사를 흘린 후 춘화책에 끼워져 있는 검 조각을 청년에게 던졌다. 검 조각이 끼워져 있던 춘화책의 표면에는 미세한 자국조차 남아 있지 않았다.

"너무 강하기만 하면 부러지지. 다른 검을 구해서 차는 게 좋겠어."

무영은 청년의 검을 보고 한 말인지 청년의 성정을 비꼬아 한 말인지 모를 말을 던졌다.

뿌드득!

청년의 입술 사이로 섬뜩한 마찰음이 들렸다. 이를 간 청년은 부러진 검을 다시 들어 올렸다.

"그만하지!"

무영은 칼로 두부를 자르듯 내뱉으며 등을 돌렸다.

그의 얼굴에는 춘화책으로 청년의 검을 상대하며 느물거리던 모습은 순식간에 사라지고 냉정한 승부사 같은 기운이 물씬 풍겨났다. 아울러 더 이상의 방종은 허용하지 않겠다는 차가운 경고가 온몸으로 싸늘하게 표출되었다.

"아직 안 끝났……."

퍼억!

반쪽 난 검을 들고 있던 청년이 일그러진 얼굴로 다시 검을 뿌리려는 순간, 무영의 주먹이 청년의 복부로 틀어박혔다.

언제 등을 돌렸는지도 모를 상태에서 순식간에 일 장의 거리를 좁히며 무영의 주먹은 처음부터 청년의 복부에 박혀 있었던 것처럼 박혀 있었다. 그건 뻔히 쳐다보고도 믿기 힘든 움직임이었다.

"정확히 선을 그어주었다. 그럼 넘지를 말아야지."

픽!

무영의 다른 쪽 주먹이 다시 청년의 복부에 쑤셔 박혔다.

청년이 입을 쩍 벌리며 새우처럼 허리를 꺾었다. 격타음은 작았지만 온 내장이 가닥가닥 끊어지는 것 같은 고통이 청년의 복부에서 전신으로 퍼져 나갔다.

"그럼에도 불구하고 선을 넘으려 한다면 살려두지 않는 게 내 철칙이야."

무영의 손이 이번에는 청년의 목을 잡아갔다.

그냥 직선으로 쭈욱 뻗어오는 손이었지만 청년은 도저히 그 손을 피할 엄두를 내지 못했다.

"끄, 끄억!"

목을 잡힌 채 허공에 번쩍 들린 청년이 숨을 몰아쉬며 사지를 버둥거렸다.

혈액순환이 되지 않은 그의 얼굴은 점점 시커멓게 변해갔다.

"그만, 그만해요!"

마침내 여인이 고함을 지르며 다가왔다.

"벙어리는 아니었군. 그렇다고 그대가 나에게 명령을 내릴 위치인가?"

무영이 손아귀에 더욱 힘을 주었다. 혈액순환보다 이젠 목이 부러지는 것이 더 문제였다.

"부, 부탁이에요! 그만하세요!"

여인이 사색이 된 채 목소리를 높였다.

"더 애절하게 하면 들어주지."

"제발 부탁이에요!"

여인이 고함을 질렀다.

턱!

무영이 짚단처럼 들고 있던 청년을 여인에게로 던졌다. 날아오는 청년을 안아 든 여인이 그와 함께 뒤로 넘어갔다.

잠시 후, 나뒹굴었던 두 사람이 일어섰다.

여인은 청년에 떠밀려 넘어졌기에 멀쩡했지만 청년은 일어서서도 중심을 제대로 잡지 못하고 휘청거렸다.

배에 꽂힌 무영의 주먹이 온 기해혈을 진탕시켰고, 짚단을 들어 올리듯 목덜미를 잡은 손은 숨통과 경동맥을 한꺼번에

죄어 질식 일보 직전까지 갔던 것이다.

비틀!

청년이 다시 중심을 잃자 여인이 얼른 청년을 부축했다.

"아직도 같은 생각인가?"

무영은 냉정한 눈빛으로 청년을 쳐다보며 물었다.

청년의 눈빛이 다시 타오르고 있었다.

반쯤 죽을 정도로 당했지만 타고난 성정은 어쩔 수 없는 모양이었다.

피식!

무영이 입꼬리를 비틀었다.

"좋아! 마음에 들었어. 뭐 달고 태어났으면 그만한 오기는 있어야지."

말과 함께 무영은 검지를 펼쳐 앞으로 내밀었다.

여인의 손가락처럼 흰 무영의 검지 끝에서 아지랑이가 피어올랐다. 그리고는 청년의 배와 가슴 곳곳으로 쏘아져 들었다.

"큭!"

지풍이 한꺼번에 열 군데가 넘는 혈도를 가격하자 청년은 억눌린 비명을 토했다. 동시에 청년의 입에서 시커먼 선혈이 흘러나왔다.

여인이 놀란 눈으로 청년을 쳐다보다가 무영을 향해 힐난어린 눈빛을 보냈다.

그 정도면 충분했고 이젠 저항할 기운도 없는 사람을 재차 지풍으로 내상을 입히는 것은 가혹하고 잔인한 처사였다.

"원한다면 그대의 혈도도 뚫어줄 수 있지. 저 인간보다는 강해 보여도 아직 많이 모자라는 수준이니까."

무영이 야릇한 시선으로 여인의 가슴 곳곳을 훑었다.

여인이 얼른 몸을 돌려 청년을 쳐다보았다.

청년은 어느새 가부좌를 틀고 운기에 빠져들고 있었다.

무영의 주먹이 꽂힌 아랫배에서 진탕된 기운이 지풍으로 트여진 혈도를 따라 대해처럼 흘러들자 한없이 청량한 기분이 들며 본능적으로 운기조식에 빠져든 것이다. 그로 인해 그의 공력은 일 할은 더 증대될 것이다.

청년을 유심히 쳐다보던 여인은 다시 무영에게로 눈길을 주었다. 반항적이고 힐난 어린 빛이 사라진 깊은 눈빛이었다.

"누군… 가요, 당신은?"

여인이 조심스럽게 물었다.

"조양방 회기대 소속 제일 말석 조인 이십조의 조원."

무영이 간단하게 답했다.

"그게 아니고……."

"이름은 무영. 그 이상은 아직 시기상조야. 그러니 지금은 그것만 기억해."

무영은 다시 한 번 단호하게 말했다.

여인은 입을 다물고 더 이상 아무것도 묻지 않았다. 대신 깊은 눈으로 무영을 응시하기만 했다. 상대가 가르쳐 주지 않으니 그렇게 자신의 눈으로 하나라도 더 파악하겠다는 생각이 그녀의 눈빛에 강하게 어려 있었다.

"대단히 부담스런 눈빛이군."

무영이 피식 웃으며 여인의 시선에서 벗어났다.

여인이 다시 시선을 모았지만 무영의 신형은 어느새 그곳을 벗어나고 있었다. 크게 움직인 것 같지도 않았는데 여인의 시선은 무영을 잡을 수 없었다. 아니, 시선으로는 붙잡을 수 있었지만 모호한 느낌으로 실체를 정확히 인식할 수 없었다.

'무영……'

여인이 속으로 나지막하게 중얼거렸다.

그 이름처럼 그는 형체가 없는 인간 같았다.

인간이란 단 한 번만 보아도 그에 대한 인상이란 것이 뇌리에 각인된다. 그것은 선입견 같기도 하지만 인간의 오감이 날카롭게 작용하는 무서운 본능 중 하나이다. 그렇게 순식간에 각인된 인상은 좀 더 긴 시간을 가지고 사귀다 보면 정반대로 바뀔 수도 있지만 팔, 구 할은 첫인상과 그 인물의 특성이 일치한다. 그것이 인간 본능의 무서움이다.

그런데 무영에게는 그런 것이 통하지 않았다.

인상이란 것이 각인되지 않고 모호하기만 했다. 귀공자 같다가도 순식간에 악동 같은 느낌이었고, 그런가 하면 피도 눈물도 없는 냉혈한 같았다.

여인은 시선으로 무영의 실체를 쫓는 것을 포기하고 청년에게로 눈을 돌렸다.

청년의 운기조식이 막바지로 치닫고 있었다.

모든 욕구가 사라지고 무아의 경지에 다다른 청년의 표정에는 얼핏 미소마저 감돌았다.

"후우—!"

긴 호흡을 토한 청년이 두 눈을 번쩍 떴다. 그의 눈이 갈아놓은 보검처럼 형형한 빛을 토했다.

"끝났으면 따라와!"

무영이 짤막하게 말하고는 걸음을 옮겼다.

가부좌를 풀고 일어선 청년이 한숨을 한 번 내쉰 후 무영을 따랐다. 그 뒤를 따라 여인도 걸음을 옮겼다.

내성의 후미진 창고 안, 작은 공간에서 무영이 두 사람을 마주하고 있었다.

그곳은 창고의 한구석을 쪼개서 만든 공간이었지만 들어서고 보니 창고가 아닌, 다른 실내처럼 느껴졌다. 하지만 밖에서 보면 그곳으로 인해 창고의 면적이 줄어들었다는 것을 도저히 느낄 수 없을 정도로 교묘히 만들어져 있었다.

창고까지 이르는 길 또한 내성 한복판에서 이리저리 돌아 남들의 눈에 잘 띄지 않고도 도달할 수 있었다.

"이름은?"

무영이 질문을 던졌다.

"……"

"두 번씩 질문하게 하지 마라. 그런 건 딱 질색이니까."

"가원(加援)!"

무영의 시선을 받은 청년이 먼저 답했다.

"당신은?"

"진설(珍雪)!"

여인이 답했다.

"내가 조사한 바와 다른데… 어떻게 된 일이지?"

무영이 날카로운 눈으로 여인을 쳐다보았다. 그의 말에 가원도 힐끗 고개를 돌려 여인을 쳐다보았다.

여인이 잠시 당황한 눈빛을 하다가 얼른 시선을 돌렸다. 진설이란 이름은 분명 본명은 아니었다. 하지만 누구나 그렇게 알고 있다. 자신의 본명을 아는 사람은 이곳에서 방주밖에 없었다. 그런데 무영은 그것까지 알고 있는 것 같았다.

대체 저 인간의 정체는 무엇이란 말인가?

여인은 종잡을 수 없는 심정이 되어 무영을 쳐다보았다.

"좋아, 진설! 예쁜 이름이다. 그렇게 부르기로 하지."

무영은 진설의 시선을 묵살하고 계속 말을 이었다.

"앞으로 두 가지 할 일이 있다."

무영은 단도직입적으로 말을 뱉어내고는 가원에게로 시선을 돌렸다.

"알다시피 방주는 앞으로 석 달을 넘기지 못한다. 그건 나도 어쩔 수 없다. 그 석 달 안에 흉수들을 색출하고 방주의 아들들과 가족을 살릴 수 있을지 없을지는 순전히 두 사람의 활약에 달려 있다. 물론 방주가 죽은 후의 새로운 세상을 더 동경한다면 소극적으로 움직여도 좋다."

"왜 날 쳐다보며 그런 말을 하는 것이오?"

가원이 퉁명스럽게 쏘아붙였다.

"아직도 반발심이 솟구치는 기색이니까."

"당신에 대한 반발심이지, 방주님에 대한 것은 아니오."

가원이 단호하게 답했다.

"왜 내게 반발심이 생기나?"

무영이 호기심 어린 표정으로 물었다.

"정체를 알 수 없으니까. 정체를 알 수 없는 사람은 내게 있어 최고의 경계 대상이고……."

"좋은 자세군. 하지만 인간은 애초에 정체를 알 수 없는 존재다. 자기 자신의 정체마저 모르고 사는 사람이 대부분이니까."

"그런 말이……."

"네 가장 가까운 곳에 있는 여인의 정체마저 모르고 있지 않나?"

무영의 지적에 청년이 움찔 진설을 쳐다보았다. 진설이 본명이 아니라는 것을 지금까지 까맣게 모르고 있었던 것이다.

진설은 가원의 시선을 피한 채 얼음장처럼 앞만 보고 서 있었다.

"언젠가는 가르쳐 줄 수 있을지도 모른다. 하지만 지금은 아니다. 지금은 내가 최소한 그대들 방주의 적이 아니라는 것만, 아니, 방주의 적과 적대 관계에 있다는 것만 생각해라."

무영이 찌르듯이 가원을 쳐다보았다. 그 눈빛을 마주한 가원이 공력을 불끈 끌어올렸지만 그럴수록 오히려 망막이 타들어가는 느낌과 함께 통증마저 가중되었다.

"알았… 소."

시선을 내린 가원이 마지못해 고개를 끄덕였다.

"그럼 지금부터 할 일을 일러주겠다. 그 첫 번째는… 앞으로 두 사람은 수석 장로를 제외한 일곱 장로의 최근 행적을 철저히 파악하라는 것이다. 두 사람은 나와 달리 방주의 처소까지 아무런 제지 없이 드나들 수 있으니 어렵지 않을 것이다."

무영의 지시에 가원은 물론, 진설도 놀란 눈을 했다.

공야흠 수석 장로와 함께 다른 일곱 장로는 그동안 방주와 함께 수십 번도 넘게 생사를 넘나들며 여기까지 왔다. 그들은 방주를 위해서라면 지금 당장이라도 심장을 꺼내 바칠 수 있는 사람들이었다. 그런데 그들의 행적을 조사하라니?

"아까도 말했다시피 인간은 자신의 정체도 제대로 알지 못하고 사는 존재다. 장로들 중 자신의 정체성에 대한 심각한 혼란에 빠져 있는 사람이 최소한 한 명은 있다. 그렇지 않고는 이런 일이 절대로 벌어질 수 없다."

무영은 확신하듯 결론을 내렸다.

"두 번째로는……."

무영은 바닥에 있는 탁자 안에서 무엇인가를 끄집어냈다. 그것은 아까 가원과 대결할 때의 몽둥이보다 조금 더 강도가 높은 그림책(?)이었다.

"이게 아닌데……."

무영이 씨익 웃으며 얼른 도로 집어넣었다.

얼음처럼 냉정하던 진설의 표정이 표시 나게 찌푸려졌다.

저 인간은 한 발짝도 다가설 수 없을 정도로 차갑다가도 이럴 때는 한심하기 짝이 없어 보였다.

"이것이군."

무영은 다른 책 두 권을 끄집어냈다.

"여기에 적힌 무공을 최대한 빨리 익혀라. 그렇지 않으면 두 사람은 앞으로 제일 먼저 죽을 수도 있다."

무영이 던져 주는 책자를 받아 한 장을 넘기던 가원과 진설은 와락 고개를 들고 무영을 노려보았다.

그들의 손에 들린 책도 강도만 좀 약했지 몽둥이와 같은 그림책이었다. 그것을 무영은 최대한 빨리 익히라고 던져 준 것이다.

"물 한 사발에 이것을 한 방울 타서 잘 저은 후 그 물을 입에 넣고 책장에 안개처럼 뿌리면 숨은 내용이 보일 것이다. 숨은 내용이 유지되는 시간은 반의반 각뿐이니 그 안에 외워야 한다. 절대로 필사(筆寫)는 안 된다."

무영은 단호하게 지시하고는 작은 자기병 한 개씩을 진설과 가원에게 각각 나누어 주었다.

자기병을 받은 가원과 진설이 어리둥절한 눈으로 서로를 쳐다보다가 화들짝 고개를 돌렸다.

강도가 좀 약하긴 했지만 자신들이 들고 있는 것은 춘화책이었고, 그것을 펼쳐 든 채 서로를 쳐다보기에는 강렬한 화끈거림이 있었다.

"최대한 빨리 익힐수록 더 좋은 그림책을 얻을 수 있지."

무영이 가원을 보며 의미심장한 표정을 지었다. 가원은 눈살을 찌푸리며 고개를 돌리다 다시 진설과 눈이 마주치고는 얼른 천장을 쳐다보았다.

무영이 서랍을 닫고는 허리를 폈다.

"나가봐!"

무영이 다시 냉랭한 표정으로 돌아와 지시를 내렸지만 두 사람은 여전히 멈칫거리며 서 있었다.

"언제까지……."

"최대한 빨리."

무영이 질문을 듣지도 않고 답했다.

"어떻게 다시……."

"조만간 내가 그대들을 찾아간다. 그전에 피치 못하게 내게 연락할 일이 생기면 회기대에 비상 대기 명령을 일각 동안만 내렸다가 취소시켜라. 방주 곁에 있으니 그 정도 명령은 식은 죽 먹기일 것이다."

무영은 명쾌하게 답한 후 어서 꺼지라는 듯 손을 흔들었다.

진설과 가원은 어정쩡한 걸음으로 등을 돌렸다.

칼날 같은 지시를 받았으니 물러나야겠지만 왠지 발길이 돌려지지 않았다.

흡사 낮 도깨비를 만난 기분이었다. 그리고 아직 도깨비에 홀려 있는 기분이었다. 최소한 도깨비에 홀린 것이 아니라는 확신이라도 얻어가고 싶은 심정이었는데 정신을 차리기도 전에 가차없는 축객령을 받고 보니 발길이 쉽게 떨어지지 않는 것이다.

"진설이 아니라면 뭐지?"

가원이 실내를 벗어난 후 진설에게 물었다.

"언젠가는 알게 되겠지만 지금은 아니야."

진설이 무영의 말투를 흉내 내며 저만치 앞서 걸어갔다.

"네 것이 더 강해 보이던데, 다 보고 나면 바꿔 볼까?"

가원이 진설의 뒤통수에 대고 느물거렸다.

"미친놈!"

진설이 뾰족한 고함과 함께 서둘러 복도 모퉁이를 돌았다.

진설과 가원이 실내를 나간 후 무영의 표정은 무겁게 가라앉았다.

그동안 조심에 조심을 거듭했지만 염천기에게 꼬리를 밟힌 것이다. 그의 손녀 한 명과 피치 못하게 본연의 모습으로 맞닥뜨린 적이 있으니 언젠가는 정체를 알게 되리라고 생각했지만 예상보다 훨씬 빨랐다.

염천기는 손녀딸에게서 정보를 들은 것이 아니라 스스로의 감만으로 자신의 정체를 파악해 낸 것이다. 손녀딸에게는 그때 잔뜩 겁을 줘놓았으니 발설하지는 않았을 것이다.

어쨌든 방주 염천기에게 정체가 드러났다는 것은 자신의 일이 배로 어려워졌다는 말이다.

"방심했군. 쩝!"

무영은 입맛을 다셨다.

그동안 좀 쉽게 생각했다. 아니, 그것보다는 염천기에 대해 방심을 했다는 것이 맞는 말이다.

자신의 목줄이 조여오는 줄도 모르고 조양방의 세력을 늘리는 데만 온 힘을 쏟아부은 그가 조금 한심스럽다는 생각에 얕잡아본 것이다. 하지만 늙은 생강이 맵다는 말처럼 그는 뒤늦게라도 상황을 정확히 직시하고 무영의 꼬리마저 잡아냈다.

역시 한 방파를 이끄는 방주라는 자리는 아무나 하는 것이 아니라는 생각이 들었다. 아울러 이번의 경험은 좋은 회초리가 될 것이다. 그 회초리는 앞으로는 어떤 경우에도 방심하지 않는 자세로 강호행을 할 수 있게끔 매질을 할 테니까.

잠시 동안 생각에 잠겼던 무영은 품속에서 서책을 끄집어냈다. 그것은 가원의 검을 꺾어버린 그 그림책이었다.

그림책의 중간 부분을 펼치자 예의 강도 높은 춘화가 드러났다. 그러나 무영의 시선은 그 춘화에는 조금도 초점을 맞추지 않고 그 이면의 무언가를 꿰뚫고 있었다.

"어쩌면 오히려 잘된 일일 수도……"

잠시 후 무영은 고개를 끄덕였다.

방주 염천기에게 자신의 정체가 드러났다는 것이 일을 어렵게 만들 수도 있었지만 역으로 생각하면 더 쉬워질 수도 있었다.

계획이란 것은 언제나 변수가 생기기 마련이고 그 변수를 얼마나 잘 이용하느냐에 따라 성사 여부는 백팔십도로 달라질 수 있는 것이다. 이번 변수를 일을 어렵게 만드는 단점에서 세력을 이용할 수 있는 장점으로 바꾸면 성공 가능성은 한층 더 높아진다.

무영은 품속에서 자기병을 꺼냈다.

새끼손가락 끝으로 그 안의 용액을 병아리 눈물만큼 손바닥에 찍어낸 후 손바닥에 공력을 집중하자 용액은 한 자락의 운무로 변했다.

무영이 손을 움직이자 운무는 책 표면을 덮었다. 그러자 춘화 위로 빽빽이 적힌 글자들이 나타났다.

　슥슥—

　무영은 작은 세필로 그 글 중 몇 줄을 지우고 다른 내용 몇 줄을 추가해 넣었다.

　반의반 각이 지나자 글자들은 거짓말같이 지워지고 책장 표면에는 여인의 풍만한 알몸만이 자리하고 있었다.

　"조금 서둘러야겠어."

　춘화책을 품속에 갈무리한 무영은 소리없이 자신만의 공간을 빠져나갔다.

第三章

조양방(朝陽幫)의 무법자

장홍관일

휘익—

휙—

한 자루의 검이 날카로운 파공음을 내며 허공을 가르고 있었다.

때로는 질풍처럼 거침없게, 때로는 흐르는 물처럼 유려하게 이어지는 검로는 뛰어난 화공의 붓놀림을 닮은 것도 같았고 달필 선비의 일필휘지(一筆揮之)와도 같았다.

그러던 어느 순간, 허공을 찢는 소리가 좀 더 날카롭게 흘러나오며 검의 궤적도 훨씬 날카롭게 변해갔다.

조금 전과는 사뭇 다른 모습과 파공음이 흘러나왔다.

조금 전에는 끊임없이 이어지는 면면부절(綿綿不絶)의 물줄기 같았는데 지금은 단속적으로 떨어지는 폭포수 같았다.

그 안에 실린 힘은 훨씬 더 강맹할지 몰라도 단속적으로 끊어지는 물줄기는 뭔지 모를 파탄의 조짐을 드러내고 있었다.

"헉, 헉!"

거친 숨소리가 파탄의 조짐을 확연히 증명시켜 주었다.

"망할!"

검을 휘두르던 인영이 거칠게 검을 땅바닥에 내던지며 험구를 토했다.

험구와 어울리지 않게 그 목소리는 여인의 것이었다. 그것도 스물을 넘지 않은 묘령의 여인이 분명했다.

"대체 뭐야?"

검을 바닥에 내던진 여인이 다시 역정스럽게 내뱉었다.

훤칠한 키에 군살 하나 없는 몸매의 여인이었다.

시원스런 이마와 그린 듯한 눈썹, 그 눈썹 아래로 흑요석처럼 빛나는 두 개의 봉목은 오뚝한 콧날에 도톰한 입술과 너무나 잘 어울렸다.

피부 또한 눈처럼 희고 윤기가 흘러 누구라도 한 번 보면 눈을 떼지 못할 정도의 미모를 갖추고 있었다.

한 가지 흠이라면 두 눈에서 빛나는 광채가 너무나 강렬해서 암 표범처럼 사나운 느낌을 준다는 것이다.

"대체 뭐냔 말이야?"

암 표범 같은 느낌의 여인이 다시 고함을 질렀다.

아무도 없는 정원에서 혼자 검을 휘두르고, 거친 호흡과 함께 고함을 지르는 여인의 얼굴에는 땀이 비 오듯 흘러내리고 있었다. 그 땀을 따라 분노와 낙담, 그리고 깊은 자괴감 같은 감정들이 복잡하게 뒤섞여 같이 흘러내리고 있었다.

"망할!"

여인은 다시 역정을 토한 후 정원의 바위 위에 털썩 주저앉았다.

그녀의 얼굴에는 이제 짙은 패배감이 장막처럼 드리워지고 있었다.

그녀는 이곳 조양방 방주의 손녀딸이었다.

염천기의 많은 손녀딸 중에서 가장 미모가 뛰어나고 재기가 넘쳐 조양방제일화라 불리며 어릴 때부터 염천기의 사랑을 독차지한 여인이었다.

방주 염천기의 삼남 염지강의 금지옥엽인 그녀의 이름은 염예령(廉叡玲)이었다.

재기와 미모에 더해 무공 또한 염천기의 손녀 중 제일 강해 거칠 것 없는 성격으로 조양방제일화라는 별명과 더불어 조양방의 무법자로 불리는 그녀가 지금 소금에 절인 배추 같은 모습으로 정원의 바위 위에 앉아 있었다.

무법자라 불릴 만큼 언제나 자신만만하고 자유분방한 그녀에게는 전혀 어울리지 않는, 너무나 이질적인 모습이었다.

거의 낙백한 몰골로 바위 위에 걸터앉은 염예령은 일각이 지나도 움직일 줄 모른 채 바위와 일체가 되어갔다.

"휴우—"

근 이각이 다 되어 염예령은 땅이 꺼질 듯한 한숨과 함께 상체를 들어 하늘을 쳐다보았다.

그녀의 눈에 언뜻 조양방의 바깥세상에 대한 두려움이 비쳐졌다.

조양방의 무법자답게 그녀는 어릴 때부터 조양방을 떠나 호북과 호북 인근 곳곳을 여행하기도 했다.

동정호에도 가보았고 황학루에도 가보았다. 그리고 강호의 후기지수들이 펼치는 비무대회도 구경해 보았다.

그럴 때는 언제나 여러 명의 호위가 주변을 감싸고 다녔기에 아무도 함부로 그녀에게 근접하지 못했다. 그래서 조양방 바깥세상에 대해 특별한 두려움 같은 것은 없었다.

그런 마음이 급변한 것은 최근이었다.

최근 그 일이 있고 나서부터 자신이 몸담고 있는 이 조양방이 얼마나 좁고 얼마나 허약한 곳인지 신랄하게 인식하게 되었다.

그동안 자신은 우물 안의 개구리였다.

조부 염천기의 손녀딸 중에서 가장 강하다는 무공도 어린애 작대기질에 불과했다.

조양방 안에서만 재기 출중한 봉황이었을 뿐, 험난한 강호에 홀로 던져진다면 며칠도 버티지 못할 것 같았다.

　그날, 검 한 자루만 허리에 찬 채 시비도 대동하지 않고 혼자서 조양방을 나서 저잣거리로 향하던 길에 만났던 두 명의 복면인!

　그들의 기괴한 무공은 얼마나 소름 끼치는 수준이었던가.

　전혀 기척도 못 느낄 정도로 소리없이 다가와서 그물망을 조이듯이 덮쳐 오던 적수공권과 단봉 한 자루!

　처음에는 콧방귀를 뀌며 검을 휘둘러 맞상대해 나갔지만 채 스무 합도 겨루기 전에 그들은 자신의 상대가 아니라는 것을 느꼈다.

　그들이 자신을 생포하려 했기에 그나마도 견딜 수 있었지, 처음부터 죽이려 했다면 열 합도 견디지 못했을 것이다.

　조양방 무사의 복장을 하고 있었지만 조양방의 일원이 아니었음은 분명했다. 조양방 밖의 세상에서 무언가 음습한 목적을 가지고 조양방으로 스며들어 자신을 생포하러 왔던 것이었다.

　염예령은 그때 처음으로 두려움이란 것을 느꼈다. 그리고 자신이 온실 속의 화초였다는 것을 절감했다.

　하지만 그것이 끝이 아니었다.

　적수공권과 단봉을 쓰는 두 복면인이 자신을 생포하려고 하는 순간 나타난 또 한 명의 청년!

　그 역시 조양방의 외성 경비무사의 복장을 하고 있었다.

그런데 그의 손에서 쏟아지던 가공할 절학들!

조양방의 무법자인 염예령을 꼼짝 못하게 했던 두 복면인이 그 청년의 손에 일초지적도 되지 못하고 순식간에 시체가 되고 말았다.

그 두 복면인을 순식간에 처치한 외성 경비무사, 아니, 그런 자가 한낱 외성 경비무사일 리가 없다. 그 역시 복면인들처럼 정체를 숨기고 조양방에 숨어들어 온 것이 틀림없다.

어쨌든 그는 염예령은 안중에도 없는 듯 두 구의 시체를 신속히 파묻고는 그녀의 팔을 잡아끌고 몸을 날렸다.

염예령은 그의 손에 이끌려 어디로 갔는지 기억도 나지 않았다.

세상이 너무 무서웠고 그동안 하늘 무서운 줄 모르고 날뛰었던 자신에 대한 자괴감이 이성을 잃게 만들었다.

외딴 관제묘로 자신을 이끌고 온 청년은 한참 동안 말없이 염예령을 쳐다보고만 서 있었다. 그때까지도 정신이 없는 그녀에게 다가와 억지로 제정신을 차리게 하거나 위로의 말로 달래주려고도 하지 않았다.

절벽에서 떨어진 사자 새끼가 위로 기어오를 때까지 기다리듯 그렇게 기다렸다.

제풀에 지쳐 냉정을 되찾은 염예령이 그에게 눈길을 주었을 때 비로소 그는 입을 열었다.

"살고 싶나?"

그의 첫마디였다.

절대로 외성 경비무사가 방주의 손녀에게 할 수 있는 말이
아니었다.

그 순간 진짜 죽을 수도 있다는 공포감이 전신을 휘감아왔
다. 아까보다 열 배는 더 강한 공포감이었다.

청년이 이제껏 아무 말도 하지 않고 자신을 쳐다보며 서 있
기만 한 것은 자신이 제정신을 차릴 때까지 기다린 것이 아니
라 죽여야 할지 살려두어야 할지 갈등을 하고 있었던 것이란
생각이 들었다.

염예령은 자신이 조양방의 무법자라는 사실도 잊고 이까
지 딱딱 부딪치며 연신 고개를 끄덕였다.

그러자 그가 무겁게 고개를 끄덕였다.

"죽기엔 너무 억울한 나이지. 시키는 대로만 하면 살 수 있다."

다시 고개를 연신 끄덕였다. 이가 부딪치며 딱딱거리는 소
리는 더 빨라졌던 것 같았다.

"우선, 오늘 일은 무조건 비밀로 할 것. 부친에게는 물론, 조부
에게도."

다시 고개를 끄덕였다.

"그다음, 철저히 우연을 가장하여 날 내성 경비무사로 천거할 것. 그럼 더 가까운 곳에서 널 보호해 줄 수도 있다."

그 순간 이 청년은 적이 아니란 걸 알았고, 다리에 힘이 풀려 주저앉아 버렸다.

"할 수 있겠지?"

청년이 얼음장 같은 눈으로 쏘아보았다.
그제야 처음으로 질문을 할 용기가 생겼다. 아마도 청년이 적이 아니란 것을 알았기 때문에 가능했을 것이다.

"당신… 누구죠?"

그렇게 물었을 때 청년이 피식 미소를 지었다.

"빨리도 묻는군."

남자의 미소가 그렇게 매력적일 수도 있다는 것을 처음 안 순간이었다.

"언젠가는 알게 되겠지만 지금은 아니야. 지금은 그냥 내가 생명의 은인이란 것과 무영이란 이름 정도만 알아두도록."

그런 후 청년은 몇 가지 더 세세한 것을 지시하고는 그 자리를 떴다.

염예령은 한참이나 더 그곳에 있다가 청년이 지시한 대로 아무 일 없었다는 듯이 조양방으로 돌아왔다.

그리고 지금까지 부친은 물론 조부에게까지도 비밀로 하며 그의 지시를 따르고 있었다.

그 기막힌 심정이 날이 갈수록 눈덩이처럼 부풀어 폭발 일보 직전까지 온 것 같았다.

"망할!"

염예령은 다시 험구를 토해냈다.

그날 그 순간엔 왜 그렇게 공포에 질려 이까지 딱딱거렸는지 이해가 가지 않았다.

이제까지 아버지나 오빠들, 때로는 조양방 각 대의 대주들과 무수히 검을 섞어보았지만 그것은 생사를 가르는 대결이 아니었다. 살갗 한 군데 긁히는 것도 용납되지 않는 비무였다.

그런 편안한 칼부림만 하다가 실제로 죽음이 눈앞에 어른

거리는 상황이 닥치니 본능적인 두려움을 느끼며 공포에 질린 것이다.

그것이 너무 싫었다.

무수히 검무를 추며 상대의 검이 심장을 가르는 순간이 올지라도 눈 하나 깜박이지 않고 쓰러질 수 있다던 다짐은 다 어디로 갔단 말인가?

그 무수한 외침은 모두 공염불에 불과했단 말인가?

그것이 혐오스러울 정도로 싫었다.

염예령은 바닥에 내팽개쳤던 검을 주워 들었다.

뽑아 들 때마다 찌르르 전율을 전해주던 보검이 오늘은 쇠꼬챙이처럼 보잘것없이 느껴졌다.

영혼 깊이 각인된 짙은 패배 의식!

그것이 모든 것을 바꿔놓았다.

그 뿌리를 떨쳐 내지 못하는 한 자신은 이대로 폐인이 될 것 같았다.

“무영……”

염예령은 한 개의 단어를 읊조렸다.

극한의 공포는 그 청년에게서부터 기인했다.

그전에 맞닥뜨린 두 명의 복면인도 두려움을 안겨주었지만 그 이상은 아니었다. 그러나 그 청년은 관제묘에서 가만히 서 있는 것만으로도 지극한 공포심을 안겨주었다.

눈살을 찌푸리던 염예령의 뇌리로 칼날처럼 날카로운 의

식 한줄기가 지나갔다.

잠시 후 염예령의 눈이 차가운 광채를 쏟아냈다.

'무언가 술수를 부린 것이 분명해!'

염예령은 입술을 잘근 깨물었다.

단지 가만히 서서 자신을 응시하는 모습에서 그런 공포심을 느낀다는 것은 이해가 되지 않았다. 더구나 그는 자신을 위기에서 구해준 사람이 아닌가.

지금 생각해 보니 묵상처럼 서서 자신을 죽일 것인가 살릴 것인가 갈등하던 것 같은 모습도 뭔가 석연치 않았다. 그건 오로지 염예령 자신의 지레짐작일 뿐이었다.

일이 돌아가는 상황으로 봐서는 그는 처음부터 자신을 구하고 그것을 기회로 삼아 내성으로 들어온 것이다. 그런데도 그날 그에게서 그런 공포심을 느꼈다는 것은 그가 무슨 수작을 부렸음이 분명했다.

두 명의 복면인을 순식간에 처치해 버리던 무위를 생각한다면 충분히 가능한 일이다. 자신으로서는 도저히 알 수 없는 정체 모를 내공을 끌어올려 공포심을 자극했을 수도 있었다.

염예령의 얼굴에 비로소 핏기가 돌아왔다.

자기혐오가 극에 달할 정도로 공포에 질렸던 그날의 모습은 자신이 못나서가 아니라 그 청년의 수법이 너무 고강해서인 것이다.

그때의 기억만 떠올리면 까닭없이 공포에 질리는 이 감정은 그 때문이 분명했다.

그것을 확인해야 했다.

그래야만 예전의 자신을 되찾을 수 있을 것이다.

당장 그를 만나야 한다는 생각이 온 뇌리를 뒤덮었다.

창!

염예령은 검을 거칠게 검갑에 꽂아 넣었다.

그를 만난다고 생각하니 왠지 가슴이 두근거렸다.

마치 공포감이 다시 엄습해 오는 것도 같았다. 그러나 그 공포감 뒤로 이질적인 감정 한가닥이 뒤따랐다. 무언가 말로 설명할 수 없는 복잡한 감정이었다.

스스로도 확연히 느끼지 못하지만 지금 그녀의 가슴을 두근거리게 하는 것은 '빨리도 묻는군' 하면서 피식 웃던 무영의 미소였다.

여자의 미소보다 더 아름답다고 생각되던 미소!

그 미소가 지금 그녀의 마음을 혼란으로 빠져들게 하고 있었다.

'회기대의 제일 말석 조라면 이십조란 말이지?

염예령은 다시 입술을 잘근 깨물었다.

"헉!"

검을 검갑에 넣고 고개를 들던 염예령은 짧은 비명을 토했다.

건물의 바깥쪽 벽 그림자 속에 유령처럼 한 인영이 서 있었다.

언제 나타났는지, 어떻게 이곳까지 스며들었는지 낌새도 느끼지 못했는데 인영은 처음부터 그곳에 있은 듯 조용하게 서 있었다.

염예령은 다리에서 힘이 쭉 빠지며 그 자리에 주저앉아 버릴 것 같은 기분을 느꼈다.

무영!

그였다.

마음을 다잡고 조만간 자신이 그를 만나러 갈 생각이었는데 천만뜻밖에도 그가 먼저 자신 앞에 나타난 것이다.

그날의 공포가 뇌리 속에서 되살아나는 것도 같았다.

복면을 뒤집어쓴 두 괴한의 모습이 뇌리를 스쳤고, 그들의 공격에 속수무책으로 생포되기 직전의 아찔했던 위기감도 순식간에 뇌리를 스쳤다.

또한 그 두 괴한이 무영의 손에서 뻗어 나온 막강한 기운에 격중당하고 순식간에 쓰러지던 장면도 주마등처럼 스쳐 지나갔다.

그리고…….

자신을 죽일지 살릴지 고민하는 듯한 무영의 모습이 벽 그림자 속에서 되살아났다.

'아니야. 그건 속임수였어.'

염예령은 고개를 세차게 흔들고는 조금 전 검무를 추며 내렸던 이성적 판단에 정신을 집중했다. 그러자 과도하게 덮쳐 오던 공포감이 사라지고 조금 냉정해지는 자신을 느꼈다.

염예령은 길게 호흡을 이끌어 자신을 다잡았다.

힘이 다 빠져나가던 다리에 중심이 잡혔다. 그리고 투지와 도 같은 오기 한가닥이 아랫배에서 솟구쳐 올랐다.

"여긴 웬일이죠?"

염예령이 싸늘한 표정과 함께 쏘아붙였다.

무영이 약간은 의외라는 표정과 함께 잠시 염예령을 쳐다 보았다.

염예령은 그의 시선을 피하지 않고 마주 쏘아보았다.

"자리를 옮기지."

무영은 그 말과 함께 슬쩍 신형을 움직였다.

그의 신형이 바람처럼 건물 뒤로 사라졌다.

"어떻게 여기까지 왔죠?"

건물 뒤쪽의 막힌 공간에서 무영과 마주한 염예령은 차가 운 목소리로 물었다.

이곳은 엄연히 자신의 처소였다. 여기까지 오기 위해서는 여러 명의 보초들을 지나쳐야 하는데 아무런 제지 없이 무영 은 이곳에 나타났고, 그것이 어이없었다. 그리고 약간 화가 나기도 했다.

"여인의 처소에 허락도 없이 함부로 숨어든 건 무척 미안

하게 생각해. 하지만 상황이 좀 급해서 말이야. 쩝!"

무영은 사과부터 한 후 입맛을 다셨다.

염예령의 눈빛이 조금 흔들렸다.

그동안 공포의 대명사로 느껴졌던 사내의 입에서 사과의 말이 흘러나오자 이 사내도 자신과 똑같은 인간이란 현실감이 느껴지며 묘한 감흥이 일어난 것이다.

"뭐가 그렇게 급한지 말해보세요."

염예령은 여전히 차가운 말투로 무영을 다그쳤다.

"그렇게 차갑게 나오니 입이 얼어서 말이 잘 안 나오려고 하는군."

무영이 가벼운 농담과 함께 씨익 웃었다.

쿵!

순간 염예령의 가슴에 커다란 바위 하나가 사정없이 떨어져 내렸다.

그날 지독한 공포감과 철저하게 대비되며 뇌리를 파고들던 그 미소였다.

공포에 질렸기에 더욱 깊이 각인된 미소가 다시 가슴을 뒤흔들었다.

염예령은 안간힘을 쓰며 자신을 다잡았다.

"당신 도움이 좀 필요해."

미소를 씻어낸 무영이 정색을 하며 말했다.

"내가 왜 당신을 도와줘야 하죠?"

내심과는 달리 염예령은 한층 더 차가워진 음성으로 대꾸했다.

무영이 잠시 대답을 미루었다가 작심한 듯 입을 열었다.

"그대 할아버지의 부탁을 받았으니까."

"할아버지라니, 그게 무슨 말인가요?"

차갑기만 하던 염예령의 목소리가 갑자기 높아졌다.

내가 왜 당신을 도와야 하느냐는 질문에 대한 무영의 대답은 당연히 '내가 네 생명의 은인이니까' 일 줄 알았다. 그런데 그의 대답은 전혀 예상 밖이었고, 할아버지가 왜 관계되는지도 도저히 납득이 가지 않았다.

"그대 할아버지께서 내 정체를 눈치챘어."

무영이 잠시 염예령의 눈동자 속을 훑었다. 혹시라도 자신의 정체가 드러난 데 있어 염예령이 일조를 하지 않았나 하는 일말의 의구심을 가진 눈빛이었다.

"다시 말해봐요. 할아버지가 어쨌단 말인가요?"

"사람들 다 불러 모으겠군. 차라리 얼음장 같은 아까가 더 나아. 아까로 돌아가."

무영의 지적에 염예령은 화들짝 놀라며 주변을 살폈다.

혹시라도 지나가던 시비가 자신의 높아진 목소리를 듣고 다가오기라도 한다면 낭패였다.

다행히 주변에는 아무런 인기척이 없었다.

안도의 한숨을 내쉰 염예령은 무영을 정시했다.

할아버지와 관련이 있다면 이 사내를 이렇게 상대해서는
안 될 것이다. 그리고 말 몇 마디 나누는 단순한 목적으로 이
곳까지 오지도 않았을 것이다.

"다과실로 가요. 그곳에서 얘기해요."

"그래준다면 나야 황송하지."

무영이 다시 미소를 지었다.

염예령은 주위를 한 번 더 돌아본 후 빠르게 앞장섰다.

"대체 무슨 말인지 자세히 얘기해 봐요, 할아버지께서 어
떻게 당신과 관련이 되었는지."

다과실에서 다탁을 마주하고 앉은 염예령이 다급하게 물
었다.

"차도 한잔 안 줄 생각인가?"

무영이 다과실 안을 살피며 느긋하게 대꾸했다.

"미안… 해요."

염예령이 자신의 실수를 깨닫고 화로 위의 주담자를 가져
와 차를 따랐다.

차는 몇 가지 꽃잎을 말린 화차(花茶)로, 그렇게 비싸거나
고급 차가 아니었다. 맛이나 다향 또한 담백해서 염예령의 성
격을 드러내 주는 것 같았다.

"좋은 차군."

무영은 다향을 깊은 들숨으로 음미하며 말했다.

"그렇게 고급 차는 아니에요."

이젠 조금 마음의 여유를 찾았는지 염예령은 차분하게 대꾸했다.

"차의 가치는 누구와 어디서, 그리고 어떻게 마시는가 하는 데에 달려있지."

무영은 혀끝으로 음미하며 차를 한 모금 마셨다.

"역시 최상이야!"

무영이 다시 감탄을 했다.

"왜 그렇죠?"

문득 무영의 차에 대한 독특한 가치관이 궁금해진 염예령이 질문을 던졌다.

"얼마 전까지만 해도 한낱 외성 경비무사였던 주제에 이런 규중심처에서 방주의 손녀딸이 손수 따라 주는 차를 마시는데 어떻게 최상이 아닐 수가 있겠어."

다시 한 모금의 차를 마신 무영은 약간 과장된 표정과 함께 감탄사를 토했다.

염예령은 지금까지의 긴장이 모두 풀리는 느낌을 받으며 자신도 한 모금의 차를 마셨다.

어디에서 누구와 어떻게 마시는가에 따라 차의 가치가 결정된다는 무영의 말이 맞는 것 같았다.

이제껏 마신 것과 조금도 다름없는 똑같은 차였지만 그 맛은 너무나 달랐다.

지금 마시고 있는 차는 평소와는 달리 너무 독특하고 너무
나 강렬한 향기를 뿜어내고 있었다.

염예령은 한 모금의 차를 더 마신 후 조심스럽게 무영을 쳐
다보았다.

무영은 찻잔 속에 시선을 둔 채 짧은 생각에 잠긴 것 같았
다.

'어떻게 이렇게 다를 수가 있지?

염예령은 처음 만났을 때의 무영과 지금의 무영이 너무 다
른 느낌으로 다가온다는 데 경이감을 느꼈다. 처음의 공포스
럽던 모습과는 달리 지금의 무영은 깊은 호수처럼 고요하게
가라앉아 있었다.

그 분위기에 이끌려 염예령 자신도 혼란스럽던 기분이 사
라지고 차분해졌다. 그리고 이 사내는 상황에 따라서 어떤 모
습으로도 바뀔 수 있겠다는 생각과 함께 무영이란 그의 이름
이 너무나 잘 어울린다는 생각을 했다.

"한 잔으로는 너무 아쉽군!"

염예령의 상념을 깨뜨리며 무영이 말했다.

염예령은 언뜻 눈을 들어 무영의 찻잔을 쳐다보았다. 언제
다 마셨는지 찻잔은 비어 있었다.

"그럼 한 잔 더 해요."

염예령은 무영의 찻잔에 한 잔을 더 따라 주고 자신의 찻잔
도 가득 채웠다.

"이젠 마음을 가라앉혔으니 말해봐요, 무슨 일인지."

염예령이 침착한 눈빛으로 무영을 쳐다보며 물었다.

무영은 한 모금의 화차를 음미하듯 들이켠 후 입을 열었다.

"오늘 아침 그대 조부께서 회기대주를 통해 은밀히 날 부르시더니 대뜸 도와달라는 부탁을 하시더군."

"할아버지가 당신에게 부탁을 하다니… 대체 무슨 부탁을 했단 말인가요?"

염예령이 다시 들뜨기 시작했다.

"그건 차차 말하기로 하고… 대조양방의 방주께서 나 같은 놈을 직접 불러 무언가 부탁을 한다는 사실 자체가 문제이지. 그래서 그 순간에는 그대를 의심했지."

"난 아니에요. 그동안 할아버지를 만난 적도 없어요."

염예령이 얼른 답했다.

무영이 묵묵히 고개를 끄덕였다.

"방주는 자체적으로 알아낸 것 같더군. 그동안의 내 행적을 추적한 모양이야."

"그동안 무슨 짓을 했기에 할아버지께서 당신 행적을 추적했죠? 아니, 그보다 당신, 누구죠?"

염예령이 다시 목소리를 높였다.

"한 잔 더 마시지."

염예령의 목소리가 높아지자 무영이 다시 찻잔을 응시했다.

염예령은 한숨과 함께 차를 따랐다.

"그런데 당신, 왜 계속 반말이죠?"

염예령이 이제야 생각난 듯 따졌다.

이상한 일이었다.

지금까지 그걸 의식하지 못하고 있다가 지금에서야 생각이 나다니.

이제껏 누구도 자신을 이렇게 대하지 않았다. 아니, 그러지 못했다.

누군가 그런 식으로 대했다가는 그녀가 절대로 가만두지 않았기 때문이다. 그런데 무영으로부터의 그런 대접은 너무나 자연스러워 한동안은 의식조차 하지 못했다.

"빨리도 지적하는군."

무영이 피식 웃었다.

따지고 들던 염예령의 표정이 순간적으로 몽롱하게 변했다. '빨리도 묻는군' 하며 짓던 그때의 그 미소가 무영의 얼굴에 떠올랐기 때문이다.

"처음부터 반말했잖아. 이젠 혀가 굳어서 반말밖에 안 돼."

무영이 이유 같지도 않은 이유를 대며 차를 마셨다.

"그건 시간 날 때 다시 따지고, 당신 조부께 내 정체를 들켰으니 이젠 적극적으로 대처하기로 마음을 정했어. 그래서 당신을 만나러 온 거야."

"무슨 짓을 했었냐니까요?"

염예령이 끝까지 물고 늘어졌다.

"당신을 납치하려던 놈을 죽인 후 내성에서 몇 놈을 더 죽였지. 그러다 보니 방주의 촉수에도 걸린 모양이야."

무영의 대답을 들은 염예령의 눈에 찰나적으로 위기감이 번져 나갔다. 그러나 곧 그런 기색은 사라지고 담담한 눈빛이 되었다.

"그들은 누구죠?"

염예령이 다시 질문했다.

"무황성의 주구들."

"무황성! 그들이 왜……?"

염예령이 반쯤 일어서며 고함을 질렀다.

"차 마셔!"

무영의 단호한 지적에 염예령은 얼른 손을 들어 올려 자신의 입을 막았다.

불식간에 터져 나온 목소리는 충분히 밖에까지 흘러나갈 정도였다.

무황성이라니?

당금 강호를 지배하고 있는 그들이 왜?

누구보다 정의로운 성주의 지휘 아래 마련과 사도맹을 차례로 물리치고 무림의 평화를 구축한 후 흑도마저도 포용으로 감싸고 있는 무황성!

그들의 관용 덕분으로 조양방은 호북 흑도무림의 패자로 군림할 수 있는 것이다.

관용이 아니라 흑도끼리 물고 뜯고 싸우는 것은 자신들에게 해될 게 없고 오히려 이익이라는 계산하에 수수방관했다 손 치더라도 그들이 묵인했기에 오늘의 조양방이 있는 것이다.

그런데 그 무황성이 조양방에 스며들었고, 무영의 손에 그들 중 몇 명이 죽었단 말인가?

소름이 끼쳐 왔다.

그리고 무영을 처음 만났을 때의 공포감이 전신을 뒤덮어 왔다.

"차 마시라니까."

무영의 목소리가 더 엄해졌다.

염예령은 퍼뜩 상념을 떨치며 무영에게로 시선을 맞췄다.

이제까지 다향처럼 담담하던 무영의 기색이 달라져 있었다. 날 선 보검 같기도 했고 무거운 바위 같기도 했다. 그러나 어느 순간에는 휘몰아치는 해일 같은 기운도 느껴졌다.

염예령은 다시 자신을 다잡았다.

문득 자괴감이 느껴졌다.

예전 같았으면 무황성이 아니라 무황성 할아비라 해도 눈 하나 깜짝 않고 대화를 했을 것이지만 조양방 밖의 험한 세상을 뼈저리게 경험한 뒤부터는 겁쟁이로 변해 버린 것 같았다.

좋게 말하면 범 무서운 줄 모르던 하룻강아지가 이젠 철이 들어 범 무서운 줄 알게 되었다고 할 수도 있지만 그런 자신이 싫었다.

"그들이 왜 조양방에 스며들었죠?"

냉정을 되찾은 염예령이 다시 물었다.

"평화로운 무림을 위해서."

무영이 조소를 띠며 답했다.

"평화로운 무림? 우리가 그 평화를 해치는 존재란 말인가요?"

염예령이 목소리를 높였다.

"맞아. 평화롭고 정의로운 정파무림에 회오리를 일으킬 수 있는 위험성을 다분히 가진 존재들이지."

"우리가 무슨 짓을 했기에? 조양방이 호북의 흑도를 일통한 후부터 세상은 오히려 더 평화스러워졌어요."

"그게 문제야. 흑도는 언제나 모래알처럼 흩어져서 계속 피 터지게 싸우며 악역을 맡아야 하는데 조양방으로 인해 호북은 반대의 상황이 되어가지. 그건 안 될 말이지."

무영의 조소가 더 짙어졌다.

"대체, 대체 그게 무슨 말인가요? 그들을 대변하는 당신은 그들의 하수인인가요?"

"차 마셔!"

무영이 다시 차를 따랐다.

"아까 말했을 텐데, 내가 그놈들 중 몇 명을 죽였다고. 그리고 일전에 그대를 납치하려던 놈들도 무황성 놈들이었지."

"그런데 왜 그런 식으로 말하는가요?"

"내 생각이 아니라 그들의 생각이지."

"믿을 수가 없어요. 무황성주 단목상군은……."

"불세출의 영웅이지. 마도와 사도를 차례로 무너뜨리고 흑도마저 포용하며 강호의 태평성대를 이룩한 사람이니 말이야. 그런데 어쩐다? 이젠 흑도 차례인걸. 조양방이 백도는 아닐 테고……."

"우리 조양방은, 아니, 흑도는 무황성과 협정을 맺었어요. 사도맹과 마련을 축출하는 데 중립을 지키고 그 대가로……."

말을 이어가던 염예령은 황급히 입을 다물었다. 그리고는 이내 공포에 질려 버렸다.

무영의 전신으로 말로 형용할 수 없는 기운이 흘러나왔다.

처음에는 얼음장 같은 한기였는데 어느새 용암 같은 불기운이 되었다. 그 불기운이 전신의 피부를 모두 태우고 영혼마저 몽땅 태워 버릴 것 같았다.

숨이 막혀왔다.

용암 같은 불길 속에서 튀어나오는 아수라가 목을 물어뜯을 것 같았다.

이번에는 이도 딱딱거릴 수가 없었다.

이대로 꼼짝 못하고 심맥이 터져 버릴 것 같았다.

심맥이 터지기 일보 직전에 주변을 둘러싼 기운이 걷혀졌다.

"허억! 헉!"

염예령은 질식하다가 살아난 사람처럼 가쁜 숨을 몰아쉬었다.

"토씨 하나 안 틀리는군!"

무영이 뜻 모를 말을 중얼거리며 의자에서 일어섰다. 그리고는 뒷짐을 지고 창밖을 응시했다.

"내가 알던 어떤 여자도 방금 네가 했던 것과 똑같은 말을 했지. 토씨 하나 안 틀리고……."

무영의 목소리가 허허롭게 울려 퍼졌다.

그리고는 긴 침묵이 이어졌다.

근 일각의 침묵 후에 염예령이 먼저 입을 열었다.

"그 여자… 어떻게 되었나요?"

그러나 대답은 들려오지 않았다.

"어떻게 되었냐니까요?"

염예령이 다시 물었다.

"당신은 모르는 게 좋을 거야."

무영의 목소리가 언뜻 갈라지는 것 같았다.

염예령은 더 이상 아무것도 묻지 않고 무영의 등만 쳐다보왔다.

무영의 등이 만고풍상의 세월을 견뎌온 바위처럼 고독해 보였다. 그 고독 속에서 주변의 시간은 까마득히 멈추어 버린 것 같았다.

한참 후 무영이 돌아섰다.

"부족하나마 대충 분위기 파악은 되었을 테니 본론으로 들어가지."

무영은 원래의 표정으로 돌아온 채 말했다.

하나 표정은 처음으로 돌아왔지만 눈빛만은 그렇지 못했다.

마기(魔氣)와 사기(邪氣)가 하나로 합쳐진 것 같은, 세상을 모두 태워 버릴 듯한 분노가 망막 한구석에 남아 있었다.

그리고 그 뒤쪽에 남아 있는 또 다른 감정의 편린(片鱗)!

그것은 짙은 슬픔이었다.

당장에라도 울음이 터질 것 같은 그런 슬픔이었다.

염예령은 얼른 시선을 돌렸다.

계속 쳐다보고 있다가는 자신이 눈물을 흘릴 것 같았다.

"차 마셔야겠군."

염예령이 자신의 눈빛을 읽고 있다는 것을 느낀 듯 무영은 주담자를 당겨 자신의 잔에 차를 따랐다.

찻잔에 차가 다 채워지자 더 이상 그의 눈에서는 일말의 감정 조각도 남아 있지 않았다.

“내가 어떻게 도우면 되나요?”

무영이 차 한 모금을 마셨을 때 염예령이 물었다.

“그대 둘째 백부에 관한 일인데……”

무영이 탐색하듯 염예령을 쳐다보았다.

염예령의 얼굴이 불식간에 찌푸려졌다.

아버지가 다섯 남자 형제 중 셋째이니 염예령에게는 두 분의 백부와 두 분의 숙부가 있는 셈이다.

큰백부 염지상(廉池上)과 그의 자녀들, 그리고 다른 두 분 숙부 및 그의 자녀들과는 모두 잘 지냈다. 그런데 둘째 백부 염지검과는 어쩐지 보이지 않는 벽이 느껴졌다. 그러다 보니 그의 자녀들과도 거리가 느껴졌고, 어릴 때부터 티격태격하며 사이가 나빴다.

“둘째 백부는 왜?”

무영이 뜸을 들이자 염예령이 물었다.

“백부에게 그대와 같은 또래의 딸이 있다고 들었다.”

‘그 밥맛!’

염예령의 표정이 한층 더 일그러졌다.

지금 무영이 말한 대상은 둘째 백부의 딸인 염호경(廉滈京)이었다.

자기가 세상에서 제일 잘나야 직성이 풀리는 밥맛!

조양방 모든 젊은 청년 무사들이 자신을 바라본다고 착각하며 또 그렇게 만들기 위해 매일 몸단장을 하는 밥통!

자신을 누르고 염예령이 조양방제일화라 불리는 것을 못참아 자기 방에서 매일 발광을 하는 밥통!

염예령과는 같은 해에 태어났지만 염예령의 생일이 빨랐다. 그래서 자신이 언니인데도 언니 대접을 해주지 않는 건방진 계집애였다.

"아주 밥맛인가 보군?"

염예령의 표정을 본 무영이 독심술이라도 익힌 듯 말했다.

무영의 그 표현에 염예령은 속이 확 풀리는 것을 느끼며 피식 웃었다.

그런 표현은 그냥 쓸 수 있는 것이 아니다. 사전에 그녀에 대해서 알고 있기에 가능한 것이다. 아니, 그보다는 무영이 그녀에 대해 밥맛이란 선입견을 가지고 있어야 가능한 것이다.

염예령은 무영이 염호경을 자신처럼 밥맛이라고 생각한다는 것이 왠지 모르게 너무나 통쾌했다.

"그 계집애에게 무슨 볼일이 있나요?"

얼굴을 편 염예령이 물었다.

"그대가 좀 친해지면 안 될까?"

"절대로!"

염예령이 고개를 세차게 흔들었다.

"피는 물보다 진하다고 하던데."

"피 나름이죠."

"그렇게 말하는 건 그대의 피조차 부정하는 것이 되지."

"할아버지는 같지만 엄마와 아빠는 모두 다르죠."

염예령이 단호하게 답했다.

"어쨌든 그녀와 최대한 빨리 친해져야 해."

무영이 더 단호하게 말했다.

염예령은 더 이상 대꾸를 하지 않았다.

할아버지마저 부탁을 할 정도인 사내가 이곳에 와서 하는 말이라면 사소한 것이 아닐 것이다. 사소한 감정을 앞세워 투정을 부리는 것은 한계가 있어야 한다.

"그런 다음에는요?"

염예령이 사무적인 어투로 말했다. 철저히 사무적으로 친해질 수는 있어도 진짜로는 친해질 수 없다는 의사 표현이었다.

"공사가 분명하군. 좋아!"

무영은 염예령의 상황 판단이 마음에 드는 듯 고개를 끄덕인 후 말을 이었다.

"그런 후엔 그녀의 처소로 초대받고는 지금처럼 차를 마실 기회를 잡아."

"그런 다음엔?"

"그런 다음엔 내게 맡기면 된다. 물론, 그때 나도 동행한다. 핑계는 그대가 만들도록."

"무슨 일을 꾸밀 생각인가요?"

염예령이 조심스럽게 물었다.

"그것까지 알면 실패할 가능성이 커진다. 무의식적으로 몸과 마음이 다음 단계로 넘어가려 하면 상대도 무의식적으로 반작용을 일으키니까."

무영은 칼로 자르듯 단호하게 말했다.

염예령은 깊은 눈으로 무영을 쳐다보았다.

많아봐야 자신보다 두세 살 더 먹었을 것 같다. 그런데 그는 의식 이면까지도 통찰하고 있었다. 이 정도 나이의 청년에겐 절대로 어울리지 않는 모습이었다.

거듭 정체가 궁금해졌다.

아까의 두서없는 대화에서 추측하건대, 마련이나 사도맹의 인물이 아닐까 싶었다. 하지만 그건 확신할 수 없다. 그렇게 생각하기엔 어딘지 모르게 너무나 정심해 보인다.

너무나 슬퍼 보이던 눈빛 한줄기!

그런 슬픈 눈빛은 혼탁한 영혼에서는 절대로 스며 나오지 못한다.

어쩌면 마련과 사도맹이 무황성에게 축출당하는 과정에서 피해를 입은 사람일 수도 있었다.

'그 여자는 누구일까?

염예령은 아까 자신과 토씨 하나 안 틀리게 말했다는 그 여자가 궁금했다.

'연인이었을까? 아니면… 누이?

　어쨌든 그 여인은 이 사내에게 있어 슬픔과 고독의 원천인
것 같다.

　죽은 사람이 아니었으면 좋겠다는 생각이 들었다.

　살아만 있다면 언젠가는 상처가 치유되고 이 사내의 눈동
자에 스며 있던 슬픔이 조금은 옅어질 수도 있을 테니까.

　"일어나야 할 것 같군."

　할 말을 다 했는지 무영이 일어섰다.

　황망한 눈빛과 함께 염예령도 따라 일어섰다.

　이대로 보내기엔 너무 허전했지만 무영은 자신이 초대한
사람이 아니었다. 바람처럼 왔다가 또 그렇게 가는 사람이었
다.

　"언제까지 친해지면 되죠?"

　염예령은 애써 사무적인 어투로 물었다.

　"열흘!"

　"너무 촉박해요."

　"그대 주변에서 벌어지고 있는 일을 모두 알면 절대로 그
런 말 못할 거야."

　"내 주변에서 대체 무슨 일이 벌어지고 있는 건가요?"

　염예령이 도전적인 눈빛으로 물었다.

　"사도맹과 마련에서 일어났던 것과 비슷한 일들이지. 열흘
후엔 좀 더 확실히 알게 될 거야. 그러니 빠를수록 좋아."

　말을 마친 무영은 문 쪽으로 신형을 움직였다.

“연락은?”

염예령이 빠르게 말했다.

“시비를 우리 조에 보내서 보표가 한 명 필요하다고 해.”

“어느 조죠?”

“앙큼 떨긴.”

무영의 대답에 염예령의 얼굴이 붉어졌다. 그동안 무영이 어느 부대 소속, 어느 조인지는 수십 번도 더 되뇌어왔다.

“하긴, 그새 바뀌었을 수도 있고, 실제로도 한 번 그럴 뻔했지. 그땐 즉시 알려주지. 아쉬운 사람은 나니까.”

염예령의 입장을 슬쩍 살려준 무영은 곧 문을 열고 사라졌다.

열렸다 닫히는 문틈으로 바깥바람 한줄기가 밀려들었다.

염예령은 그 바람 끝자락에서 스며오는 향기를 가슴에 한 가닥도 놓치지 않겠다는 듯 깊은 심호흡을 했다.

第四章

신고식

장흥관일

　예정에 없던 바쁜 오전 일과를 끝낸 무영은 빠르게 자신의 처소로 돌아왔다. 처소는 회기대 건물의 제일 왼쪽에 자리한 곳으로, 가장 초라해 보였다.

　그건 그가 속한 조가 회기대에서도 제일 말석인 이십조였기 때문이다.

　마침 점심때가 되어가는 시간이라 조장을 비롯한 조원들은 오전 훈련을 마치고 자신들의 침상에 걸터앉아 있거나 드러누워 식사 시간을 기다리고 있었다.

　"야, 신참!"

　무영이 숙소 문을 열고 자신의 자리를 향해 가자 뒤에서 누군가 고함을 질렀다.

조장과 부조장 아래의 서열에 있는 조원인 장도익(張度益)이란 사내였다.

나이는 이십대 중반쯤 되었는데 하관이 좁아 날카로운 인상을 주는 사내였다. 체격도 비교적 마른 편이라 첫인상을 더욱더 날카롭게 새겨주었다.

그의 눈에 회기대주의 부름을 받고 오전 훈련에 빠진 무영이 곱게 보일 리 없었던 모양이다.

"너, 어디 갔다 오는 거야?"

장도익이 눈 사이에 주름을 지우며 다그쳤다.

"아시다시피 대주님의 심부름을 갔다 왔습니다."

무영이 알면서 왜 묻느냔 표정으로 대꾸했다.

"그건 아는데… 대체 그게 무슨 심부름이냔 말이다. 다른 사람 다 제쳐 두고 새파란 신참에게 시키는 심부름이 어떤 것인지 알고 싶다."

장도익의 말에 다른 조원들도 흥미롭다는 시선을 던졌다.

회기대 이십조의 조원들은 모두 일 년 이상의 경력을 가지고 있었다. 반수 이상의 고참들은 호북의 흑도를 제패하기 위해 직접 전투에 참가했고, 나머지 반 정도의 조원들은 흑도대전 후 재편되어 일 년 이상 호흡을 맞춰온 사이였다. 그런데 어느 날 무영이 회기대주의 연줄을 타고 뚝 떨어져 내렸다.

제일 말석의 이십조여서 그런 일은 다반사였지만 전쟁이

끝난 후로는 한 번도 그런 일이 없었다. 그래서 무영의 정체가 무척 궁금하여 알아보니 외성 경비무사 출신이었는데 석 달 만에 내성의 경비무사로, 그리고 또 두 달 후 회기대로 편입되었다는 것이다.

그건 대단한, 아니, 말도 안 되는 파격이었다.

그래서 모두들 무영의 일거수일투족에 관심을 집중했지만 그동안은 아무런 특이점을 발견하지 못했다.

그동안 무영은 신참 특유의 어눌함도 충분히 내보였고 미숙함도 많았다. 별다른 것이 없는 놈이라는 생각과 함께 관심을 거둘까 하고 있는데 오늘 단독으로 회기대주의 부름을 받고 오전 내내 사라졌다가 나타난 것이 관심을 되살렸다.

되살아난 관심과 함께 회기대주의 연줄이란 생각으로 그동안 미뤄두었던 신고식도 겸할 생각을 한 것이다.

조장 방소추(方燒抽)와 부조장 막여상(莫餘相)도 그런 생각이 있었던지 장도익의 행동을 무관심으로 일관하고 있었다.

"지극히 개인적인 일이라 밝히지 말라고 하셨는데……."

무영은 머뭇거리며 조장과 부조장을 쳐다보았다. 그러나 그들은 계속 무관심으로 장도익을 응원하고 있었다.

"이 자식 봐라? 너, 이리 와봐!"

장도익이 예정된 수순대로 손가락을 까닥거리며 무영을 불렀다. 그렇게 해서 무영이 가까이 오면 적당한 핑계를 대고 무영을 굴릴 생각인 것이다.

무영은 고소를 삼켰다.

조만간 이런 일이 벌어질 것이라 짐작하고 있었다. 그때는 적당히 당해주며 무리없이 조원으로 섞여갈 생각을 굳히고 있었다.

하지만 이젠 상황이 바뀌었다.

방주에게 정체가 드러나고 방주의 호위인 진설과 가원, 그리고 손녀딸인 염예령까지 움직이는 마당이니 이들 역시 그렇게 움직이게 하는 것이 더 좋을 것이다.

무영은 그 자리에서 움직이지 않고 빙긋 미소를 지었다.

장도익의 눈살이 와락 찌푸려지며 그의 뱁새눈에서 불길이 쏟아져 나왔다.

아무리 간이 배 밖으로 나온 놈이라 할지라도 하늘같은 고참이 부르면 긴장한 척이라도 해야 한다. 그런데 실실 웃으며 꼼짝도 하지 않다니?

그야말로 분노가 연기로 변해 코로 뿜어져 나올 지경이었다.

"이 자식이? 빨랑 튀어오지 못해!"

장도익은 당장에라도 달려들 듯한 기세로 고함을 질렀다.

갑작스런 고함에 회기대 이십조의 조원들도 눈을 조금 크게 뜨며 두 사람을 주시했다.

정해진 수순대로 일이 벌어지고 신참이 조금 나긋나긋해지면 적당히 나서서 장도익을 말린 후 '우리도 다 겪은 과정이야' 라든지 '그냥 빨리 친해지자고 그런 거야' 등의 말로 위로하며 어깨를 몇 번 두드려 주며 끝낼 생각이었다. 그러고 나면 실제로도 더 빨리 친해지고 겉돌던 신참은 차츰 유능한 조원으로 거듭나는 것이다.

그런데 이번 신참은 문제가 다분한 놈 같았다.

겁먹은 얼굴은 하지 못하더라도 저런 식으로 빙글거리면 안 되는 것이다. 그것은 분명히 선을 넘은 행동이었고, 그로 인해 장도익의 감정 역시 선을 넘어서고 있었다.

"가면 안 굴리고 넘어가시겠습니까?"

무영은 한술 더 뜨며 장도익의 부화를 돋웠다.

"하!"

기가 막힌 장도익이 말을 잇지 못하고 헛바람만 내쉬었다.

이건 바보가 아니었다. 뻔히 알면서 항명을 하는 것이다. 그렇다면 사고를 치더라도 버릇을 고쳐 놔야 한다.

"그래서 못 오겠다, 그 말인가?"

장도익의 목소리가 낮아졌다.

대형 사고의 조짐이 보이는 위험신호였다.

그것을 느낀 조원들은 이젠 모두 하던 일을 멈추고 무영과 장도익만을 주시했다.

"이왕 굴릴 생각이시면 여기서 하십시오. 여기가 더 넓고 잘 보이니까요."

점입가경으로 무영은 자신의 주변을 둘러보며 말했다.

잠시 정적이 흘렀다.

이건 대책이 서지 않는 놈이라는 생각이 모든 조원들의 눈으로 뿜어져 나왔다. 그리고 그 생각은 서서히 적의로 변해갔다.

"개자식이!"

누가 말릴 새도 없이 장도익이 몸을 날렸다.

순식간에 거리를 좁힌 장도익의 주먹이 무영의 볼에 박혀들었다.

조장과 부조장, 그리고 장도익은 호북 흑도대전까지 직접 참여하며 살아 돌아온 사람들이었다. 그냥 연무장에서 휘두르는 검이나 주먹과 피비린내가 진동하는 전장에서 휘두르는 검이나 주먹은 확연히 달랐다.

같은 힘과 같은 속도로 휘두른다 해도 전장에서 사람을 죽여본 사람들의 검과 주먹에는 무언가 이질적인 기운이 흐른다.

살기일 수도 있었고, 전장에서 묻혀온 죽음의 냄새일 수도 있었다.

퍼억!

황소라도 때려눕힐 듯한 파육음이 터져 나왔다. 그리고는 더욱 강한 정적이 실내에 흘렀다.

모든 조원의 눈이 더욱 크게 뜨여졌다.

허공으로 붕 떴다가 떨어져야 할 신참은 꼼짝도 하지 않고 그대로 서 있는데 제대로 가격한 장도익은 두 발짝이나 주르르 밀려나며 괴로운 표정을 짓고 있었기 때문이다.

뜻밖의 사태에 조장 방소추와 부조장 막여상도 날카로운 눈으로 사태의 추이를 지켜보았다.

"회전력이 조금 부족했습니다. 그래서는 제대로 된 파괴력을 뿌릴 수 없지요."

무영은 여전히 담담한 미소를 입꼬리에 매단 채 말했다.

"이, 이 자식이!"

장도익이 이를 빠드득 갈며 다시 주먹을 말아 쥐었다.

무영의 볼을 가격한 주먹에서 전해져 오던 반탄력이 아직도 손목을 얼얼하게 하고 있었지만 앞뒤를 가릴 상황이 아니었다. 당장 주먹이 박살 나 허공에 뿌려진다 해도 주먹을 날려야 했다.

퍼억!

다시 무영의 얼굴에서 파육음이 터졌다.

이번에는 제대로 된 회전력이 실린 주먹이었다. 그런 주먹이면 정말 황소라도 나자빠질 것이다.

그러나 황소에 비해서는 반도 안 되는 체격의 신참은 여전히 그 자리에 서 있었다. 반면 장도익은 아까보다 훨씬 더 세차게 전해져 오는 반탄력에 자신도 모르게 신음을 토했다.

"죽인다!"

장도익이 살기를 자욱하게 피워 올리며 말을 뱉어냈다.

"그런 소리를 내뱉고 나서 상대를 제대로 죽이는 경우는 보지 못했습니다. 정말 죽이려는 사람은 그냥 말없이 죽입니다."

"이 개자식이!"

무영의 방자함에 장도익과 가장 친하게 지내는 조원인 유상도(柳相到)가 참지 못하고 달려들었다. 그리고는 팽이처럼 몸을 회전시키며 선풍각을 날렸다.

발은 주먹과 비교해서 최소한 세 배는 더 강한 힘이 실린다. 게다가 이런 식으로 몸을 회전하며 날리는 선풍각은 주먹 공격과는 비교도 되지 않는 것이다.

그러나 결과는 마찬가지였다.

무영은 그 자리에 꼼짝도 하지 않고 서 있었지만 선풍각을 날린 유상도는 석벽을 찬 듯 휘청거리며 튕겨 나갔다.

유상도의 선풍각마저 아무런 충격을 주지 못하자 나머지 조원들의 얼굴에는 긴장감이 흘렀다. 그런 조원들을 향해 무영이 입술을 움직였다.

"시간이 촉박하니 한꺼번에 하셔도 좋습니다."

무영의 말에 상황 판단이 되지 않은 조원들이 모두 눈만 멀뚱거렸다.

이 자리는 분명히 자신들이 신참을 길들이기 위해 마련한 신고식의 자리였다. 그런데 지금 무영이 하는 말을 들으니 무영이 무언가 목적을 가지고 자신들을 시험하는 것 같았다.

"너, 뭐 하는 놈이냐?"

그 순간 부조장 막여상이 차가운 음성과 함께 나섰다.

그는 호리호리하고 날카로운 인상의 장도익과는 달리 항아리 같은 체격에 어깨가 떡 벌어지고 얼굴에 구레나룻이 가득한 장한이었다.

"그건 가르쳐 드릴 수가 없고… 앞으로 무얼 할지는 이 자리를 통해 가르쳐 드리려 합니다."

여전히 똑같은 자세, 똑같은 표정으로 무영은 담담하게 답했다.

무언가 이상하게 흘러간다고 생각한 막여상은 장도익처럼 성급하게 나서지 않고 싸늘한 눈으로 무영을 탐색했다.

처음부터 말이 안 되는 방식을 통해 자신들의 조로 떨어져 내린 놈이었다. 그리고 그동안 전혀 정체를 알 수 없었다. 그런 놈이 지금 서서히 정체를 드러내려 하고 있었다.

장도익의 전력을 다한 두 방의 주먹과 유상도의 선풍각에 가격당하고도 꿈적도 하지 않았다. 오히려 가격한 두 사람이 튕겨났다.

이건 보통 놈이 아니라는 말이었다.

자신이라도 두 사람의 그런 공격을 정통으로 맞았다면 뒤로 밀려났거나 쓰러졌을 것이다. 그런데 무영은 파리가 한 마리 스치고 지나간 것처럼 꼼짝도 하지 않았다.

"앞으로 무얼 할지 가르쳐 주겠다고?"

막여상이 무영이 한 말을 되뇌었다.

"그렇습니다. 상황이 급박하게 변해서 최대한 빠르게 가르쳐 드리겠습니다."

"그전에 난 네놈의 정체부터 알아야겠다!"

고함을 친 막여상이 순식간에 도를 뽑으며 무영을 쳐나갔다.

설마 막여상이 도까지 뽑아 휘두를 것이라고는 생각지 못한 조원들이 외마디 소리를 지르며 뒤로 물러섰다.

대부분 무언가 이상하게 돌아간다고 생각했지만 이렇게 단도직입적으로 살수를 펼칠 자리는 아니라고 판단을 하고 있었다. 그러나 막여상의 판단은 그들보다 한발 앞서고 있었다.

그것이 그들을 평조원에, 머무르게 하고 막여상을 부조장에 오르게 한 차이점이었다.

막여상의 도는 찌르기 공격까지 가능한 귀두도였다.

칼은 검에 비해 몸체가 두껍고 무거워 베기 공격 위주였지만 귀두도는 끝부분이 뭉텅한 다른 도와는 달리 도깨비 뿔 같은 두 개의 뿔이 돋아 있어 경우에 따라서는 찌르는 공격도 가능했다.

그 귀두도가 귀곡성을 뿌리며 무영의 목을 향해 한 치의 망설임도 없이 날아들었다.

무영이 좀 더 짙은 미소를 지었다.

정확한 상황 판단과 판단을 하자마자 추호의 망설임조차 없이 공격을 펼치는 막여상의 행동이 마음에 들었기 때문이다. 이런 자들이 험난한 강호에서 조금이라도 더 오래 살아남을 수가 있는 것이다.

막여상의 도가 목 근처에까지 다가왔을 때 무영은 어깨를 흔들었다.

무영의 상체가 조금 흔들린다고 생각한 순간 막여상의 검은 애꿎은 허공을 가르며 원을 완성하고 있었다. 그러나 막여상은 조금도 틈을 주지 않고 다시 도를 휘둘렀다. 너무나 쉽게 무위로 돌아간 공격에 흔들리지 않은, 실전 경험이 풍부한 연결 동작이었다.

무영은 이번에는 피하지 않고 슬쩍 손을 내밀었다.

까앙—

손과 귀두도가 마주친 곳에서 쇳소리가 터졌다.

무영의 검지와 중지 사이에 막여상의 귀두도가 꽂혀 있었다.

기절초풍할 상황이었다.

무거운 도가 철비박을 찬 팔에 막힌 것도 아니고, 손가락 사이에 끼어 있다니.

기절초풍할 상황이 계속 이어졌다.

손가락 사이에 귀두도를 끼운 무영이 손을 뒤틀었다.

귀두도도 따라 뒤틀리며 칼 손잡이를 잡은 막여상의 손목도 같이 뒤틀렸다.

"이익!"

막여상이 벌겋게 달아오른 얼굴로 온 힘을 썼지만 귀두도는 청동 거인의 손에라도 잡힌 듯 더욱 뒤틀리기만 했다.

이대로라면 손목에 이어 팔까지 같이 꺾이며 관절이 어긋날 것 같았다. 도를 놓으면 해소될 고통이 온 어깨로 전해졌다.

"하앗!"

더 이상 지켜보지 못한 조원 하나가 검을 휘두르며 무영을 덮쳐들었다.

무영이 검지와 중지에 끼운 귀두도를 들어 올려 검을 막았다.

막여상의 검이 바위에 부딪친 듯 튀어 올랐다. 그 충격에 막여상은 할 수 없이 자신의 애병을 놓았다. 아니, 놓쳤다.

그사이 무영은 검을 휘두른 사내의 가슴으로 파고들어 다른 손으로 사내의 가슴 혈을 찍었다.

사내가 그 자리에서 뻣뻣하게 굳어졌다.

"모두 같이하셔도 상관없습니다. 시간이 촉박하니 그렇게 하는 것이 더 낫겠습니다."

손가락 사이에 끼워진 귀두도를 빙글 돌려 도병을 손에 잡은 무영은 회기대 이십조의 모든 조원들을 쳐다보며 말했다.

이젠 완전히 상황이 바뀌었다.

신참 교육이 아니라 신참에 의한 조원 교육이 되었다.

모두들 어이없다는 표정, 아니, 아닌 밤중에 홍두깨에 맞은 듯한 표정으로 무영을 쳐다보았다.

"시간을 끌면 점심을 굶게 됩니다."

무영이 귀두도를 흔들었다.

그러나 아무도 앞으로 나서지 못했다.

손가락 두 개로 막여상의 귀두도를 빼앗아 버린 인간이다.

그건 아무나 할 수 있는 절기가 아니었다. 이른바 공수탈백인(空手奪白刃)이라는 그 절기는 무림의 절정고수나 가능했다.

그동안 정체를 알 수 없던 신참이 사실은 무림의 절정고수란 말이었다.

조양방의 회기대 이십조의 조원들은 모두 삼류를 조금 넘는 수준이었을 뿐, 저런 절정고수와는 비교가 되지 않았다. 그것을 알았기에 함부로 나서지 못하는 것이다.

"네놈의 정체와 목적이 무엇인지 모르겠지만 원하는 대로 해주지. 한꺼번에 쳐라!"

이제까지 냉정한 눈으로 사태를 지켜보기만 하던 조장 방소추가 명령을 내렸다. 어떤 식으로 귀결될지는 모르지만 그렇게 해야 끝이 날 것 같았다. 그리고 그 귀결이 어떤 것인지 빨리 알고 싶기도 했다.

조장 방소추의 명령이 떨어지자 모든 조원이 무기를 빼 들었다.

무기를 꺼내 들기에는 전혀 어울리지 않는 상황이었지만 이런 순간에 터져 나온 조장의 명령은 무엇보다 우선한다. 그건 그동안 무수한 훈련을 통해 몸에 새겨진 반사적인 움직임이나 마찬가지였다.

휘익―

제일 앞에선 사내, 우기종(于基宗)이 세차게 검을 뿌렸다.

주춤거리며 뿌리는 검에는 살기가 결여됐고, 그 결과 곳곳에 치명적인 구멍이 뚫려 있었다.

무영이 귀두도를 쳐올렸다.

우기종의 검이 귀두도에 부딪쳤지만 아무런 소리도 흘러나오지 않았다. 부딪치는 순간 귀두도가 나무를 타고 오르는 뱀처럼 우기종의 검을 타고 올랐기 때문이다.

순식간에 손목까지 타고 오르는 귀두도를 보며 우기종이 비명을 질렀다.

그러나 비명에 한발 앞서 귀두도의 도배(刀背)가 우기종의 손등을 건드렸다.

손등이 찌르르 울리며 힘이 빠졌다.

우기종은 제대로 의식하지도 못하는 사이 검을 놓쳤다.

그 순간 무영은 우기종의 가슴 혈 한곳을 건드렸다.

우기종의 얼굴이 시커멓게 변해갔다.

무영은 바닥에 떨어진 우기종의 검을 차올리는 동시에 귀두도를 막어상에게 던져 주었다. 그리고는 귀두도 대신 허공에 떠오른 검을 잡아 도 대신 검으로 다른 사내를 상대해 갔다.

이번 상대는 이십조의 중간 서열에 있는 정대룡(鄭大龍)이란 사내였다. 그동안 무영과는 제일 말을 많이 섞고 친해졌기에 휘두르는 검에는 주저함이 더욱 심했다.

무영은 피식 웃었다.

이런 자는 제일 먼저 죽는다. 언젠가는 뼈저리게 느끼게 해줄 생각이었다. 아니, 지금부터 처절하게 느끼게 해줄 생각이었다.

주춤거리는 검로 사이로 무영의 검이 쾌속하게 찔러들어 갔다.

곧바로 심장을 찌르고 등 뒤에까지 관통할 힘이 실린 검격이었다.

정대룡의 눈에 죽음의 그림자가 어렸다.

죽음 직전에 무영은 검을 틀어 정대룡의 손목을 두드렸다.

정대룡도 검을 놓쳤다. 손목을 통해 스며든 찌르르한 느낌이 손을 마비시킨 것이다.

뒤이어 무영의 손이 정대룡의 가슴 혈 한 곳을 찍었다.

정대룡이 입을 딱 벌렸다.

숨이 막히는 듯한 고통이 전신으로 퍼져 나갔다.

평생 이런 고통은 처음이었다.

“아아악!”

정대룡은 목이 터져라 비명을 질렀지만 굳어진 몸은 그대로였다.

“죽여 버리겠다!”

장도익의 바로 아래 서열인 하만호(河滿戶)가 으르렁거리며 다가왔다.

“아까도 말씀드렸습니다. 정말 죽일 상대라면 아무 말 없이 죽이라고.”

“하앗!”

하만호가 고함을 치며 팔을 휘둘렀다.

그의 소매 속에서 무언가 번쩍거림이 일었다.

유성추였다.

철삭에 달린 유성추가 뱀의 혓바닥처럼 뛰어나와 무영의 머리를 짓이길 듯 날아들었다.

그의 독문 병기가 유성추란 것은 알고 있었지만 실제로 보는 것은 처음이었다.

하지만 기병을 독문 병기로 사용하는 인간치고 그것을 제대로 익힌 사람은 별로 없다는 말처럼 하만호의 유성추 역시 제대로 된 위력은 싣고 있지 않았다.

날아오는 궤적에 군더더기가 많았고, 추의 흔들림이 심했다. 저런 식으로는 타점에 제대로 된 충격파를 터뜨리지 못한다.

무영은 중지와 엄지를 붙여 동그랗게 말았다. 그리고 물방울을 튕기듯 튕겼다.

탁—

둔탁한 음향이 터져 나오며 유성추가 날아들 때보다 더 빠르게 튕겨 올랐다. 유성추를 잡은 하만호의 팔이 휘청 뒤로 꺾었다. 그리고는 가슴이 훤히 드러났다. 그곳을 무영의 손이 부드럽게 쓰다듬었다.

하만호가 뻣뻣하게 굳은 채 목상이 되어버렸다.

"죽인다!"

또 다른 조원 하나가 맹수처럼 으르렁거리며 칼을 치켜들었다.

"그 소리 정말 여러 번 듣는군요."

무영이 입술 끝을 말았다.

"하지만 제대로 실행을 할 수 있는 사람이 없어 보이는 게 문제입니다."

무영은 장난스럽게 웃으며 남아 있는 조원들을 쳐다보았다. 그들도 무영을 마주 보았다.

벌써 반 정도가 점혈을 당해 뻣뻣하게 서 있었다.

반이 당했으니 나머지 반은 남아 있다고 할 수 있지만 그야말로 그건 숫자에 지나지 않았다.

귀두도를 손가락 사이에 끼워 빼앗아 버리고 날아드는 유성추를 물방울 튕기듯 탄지(彈指)의 수법으로 튕겨내 버리는 상대였다.

애초에 상대가 되지 않는 놈이었다.

그가 마음만 먹는다면 단 일수에 조원들을 모두 죽일 수 있을 것 같았다. 그런데도 그는 유희를 즐기듯 한 명 한 명 차례로 점혈을 하고 있었다.

"네놈 목적이 무엇이냐?"

조장 방소추가 가라앉은 목소리로 물었다. 그는 이곳에서 유일하게 눈빛이 흔들리지 않는 사내였다.

역시 한 무리의 수장다웠다.

"우선은 여러분을 모두 점혈시키는 것입니다."

무영이 다시 움직였다.

흐릿한 그림자가 앞을 스친다고 생각한 순간 또 두 명의 조원이 굳어졌다.

이제 남은 사람은 조장 방소추와 귀두도를 되찾은 부조장 막여상, 그리고 그 뒤로 두 명의 조원만 남아 있었다.

부조장 막여상이 한 명의 조원을 향해 은밀히 눈짓을 했다.

무영의 정체는 물론 목적이 무언지 짐작할 수 없었고, 도저히 상대도 되지 않았다. 그렇다고 이렇게 고스란히 당할 수는 없었다.

한 명이라도 이곳을 빠져나가 구원을 요청해야 했다.

막여상의 눈빛을 받은 사내가 막여상의 몸에 무영의 시선이 가려지는 순간을 틈타 신속히 뒷문을 향해 몸을 날렸다.

피잉—

한가닥 소음이 허공을 가로질렀다.

지풍이 터지며 나는 소리였다.

지풍에 등을 격중당한 사내가 그 자리에서 굳어졌다.

막여상의 눈이 경악으로 물들었다.

지풍을 쏘아내는 것도 자신들로서는 상상 너머의 경지였다. 그런데 그 지풍의 강도를 정확히 조절하여 점혈만 한다는 것은 아예 상상 불능이었다.

파앗—

조장 방소추가 순간의 혼란을 틈타 쾌속하게 검을 찔러 넣었다. 그는 지금까지 이 순간만을 기다리고 있었던 것이다.

그와 때를 같이하여 부조장 막여상과 마지막 남은 조원 하나도 무영의 양 측면을 향해 날아들었다.

두 사람이 좌우를 점하는 사이, 방소추의 검이 무영의 심장을 찔렀다.

푸욱!

익숙한 감촉이 방소추의 손목으로 전해졌다. 호북의 흑도 대전을 치르면서 수없이 느껴본 피륙을 꿰뚫는 감촉이었다.

'이렇게 쉬울 리가?'

방소추가 흥분으로 물든 눈을 들어 무영을 쳐다보았다.

무영의 표정은 처음과 다름없이 편안해 보였다. 그것은 검에 가슴이 관통당한 사람의 표정이 아니었다.

방소추는 시선을 내려 자신의 검을 쳐다보았다.

검은 무영의 겨드랑이 사이에 끼워져 있었다.

무영은 검을 겨드랑이에 끼운 후 힘을 조절하여 피륙을 뚫는 느낌을 전해준 것이었다.

뜨끔!

그 순간 방소추의 가슴에 무영의 손가락이 닿았다.

'그럼 그렇지.'

뻣뻣하게 굳어가는 속에서도 방소추는 고개를 끄덕였다.

지풍으로 점혈을 시키는 무공을 지닌 사내가 자신의 검에 당할 리가 없었던 것이다.

그사이 부조장 막여상과 마지막 남은 조원도 뻣뻣하게 굳어지고 있었다.

"일차 목적은 완수했군요."

무영이 모두 굳어버린 조원들을 향해 부드러운 음성으로 말했다.

"아까도 말했듯이 시간이 없으니 바로 다음 단계로 들어가겠습니다."

빙긋 웃은 무영은 가슴속으로 손을 넣었다. 그리고는 무언가를 꺼냈다.

피잉—

핑—

무영이 손가락을 튕기자 콩알만 한 물체가 허공을 날아 정면으로 굳어 있는 사내들의 입속으로 들어갔다.

피잉—

핑—

무영은 신형을 조금 움직여 옆으로 서 있거나 돌아서 굳어 있는 조원들의 입속에도 콩알만 한 물건들을 팅겨 넣었다.

그것들은 입에 들어오자마자 순식간에 녹아 식도를 타고 뱃속으로 흘러내렸다.

아마도 독일 가능성이 높다는 판단을 한 조원들이 용을 썼지만 이미 굳어버린 몸으로는 아무것도 할 수 없었다.

"이 단계도 완료했습니다. 이젠 혈을 풀어드리겠습니다."

무영이 손을 흔들었다.

몇 가닥인지도 모를 지풍이 한꺼번에 쏘아져 나와 사내들의 상체를 건드렸다.

쿵!

털썩—

굳어 있던 사내들이 혈이 풀리며 쓰러지거나 주저앉았다.

"우리에게 무얼 먹였느냐?"

한참 후 정신을 차린 장도익이 씹어뱉듯이 물었다.

"독입니다."

무영이 대수롭지 않게 답했다. 그러자 조원들의 눈에 독의 효력을 설명해 달라는 간절한 열망이 흘러넘쳤다.

"당장은 아무렇지도 않습니다. 하지만 주기적으로 해약을

복용하지 않으면 내장부터 썩어 내리며 차츰 온몸이 같이 썩
어 내립니다. 그땐 정말 아픕니다.”

무영의 대답에 모든 대원들의 얼굴이 똥색으로 변해갔다.

얘기책 속에서나 읽었던 일이 자신에게 일어난 것이다.

섭혼술에 의해 정신을 조종당하거나 자모고(子母蠱)라는
흉측한 벌레가 몸에 스며들어 시전자에 의지에 따라 꼭두각
시로 변해 비참한 최후를 맞는 인간들의 얘기는 그야말로 호
사가들의 상상 속 괴담인 줄 알았는데 자신들이 그렇게 되었
다는 말이다.

“마, 말도 안 돼! 으아아―”

조원 중 제일 나이가 적은 마소창(馬所倡)이 공포감을 이기
지 못하고 비명을 질렀다. 그리고 목구멍으로 손가락을 집어
넣어 뱃속으로 흘러든 독을 게워 올리려 발악을 했다.

“웩! 웩!”

마소창이 아침 먹은 것을 모두 게워냈다.

“지금쯤이면 혈관 속에 모두 스며들었습니다. 그러니 아까
운 음식 낭비하지 마십시오.”

무영이 마소창을 보며 달래듯 말했다. 조원 중 마소창은 유
일하게 무영보다 어린 나이였다.

“이 악마 같은 새끼……..”

“그리고 그 독은 특이해서 내가 지풍만 날리면 순식간에
발작을 일으키며 온몸이 녹아내립니다.”

장도익이 이판사판으로 검을 들어 올리려다 무영의 검지가 자신의 가슴으로 향하는 것을 보며 돌처럼 몸이 굳어졌다.

"그래, 차라리 죽자! 죽으면 될 거 아냐! 죽는 한이 있어도 절대로 네놈 꼭두각시는 될 수 없다!"

부조장 막여상이 지풍을 날리려면 날리라는 듯 가슴을 들이밀었다.

"죽는 거야 어렵지 않겠지요. 그런데 고향에 있는 처자와 노모는 어쩌실 생각입니까?"

무영이 이번에는 검지를 들어 올리는 대신 핵심을 찌르는 말로써 막여상을 공격했다.

텁석부리장한인 막여상이 움찔 움직임을 멈추었다. 그리고는 눈동자를 이리저리 굴렸다.

집안의 유일한 남자인 그가 잘못되면 노모는 물론, 다른 가족도 모두 굶어 죽거나 살아도 거지꼴을 면하지 못할 것이 자명했다. 조원 중에서도 몇 명밖에 모르는 그 사실을 정확히 알고 있는 것으로 보아 무영은 이미 조원들의 신상을 전부 파악하고 있는 것 같았다.

"으아아―"

막여상이 비명을 지르며 숙소의 기둥을 쥐어박았다.

기둥도 비명을 내지르며 온몸을 떨었다.

"대체 네놈이 원하는 게 뭐냐?"

조장 방소추가 가장 먼저 냉정을 되찾고 가라앉은 음성으로 물었다.

지금으로선 도저히 방법이 없었다. 무공으로도 일초지적이 안 되는 상대인데 이젠 중독까지 되었다. 그야말로 자신들은 그물에 걸린 나방이었다. 그물을 친 거미가 원하는 대로 할 수밖에 없는 신세가 된 것이다.

"당분간 제 지시대로만 움직여 주면 나중에 해약을 드리겠습니다."

무영이 장난기 어린 웃음을 지우고 처음으로 진지하게 말했다.

"그게 무어냐? 물론 배신을 하라는 것이겠지?"

장도익이 이를 악물며 물었다.

"조양방을 사랑하십니까?"

무영이 대답 대신 장도익을 향해 되레 물었다.

장도익의 얼굴이 찌푸려졌다.

어느 모로 보나 상대가 안 되는 놈이란 생각이 또다시 들었다. 무공은 물론이고, 말로는 더 힘들었다.

"그런 건 모른다. 우린 돈을 받고 그만큼 칼을 휘둘러 주는 사람들일 뿐이다."

장도익이 콧김을 내뿜으며 응수했다.

"그럼 제가 더 많은 돈을 주면 저를 위해 칼을 휘두르겠습니까?"

무영이 다시 물었다.

장도익의 얼굴이 더욱 찌푸려졌다.

그런 경우가 없는 것은 아니었다. 칼 한 자루 들고 흑도 생활을 하는 이상 다른 곳에서 칼밥을 먹을 수도 있었다. 조양방이 망하고 운 좋게 살아남아 다시 몸을 의탁하는 곳이 조양방을 무너뜨린 곳이 될 수도 있었다.

하지만 지금은 아니다. 아직은 조양방의 밥을 먹고 있었다.

"조양방의 밥을 먹는 이상 조양방을 위해 칼을 휘두른다. 그때까지는 다른 생각 없다."

장도익이 자르듯이 말했다.

짝짝짝!

무영이 다시 장난기 가득한 얼굴로 박수를 쳤다.

"멋지십니다, 장 선배. 강호 협객이 여기 계셨군요."

무영이 과장스럽게 목소리를 높였고, 장도익의 얼굴이 붉으락푸르락 변했다.

도저히 정체는 물론, 의도를 알 수 없는 놈이란 생각이 절로 들고 있었다.

"용건만 말해라. 대체 네놈이 원하는 것이 무엇이냐?"

무영에게 제일 먼저 주먹을 날렸던 장도익이 날카로운 음성으로 물었다.

"조양방을 구하는 일입니다."

"뭐가 어째?"

이번에는 부조장 막여상의 인상이 험악하게 구겨졌다.

지금까지의 무영의 행동은 간세나 할 법한 일이었다. 간세로 스며들어 작은 조직부터 하나하나 장악하고 결국에는 큰 조직을 왕창 무너뜨린다. 그리고 그에 동조한 자신들은 일이 성공해도 평생 배신자로 낙인찍히는 것이다. 그런데 조양방을 구하는 일이라니?

다른 사람들도 어안이 벙벙한 표정으로 무영의 입술만 쳐다보았다.

"조양방이 무너지기 일보 직전입니다. 그래서 여러분의 도움이 필요합니다."

"미친놈!"

이번에는 정대룡이 콧김을 내뿜으며 나섰다. 아까 지독하게 당한 가슴이 아직까지 아픈 듯 인상을 쓰고 있었다.

"정말입니다."

무영이 정색을 했다.

정대룡이 눈살을 와락 찌푸리며 이를 갈았다. 무영이 자신을 가지고 논다고 생각한 것이다. 하지만 능력이 없으니 참고 있을 뿐이었다.

"그 말을 믿으라고? 독을 먹여 죽지도 살지도 못하게 만들어놓은 네놈 말을 믿으란 말이냐?"

정대룡이 배신감으로 치를 떨며 말했다. 그동안 그는 어쩐지 무영이 마음에 들어 제일 먼저 마음을 열었기에 배신감 역시 제일 크게 느꼈다.

"아직 못 느끼고 계셨군요. 조금 전 여러분이 삼킨 알약은 독이 아니라 일종의 단약(丹藥)입니다. 운기해 보시면 아시겠지만 공력이 일 할은 더 증대되었을 겁니다."

무영의 대답에 모두들 눈을 동그랗게 뜨며 서로를 쳐다보았다. 그들의 눈이 바람 앞의 촛불처럼 흔들리고 있었다.

"운기해 보십시오."

무영의 조원들을 쳐다보며 재촉했다.

모두들 뭐가 어떻게 돌아가는지 모르겠다는 표정을 하다가 정대룡이 먼저 바닥에 주저앉았다. 그리고는 운기를 시작했다.

모두들 정대룡만 쳐다보고 있었다.

만약 알약이 독이라면 정대룡은 오히려 더 빨리 독이 퍼져 죽을 수도 있을 것이기 때문이다.

"후우―"

잠시 후 정대룡이 긴 한숨을 토했다.

"독이 아니야!"

정대룡이 죽었다 살아난 듯한 표정으로 말했다.

"정, 정말인가?"

"정말입니까, 형님?"

조원들이 정대룡 앞으로 모여들었다.

정대룡이 긴 호흡을 내뿜으며 고개를 크게 끄덕였다. 내력이 증대된 그의 얼굴에 홍조와 함께 은은한 미소가 감돌았다.

조금 더 정대룡의 상태를 관찰하던 조원들은 모두들 지옥 문턱을 넘다가 되돌아 나온 것 같은 표정과 함께 얼른 자리에 앉아 운기에 빠져들었다.

第五章
암중인(暗中人)

장흥관일

딱─

파악!

경쾌한 격타음이 조용한 실내를 울렸다.

격타음은 오석(烏石)과 조개껍질을 다듬어서 만든 흑백의 바
둑돌이 질 좋은 은행나무 바둑판을 두드리며 나오는 소리였다.

딱!

다시 경쾌한 격타음이 울렸다.

여인의 그것처럼 흰 손이 바람을 날리며 백돌을 착점한 것
이다.

"너무해요!"

잠시 후 꾀꼬리 같은 여인의 목소리가 터져 나왔다.

거침없이 흘러나오는 맑은 목소리는 자칫 조심성이 없다는 느낌이 들게도 하였지만 너무 맑고 청아하여 금방 그런 느낌을 지워 버리고 아무런 구김살 없이 자란 소녀의 발랄함을 짐작케 해주었다.

그런 짐작처럼 방금 교성을 터뜨린 목소리의 주인은 열일곱이나 열여덟쯤 되어 보이는 소녀였다.

성숙한 몸매와 체격은 스물을 넘긴 듯 보였지만 아직 앳된 얼굴과 입꼬리에 묻어 있는 장난기는 그 정도 나이로밖에 볼 수 없었다.

"한 수만 물려줘요, 삼사형!"

여인, 아니, 소녀가 생글거리며 애원을 했다.

눈꼬리에서부터 시작해서 입꼬리로, 얼굴 전체로 퍼져 나가는 웃음은 순간적으로 벚꽃이 만개하는 듯한 느낌을 주었다.

"글쎄… 이번에는 힘들겠는데."

마주 앉아서 백돌을 쥐고 있는 청년이 고개를 저으며 말했다.

훤한 이마에 영웅건을 두른 청년은 그야말로 송옥과 반안의 현신인 양 흠잡을 데 없는 용모를 하고 있었다.

희고 윤기 나는 피부는 마주 앉은 소녀에 못지않았고, 두 눈은 잔잔하고 부드러운 빛을 내뿜고 있었다. 하지만 그 눈빛 속에 차분히 가라앉아 있는 정광은 칼날처럼 날카롭고 불길처럼 뜨겁게 타오를 것 같은 기운을 감추고 있었다.

입술 역시 여인처럼 붉고 그린 듯이 부드러운 선을 이루고 있었다.

남자의 입술치고는 조금 얇은 것이 안타까움을 자아낼 수도 있었지만 굳게 다물린 입꼬리가 그런 약점을 완전히 상쇄시키며 오히려 굳건한 의지를 엿보이게 했다.

"아이— 물려줘요, 삼사형! 다시는 물려달라고 하지 않을 테니 이번 한 번만……."

소녀가 콧소리를 내며 매달렸다. 그 모습이 마치 여섯 살 꼬맹이처럼 귀여웠다.

청년이 빙그레 미소를 지었다.

단호하게 다물어진 입꼬리가 부드럽게 풀어지며 잔잔하게 퍼져 나가는 웃음은 그 어떤 여인이라 할지라도 가슴을 설레게 할 것처럼 빛을 뿜었다.

소녀도 예외가 아닌 듯 잠깐 동안 몽롱한 눈빛을 되었다가 얼른 처음으로 돌아왔다.

"좋아! 하지만 이번이 마지막이야."

청년이 방금 착점했던 백돌을 걷어내며 말했다.

"고마워요, 삼사형! 호호!"

소녀가 교소를 터뜨리며 청년이 백돌을 들어낸 자리에 얼른 흑돌을 갖다 놓았다. 그러자 바둑은 다시 소녀가 유리한 형상이 되었다.

　한 수를 물려줌으로 해서 다시 어려운 지경에 놓인 청년은
바둑판을 바라보았다.

　부드러운 눈빛 속에 침잠되어 있던 날카로운 기운이 청년
의 눈을 통해 쏘아져 나왔다.

　이 순간 청년의 모습은 마치 한 자루 보검 같았다.

　그런 청년을 보며 소녀가 살짝 입술 끝을 치켜 올리며 미소
지었다.

　지금 이 순간 청년이 충분히 생각할 여유를 주면 또 무슨
묘수를 찾아낼 것이 분명했다. 그러기 전에 손을 써야 했다.

　"오늘… 무슨 좋은 일이 있는 거죠?"

　소녀가 청년을 향해 질문을 던졌다. 그러나 깊이 집중한 청
년은 소녀의 말을 듣지 못하고 있었다.

　"삼사형!"

　소녀가 뾰족한 목소리로 고함을 질렀다.

　"음?"

　청년이 삼매에서 빠져나오며 소녀를 쳐다보았다.

　"뭐라고 했지, 사매?"

　청년이 눈을 끔벅거렸다.

　"어휴! 소나무 귀신."

　소녀가 한숨을 내쉬며 고개를 저었다.

　"삼사형은 한번 생각에 잠기면 옆에서 내가 죽어 넘어가도
모를 것 같아요."

소녀가 살짝 눈을 흘겼다.

“하하! 그럴 리가…….”

청년이 가지런하고 하얀 이를 드러내며 웃었다.

“그런데… 뭐라고 했지?”

청년이 다시 물었다.

“오늘 무슨 좋은 일 있냐구요?”

소녀가 눈을 반짝거리며 청년을 쳐다보았다. 철없는 듯 맑은 소녀의 눈동자에서는 영민한 빛이 절로 흘러내렸다.

“왜 그렇게 생각하지?”

“내가 삼사형을 하루 이틀 봐왔나요? 최소한 세 가지 이상의 표시가 나요.”

“어이쿠! 그렇게나 많이? 이러다간 어제 잠들기 전에 무슨 생각을 했는지도 읽어내는 거 아닌가?”

청년이 짓궂은 표정으로 소녀를 쳐다보았다.

“무슨 생각을 했나요? 설마 제 생각……?”

소녀가 살짝 볼을 붉히며 물었다.

“일단은 표시가 나는 것부터 말해봐.”

청년이 슬쩍 말꼬리를 돌렸다.

소녀가 청년을 향해 살짝 눈을 흘긴 후 입을 열었다.

“삼사형은 기분 좋은 일, 아니, 안 풀리던 일이 풀리면 나보고 자진해서 바둑을 두자고 하지요. 평소에는 내가 세 번은 졸라야 한 번 둬주는데 말예요. 그게 첫 번째 특징이고… 두 번째는 바둑돌을 착점하는 소리가 훨씬 경쾌해지죠."

"세 번째는?"

청년이 자신도 모르고 있던 사실을 알게 되어 신기하다는 표정으로 재촉했다.

"세 번째는 내가 물려달라는 대로 다 물려주죠. 보통 때는 두 번이 한계인데."

말을 마친 소녀가 의기양양하게 청년을 쳐다보았다.

"정말 놀랍군! 이제 보니 사매 뱃속엔 너구리가 들어앉아 있었잖아."

청년이 탄성을 터뜨리며 말했다.

"왜 하필 너구리예요? 더 예쁘고 귀여운 것도 많은데."

소녀가 아미를 찌푸리며 투정했다.

"하하!"

청년이 맑게 웃었다. 그것 역시 막히던 문제가 풀렸을 때의 특징이다.

"말해보세요, 무슨 좋은 일이 있는지."

소녀가 정색을 하며 물었다.

청년도 천천히 얼굴에 남아 있던 미소를 지우고 정색을 하기 시작했다.

"그동안 정체를 알 수 없었던 그림자의 흔적을 찾았다."

"그림자? 조양방의 암중인(暗中人)을 말하는 건가요?"

소녀의 목소리가 급격히 경색되었다.

"그래. 내가 조양방에 보낸 몇 명의 부하를 감쪽같이 사라지게 만든 그 그림자지."

청년의 눈에서 보검처럼 날카로운 빛이 쏘아져 나왔다. 그건 지금까지의 청년의 모습과는 너무나 이질적이었다. 마치 청년이 환술을 펼쳐 순식간에 딴사람이 된 것 같았다.

"조양방주인가요?"

소녀가 긴장으로 침을 꿀꺽 삼키며 물었다.

소녀의 판단으로는 조양방에서 그런 짓을 할 사람은 조양방주 염천기밖에 없다고 생각했다.

여덟 장로가 유능하다고는 하지만 그들의 움직임은 이미 자신들의 손바닥 안에 있는 것이나 마찬가지였다. 또한 염천기의 다섯 아들과 그 가족들의 움직임도 마찬가지였다.

장로들과 다섯 아들, 그리고 그 가족들을 빼면 조양방은 빈 껍데기였다. 그러니 그들을 제외하면 조양방주만 남았다.

그런데 청년은 무겁게 고개를 흔들었다.

"그럼 대체 누가……?"

소녀의 눈동자에 먹물같이 짙은 의구심이 번져 갔다.

"아직 확실한 것은 모른다. 오늘 겨우 흔적만 잡았을 뿐이니까. 하지만 방주나 장로, 그리고 방주 가족들이 아닌 것만은 확실해."

청년이 가라앉은 목소리로 말했다.

"대체 누굴까요? 방주와 그 가족, 그리고 장로들이 아니라면 누가 그런 짓을 했단 말이죠? 누가 있어 삼사형의 치밀한 계획 사이로 끼어들 수 있단 말인가요?"

소녀 단목진희(端木珍喜)가 믿기지 않는다는 표정으로 청년 위건화(尉健和)를 쳐다보았다.

단목진희의 말처럼 청년 위건화는 얼마 전 사천에서 천가보를 상대로 치밀한 계획을 세워 그 계획에 따라 일을 실행시켜 천가보를 순식간에 무너뜨려 버렸다.

단목진희는 사천의 흑도제일방이 그렇게 쉽게 무너지리라고는 상상도 하지 못했다.

천가보를 무너뜨리기 위해서는 최소한 백 명 이상의 무황성 교룡각(蛟龍閣) 고수들을 동원해야 될 줄 알았다. 자신이 했다면 분명 그랬을 것이다. 그런데 위건화는 스무 명 남짓의 수하만 대동하고 사천으로 스며들어 단 한 달 만에 무너뜨려 버렸다.

그건 입을 딱 벌릴 만한 일이었다.

자신의 힘은 최소한으로 쓰며 상대의 환부를 건드려 스스로 무너지게 만드는 계책!

위건화가 사용한 계책이 바로 그것이었다.

위건화는 천가보의 약점을 건드려 반란이 일어나게 만들었다. 그리고 반란이 성공한 후 그 성공한 세력마저 또다시 자중지란이 일어나게 만들어 모래알처럼 흩어지게 했다. 흩어진 모래알 중 위험 요소가 있는 자들 몇십 명의 목을 치는 것이 그가 데리고 간 수하들이 한 일이었다.

단목진희는 그때부터 삼사형 위건화를 다시 보게 되었다.

언제나 부드러운 눈매에 여인처럼 섬세해 보이는 외모 속에는 칼날보다도 비정하고 얼음장보다도 차가운 심정이 내재되어 있었던 것이었다.

그것이 잠시 무섭기도 했지만 나중에는 오히려 기뻤다.

그동안 대사형과 이사형에 비해 너무 여려 보이기만 했던 삼사형이 실상은 그들 두 사람에 비해 조금도 뒤처지지 않는다는 것이었다.

그건 부친의 홍복이기도 했고 무황성의 홍복이기도 했다.

대사형 석모광(石慕光)이 마련을 무너뜨리는 데 혁혁한 공을 세웠고, 이사형 사운혁(司雲赫)은 사도맹을 무너뜨리는 데 절대적인 공헌을 해 무황성 내에서 확고한 입지를 굳히고 있었다. 그에 비해 삼사형 위건화는 그런 기회를 잡지 못했는데 이번 흑도 궤멸 작전에 대사형이나 이사형보다 훨씬 더 무서운 능력을 발휘하고 있었다.

이번 작전이 이런 식으로 빠르게 끝나면 삼사형 위건화는 수백 명의 무황성 무사들을 동원한 대사형이나 이사형보다 더 인정을 받을 수 있을 것이다. 그렇게 되면 완고한 부친도 자신의 의사를 무시하지 않을 것이다.

어릴 때부터 자신은 대사형이나 이사형보다는 삼사형이 더 좋았다. 그래서 부친의 반대를 무릅쓰고 이곳까지 따라온

것이다. 그리고 자신이 따라옴으로 인해서 자신의 신변을 보
호하는 수신오위(修身五衛)가 같이 따라오니 결과적으로 그들
이 모두 위건화의 전력이 되는 것이다.

그런데 이곳 조양방에서 정체 모를 존재에 부딪쳐 계획이
차질을 빚고 삼사형 위건화의 얼굴이 한동안 굳어져 있었다.
다른 사람은 몰라도 단목진희는 위건화의 그런 표정 변화를
느낄 수 있었다.

그런 표정 변화는 그가 극도로 긴장하고 있다는 반증이었다.

"누군지는 몰라도 아주 뛰어난 자란 생각이 들어. 그래서
제법 고생했지."

위건화가 미소를 지었다.

단목진희는 속으로 한숨을 내쉬었다. 방금 지은 위건화의
미소 속에는 그간의 긴장이 조금도 남아 있지 않았다. 그건
문제 해결에 자신이 있다는 뜻이었다. 그럼 된 것이다.

"바둑 두는 사람 어디 갔나요?"

단목진희는 슬쩍 바둑판으로 고개를 돌려 돌 하나를 다른
곳으로 밀고는 목소리를 높였다.

단목진희의 목소리에 위건화도 바둑판으로 시선을 돌렸다.

피식!

위건화가 미소를 지었다. 그리고는 경쾌하게 착점을 했다.

"쩝!"

단목진희는 입맛을 다시며 고개를 저었다. 딴에는 판을 유

리하게 돌을 살짝 옮긴 것인데 위건화가 착점을 하고 보니 아까보다 더 불리하게 되어버렸다.

"이런 식으로 암중인을 잡을 수 있다는 말이죠?"

단목진희는 더 이상 물려달라고 하지 않고 질문을 던졌다.

"그렇지. 계획이 틀어지면 그에 맞게 계획을 변경해야지. 화설금(華雪琴) 오단주를 전진 배치시켰으니 잡을 거야."

화설금 오단주란 말에 단목진희의 미간이 약간 찌푸려졌다. 그리고 그녀의 눈에서 순간적으로 질투의 빛이 흘러나왔다.

"그럼 이게 이렇게 틀어지면 어떻게 하죠?"

단목진희는 새 돌을 놓지 않고 반상에 놓인 돌 하나를 다시 바꿔놓았다.

"그건 좀 까다로운데……."

위건화의 표정에서 다시 긴장감이 어렸다. 방금 단목진희가 옮긴 돌은 말도 안 되는 억지 수였다.

"아무래도 어렵죠?"

"그래! 그런 일은 벌어질 수가 없어!"

한참을 생각하던 위건화가 고개를 흔들며 말했다.

"만약 벌어진다면요?"

"그럼 내가 지겠지."

위건화가 순순히 인정했다.

"설마요?"

단목진희가 펄쩍 뛰었다. 어떤 일이 닥쳐도 수를 찾아내고 절대로 포기를 않는 위건화의 그런 대답은 어울리지 않은 것이다.

"나라고 만능은 아니지."

위건화가 빙그레 웃으며 말했다. 그래도 단목진희는 항변하듯 위건화를 쳐다보고 있었다.

"그럼 이게 암중인이라 생각하고 나중에 어떻게 되나 한번 보죠."

단목진희는 새 돌을 바둑판 반 뼘 정도 위에서 가볍게 떨어뜨렸다.

또르르—

흑돌이 조금 옆으로 구르다가 어느 한곳에 멈추었다. 그건 대국자의 의도와는 전혀 상관없는 자리였다.

"사형도 한번 해봐요."

단목진희의 말에 위건화도 백돌을 하나 떨어뜨렸다.

백돌도 대국자의 의지와 상관없이 바둑판 한곳에 자리를 잡았다.

"자! 계속 둬보지, 어떻게 되나."

"그래요! 계속 둬요."

두 개의 바둑돌을 아무렇게나 던져 놓은 두 사람은 호기심 어린 미소를 머금은 채 계속해서 바둑을 두어나갔다.

第六章

포섭(包攝)

장홍관일

　주루의 구석진 자리에서 두 사람이 술잔을 기울이고 있었
다.
　둘 다 이십대 중반의 나이로 보이는 사내들이었다.
　한 사람은 훌쩍 큰 키에 온화한 인상이었고, 다른 한 사람
은 매서운 눈매에 날카로운 인상의 사내였다.
　훌쩍 큰 키에 부드러운 인상의 사내는 회기대 이십조의 정
대룡이었고, 날카로운 인상의 사내 역시 회기대 이십조의 장
도익이었다.
　두 사람은 며칠 전 신참 신고식을 받으려다 도리어 신참에
게 호된 신고식을 당한 후 두문불출하다가 오늘 이곳에서 술

을 마시고 있었다.

그때의 충격이 아직 가시지 않은 듯 두 사람은 제일 구석 자리를 차지하고서도 상체를 잔뜩 움츠린 채 목소리마저도 최대한으로 낮춰 속삭이듯 대화를 나누고 있었다.

그건 평소 두 사람의 모습과는 너무도 달라 혹시 아는 사람들이 두 사람을 본다면 무슨 역적모의라도 하는 것으로 오해하기 딱 좋아 보였다.

다행히 주루에는 그들과 친분이 있는 사람이 없었다.

"형님! 정말 그놈 말대로 할 생각입니까?"

정대룡이 여전히 낮은 목소리로 물었다.

질문을 하는 그의 눈엔 조바심이 가득했다. 그러나 장도익은 즉각 대답을 하지 않고 묵묵히 술잔을 기울였다. 그런 장도익의 모습에 답답함을 느끼는지 정대룡도 벌컥 술잔을 들이켰다.

"그렇게 할 생각이네."

정대룡이 술잔을 내려놓자 장도익이 뒤늦게 무거운 음성으로 답했다.

"아니, 그놈을 어떻게 믿고……?"

정대룡이 득달같이 목소리를 높였지만 그의 눈동자에 안도감이 와락 몰려오고 있었다. 그러나 그는 내심을 감춘 채 다시 입을 열었다.

"대체 말이 되는 소립니까? 어디서 온 놈인지, 어떤 놈인지도 모를 그놈 말만 믿고 우리 목을 걸잔 말입니까?"

정대룡이 미간을 잔뜩 좁히며 말했다.

"정체를 알 수 없지만 믿음이 가는 놈이야."

장도익이 다시 한참 동안 뜸을 들이다 답했다.

"어떤 면에서 말입니까?"

이번에도 정대룡은 장도익의 말이 끝나자마자 득달같이 물었다. 하지만 장도익은 또 뜸을 들였다.

"아이구, 복장 터지겠네. 오늘따라 웬 쓸데없는 무게를 그리 잡으시오?"

정대룡이 마침내 폭발하며 연거푸 술잔을 들이켰다. 그러나 뭔가에 홀린 듯 한곳에만 시선을 고정하고 있는 장도익의 모습은 변하지 않았다.

"대체 뭐가 믿을 만한지 한번 읊어보시오. 형님처럼 남 잘 안 믿는 사람이 어떻게 그놈을 그리 믿게 되었는지 이유나 들어봅시다."

정대룡이 호기심 가득한 눈을 반짝이며 재촉했다.

"그놈이 처음 말했던 대로 우리에게 먹인 것이 독이었다면 난 무슨 수를 써서라도 다른 사람에게 알렸을 것이다. 그게 안 되면 내 한 몸 혈수로 녹아내린다고 하더라도 그놈의 정체를 폭로했을 것이야."

장도익은 다시 술을 들이켰다. 반면 정대룡은 무심결에 고개를 끄덕이며 장도익의 입만 쳐다보고 있었다.

"하지만 그놈은 독이 아니라 영단을 먹었다."

장도익은 침착하게 말하고는 다시 술잔을 기울였다. 이번에는 정대룡도 같이 술잔을 기울였다.

"그리고 그 영단을 먹고 나면 공력이 일 할은 증대될 것이라고 했는데… 실상은 거의 배나 증대된 것 같다. 너 역시 그러리라 짐작한다."

장도익은 단전 깊이 긴 호흡을 이끌며 정대룡을 쳐다보았다.

"맞소. 나도 족히 두 배는 증대된 것 같소."

정대룡이 고개를 끄덕였다.

"사악한 놈은 아니야."

장도익이 결론을 내리듯 말했다.

"결국 뇌물에 넘어갔다는 말이군요."

정대룡이 피식 웃으며 말했다.

"자넨 처음부터 그놈이 맘에 들어 졸졸 따라다녔으면서 뭘 그렇게 말이 많은가?"

장도익이 곁눈질을 하며 말했다.

정대룡이 입맛을 다시며 장도익의 시선을 피했다. 그는 조원들 중에서도 제일 성질이 깐깐한 장도익이 퉁을 놓을까 내심 조마조마해서 술까지 사며 의향을 떠보고 있는 것이다.

"거짓말을 하는 놈들은 토해내는 숨 냄새가 다르다."

장도익이 다시 말했다.

“어떻게 말입니까?”

“말로는 설명이 불가능하지만 거짓말을 하는 놈들의 숨 냄새는 뭔지 모르게 위화감을 느끼게 만든다. 그놈에겐 그런 게 없었다.”

“위화감……? 그런 단어도 알고 계셨소?”

정대룡이 놀란 눈을 하며 장도익을 쳐다보았다.

“자네도 좀 더 살아보면 알게 될 걸세.”

장도익이 흐릿하게 웃으며 대꾸했다.

“아이구! 몇 년 더 살았다고 그러시오. 겨우 두 살 더 많으면서…….”

정대룡이 코웃음을 쳤다.

두 살이면 친구로 대해도 될 나이였다. 다른 사람 같았으면 그렇게 했을 테지만 장도익은 나이는 두 살 차이라도 느낌상으로는 열 살쯤 차이 나는 그런 사람이었다.

“오뉴월 하룻볕이 어딘가?”

장도익은 이런 때 가장 많이 쓰이는 상투적인 문구를 내뱉고는 무거운 동작으로 술잔을 들이켰다.

“그놈 말에 따르기로 했으니 우리 목은 이제 작두 위에 올려놓은 것이나 마찬가지군요.”

정대룡도 굳은 표정이 되어 중얼거렸다.

“그렇지. 조양방의 영웅이 되든지, 역도로 몰려 목이 떨어지든지 둘 중 하나가 되겠지.”

장도익이 고개를 끄덕였다.

"젠장!"

정대룡이 역정을 토하며 술을 벌컥 들이켰다. 크게 움직이는 목젖과 함께 술 한 잔이 단숨에 비워졌다.

"어쩌다 그런 여우같은 놈에게 홀려가지고 팔자에도 없는 충신 노릇을 하게 됐군."

정대룡이 세차게 고개를 흔들며 어이없다는 웃음을 지었다.

"충신?"

장도익이 정대룡의 말을 되뇌었다.

"그렇지 않습니까? 만약 우리가 그놈 말대로 해서 뭔가 성공하면 우린 조양방을 구한 충신들이 되지 않겠소? 그땐 조양방 가족들은 우리를 은공으로 대접해도 부족하지요. 쿡쿡!"

정대룡이 주변을 한 번 둘러본 후 헛웃음을 흘렸다.

칼밥 먹는 하류 인생에 있어서 충신이란 말은 어울리지 않았다. 돈을 받은 만큼 칼을 휘둘러 주고 자기 목숨은 자기가 알아서 챙겨야 한다. 때로는 목숨을 걸 수도 있겠지만 그건 돈을 위해서이지 충신이 되기 위해서는 아니다.

이제까지 그럴 만큼 대접 받지도 못했고 앞으로도 그럴 것이다.

싸움에 나가 재수없이 죽고 나면 조양방에서 해주는 것이라고는 일 년치 봉급을 유골과 함께 가족들에게 전해주는 것

뿐이다.

목숨의 대가로 일 년치 봉급은 너무도 부족했다. 그래서 되도록이면 죽지 말아야 한다. 그것이 이제껏 장도익이나 정대룡이 지켜온 전투 수칙이었다.

그런데 충신이라니?

거듭 생각해도 헛웃음이 나올 뿐이었다.

"문제는 우리가 무너지는 조양방을 정말 구할 수가 있느냐 하는 것이지."

"맞소! 그게 문제이지. 지금 조양방이 어떤 상태인지 정확히 알진 못해도 무너지기 일보 직전이라면 성공할 확률은 일 할도 안 되는 것 같소."

정대룡이 눈살을 찌푸렸다. 그리고는 의향을 묻는 듯 장도익을 쳐다보았다.

"묘한 놈이야."

"뭐가 말이오? 이렇게 조심스런 내가 그렇단 말이오?"

정대룡이 눈을 끔벅거렸다.

"자네에게 그런 구석이 반 푼이라도 있다면 내 막내 여동생을 벌써 소개시켜 주었겠네."

장도익이 피식 웃은 후 말을 이었다.

"자네 말대로 성공 확률이 일 할도 안 되게 느껴지는 게 사실이야. 그런데도 이상하게 그놈 말을 듣다 보면 왠지 성공할 수 있을 것 같단 말이야. 선동을 하거나 부추기는 것이 아니라 오히려 겁을 주는데도 그놈 곁에 있으면 겁이 안 나고 자신감이 생겨. 정말 묘한 놈이야. 무슨 미혼공을 쓰는 게 아닐까?"

장도익의 눈이 약간 날카로워졌다.

"형님이 여자요, 미혼공을 쓰게?"

정대룡이 인상을 쓰며 고소를 지었다.

"모르지. 남장을 한 여자인지도……. 생긴 것도 웬만한 여자 뺨치게 생겼으니……."

"아예 남색 취향이 있다고 하시오."

"자네……?"

장도익이 갑자기 눈을 크게 뜨고 쳐다보자 정대룡도 덩달아 눈을 크게 뜨며 장도익을 마주 보았다.

"그걸… 어떻게 알았나?"

"미치겠군. 지금 그런 농담할 때입니까. 잘못되면 목이 달아날 판에."

장도익의 실없는 농담에 정대룡이 언성을 높이며 뒤로 물러앉았다.

신참 같지 않은 신참인 무영을 따르다간 살 확률보다 죽을 확률이 아홉 배는 높을 것 같았다. 그런데도 이상하게 이런 농담을 할 여유가 생겼다. 장도익의 말대로 그놈이 정말 무슨 사술을 쓰는 것이 아닌가 하는 생각이 드는 정대룡이었다.

'정말 묘한 놈이야.'

정대룡은 장도익이 한 말을 자신도 똑같이 속으로 되뇌며 무거운 상념에 빠져들었다.

"어이구! 이게 누구신가?"

갑자기 들려오는 빈정거림의 기운이 다분한 목소리에 정대룡과 장도익은 각각의 상념에서 깨어나며 고개를 돌렸다. 그들의 눈에 흑의를 걸친 다섯 사내의 모습이 들어왔다. 조양방 흑기대 일조의 조원들이었다.

그들의 신분을 인지한 장도익의 눈살이 심하게 찌푸려졌다.

장도익과 정대룡이 속한 부대가 조양방 여섯 개의 부대 중에서 여인들만으로 이루어진 녹기대를 빼면 제일 후위 부대라 할 수 있는 회기대라면 그들 다섯 사람은 조양방의 제일 전위 부대인 흑기대 소속이었다. 또 정대룡과 장도익은 회기대 중에서도 제일 말석 조인 이십조의 조원이라면 그들은 흑기대 중에서도 제일 선봉 조인 일조의 조원들이었다.

같은 조원들이지만 최전위대의 최선봉 조라는 인식을 가진 그들은 최후위대의 말석 조원들인 회기대 이십조를 은근히, 아니, 아주 심하게 깔보는 경향이 있었다.

각 부대의 대주들과 더 나아가 조양방의 원로들 및 방주까지 나서봐도 그런 의식들은 지워지지 않았다. 그런 것들은 조양방뿐만 아니라 세상 어느 곳에서도 마찬가지일 터였다. 실제로도 그들 사이에 무공 격차가 있었기에 더욱 그런지도 몰랐다.

"회기대 이십조의 두 분 고수께서 이곳까지 어쩐 일이신가?"

다섯 사내 중에서 제일 덩치가 큰 사내 하나가 건들건들 다가서며 말했다.

그는 오덕만(吳德蔓)이란 사내로, 자신이 흑기대 소속이라는 것을 내세우려는 듯 가슴을 쭉 폈다. 그러자 그의 가슴에 금색으로 수놓아진 '일(一)' 이라는 숫자가 더욱 선명하게 드러났다.

"우린 이곳에서 술도 못 마시나?"

장도익이 도끼눈을 하며 오덕만을 쏘아보았다.

"왜 못 마시겠습니까, 얼마든지 마셔도 되지요. 하지만 두 분이 앉아 계신 자리가 문제입니다. 그 자리는 평소 우리가 즐겨 앉는 자리라서 말입니다."

오덕만이 빙글거리며 두 사람을 번갈아 쳐다보았다.

술집에 정해진 자리가 어디 있겠는가. 먼저 와서 앉는 사람이 임자이다. 그렇지만 혹시라도 이런 일이 벌어질까 싶어 장도익과 정대룡은 일부러 구석 자리를 골라서 앉은 것인데 이들은 괜한 시비를 걸고 있는 것이다.

"몰라 뵈었군. 그렇다면 비켜주지. 뒷간 가까운 곳이라 우리도 옮길까 생각 중이었거든. 흑기대가 평소에 똥 냄새를 안주 삼아 술을 마시는 줄 몰랐군그래."

장도익이 매섭게 받아치며 몸을 일으켰고, 정대룡도 못마땅한 표정이었지만 장도익이 눈짓을 하자 할 수 없이 몸을 일으켰다.

"이런, 이런! 지금 생각해 보니 우리가 착각했어! 똥 냄새 나는 이 자리는 회기대 전용 자리였지? 우리 자리는 저쪽 창가 쪽인데 말이야. 그러니 두 분은 그냥 앉아서 똥을 안주 삼아 술을 쳐드시지."

오덕만의 옆에 서 있던 땅딸보가 마지못해 일어서는 정대룡의 어깨에 손을 올리고는 지그시 눌렀다.

그는 왕유문(王儒問)이라는 청년으로, 남들보다 키가 머리 하나 정도는 더 작았다. 따라서 팔다리도 그만큼 짧았다. 반면 그 짧고 굵은 팔에 실린 힘이 만만치가 않아 정대룡의 어깨에 녹록치 않은 무게감을 전해주었다.

도로 자리에 앉은 정대룡이 고개를 돌려 자신의 어깨에 올려진 왕유문의 손을 한 번 쳐다본 후 그를 노려보며 입을 열었다.

"앞발 치워! 어디서 잘라먹고 반 토막밖에 안 남은 것을 올리고 있어."

정대룡의 말에 왕유문의 눈에서 불똥이 튀었다.

작은 키와 짧은 팔다리가 최고의 불만이었던 그였기에 정대룡의 말은 귀에서 연기가 뿜어져 나올 정도였다.

"이 새끼가!"

왕유문이 반 토막밖에 안 되는 앞발을 치우며 주먹을 말아 쥐었다.

"그러니까 더 짧아졌군."

정대룡이 재차 왕유문의 허파를 뒤집었다.

"죽인다!"

고함과 함께 왕유문의 앞발이 허공을 날았다.

짧은 팔이 두 배로 늘어난 듯하며 그의 주먹이 세차게 허공을 휩쓸어왔다. 그런 그의 입에는 득의의 미소가 걸려 있었다.

싸울 구실이 문제였지 싸움이 문제는 아니었다. 회기대 이십조를 상대로는 조장과 부조장만 빼면 그 누구라도 자신이 있었다.

그런 자신감과 함께 정대룡의 면상을 쳐가던 왕유문은 순간 주먹에서 전해져 오는 이질감에 눈을 크게 떴다.

당연히 정대룡의 면상을 가격하고 기분 좋게 그 여운을 전해주어야 할 주먹에 전혀 다른 느낌이 전해져 오고 있었던 것이다.

"엇!"

왕유문의 옆에 서 있던 또 다른 흑기대 일조의 조원 소가진(蘇可瑨)도 눈을 크게 떴다.

왕유문이 악에 받쳐 지닌 바 자신의 기량보다 훨씬 더 빠르고 세차게 휘두른 주먹이 가볍게 들어 올린 정대룡의 손바닥에 잡혀 더 이상 전진을 못하고 있었다.

이건 뭔가 잘못됐다.

분명 왕유문이 먼저 출수했고 훨씬 빨랐다. 그런데 파리를 쫓듯 슬쩍 들어 올린 정대룡의 손에 간단히 잡혀 버렸다.

"이게……?"

왕유문이 벌겋게 변한 얼굴로 동료들을 쳐다보았다. 그 역시 이게 어찌 된 일인지 모르겠다는 표정이었다.

같은 평조원이었지만 무공 면에 있어서 흑기대는 회기대에 비해 한참 우위였다. 그런데 지금은 정반대로 회기대가 우위인 것 같았다.

"한 번만 더 땅개 다리 같은 앞발을 휘두르면 부러뜨려 버린다!"

정대룡이 왕유문의 앞발을 천천히 끌어내리며 나직하게 경고했다. 그러면서 정대룡 역시 뭔가 이질적인 기분을 느끼고 있었다.

예전 같았으면 자신의 이런 행동은 얼토당토않은 것이었다. 흑기대와 회기대 사이에는 분명 실력 차이가 있었고, 그로 인해 회기대 조원들의 숫자가 더 많다고 하더라도 위축될 수밖에 없었다. 그런데 지금은 오히려 오 대 이로 흑기대의 숫자가 더 많았다. 한데도 이런 자신감이라니?

그건 몸이 먼저 느끼는 자신감이었다.

무영이 준 영단을 복용하고, 아니, 억지로 삼키고 난 후 내공이 배는 증가되었다. 그렇게 되자 자연스럽게 아랫배에 자신감이 가득 차며 겨뤄보지 않고도 이들 다섯 명쯤은 이길 수 있다는 본능적인 판단이 선 것이다.

그건 마치 늑대가 집 강아지와 마주하면서 아래로 내려다보는 것 같은 자연스러움이었다.

그런 자연스러움은 왕유문에게도 전이되었다.

뭔지 모를 기운에 주눅이 든 왕유문은 더 이상 공격을 하지 못하고 얼굴만 벌겋게 물들이고 있었다.

"비켜!"

오덕만이 나섰다. 그리고 그는 일체의 망설임 없이 정대룡을 향해 선풍각을 날렸다.

회기대 말단 조의 이런 방자함은 절대로 용서할 수 없는 일이다. 그걸 용인했다가는 자신들은 더 이상 흑기대에 머물 수 없는 것이다.

휘익—

오덕만의 선풍각이 정대룡의 머리를 강타하려는 순간, 정대룡이 슬쩍 상체를 뒤로 눕혔다. 뒤이어 오덕만의 선풍각은 허공을 가르고 정대룡은 눕혔던 상체를 튕기듯이 일으키며 오덕만의 볼을 향해 주먹을 날렸다.

퍼억!

경쾌한 타격음이 울려 퍼졌다. 그와 함께 무언가가 바닥에 처박히는 둔탁한 소리도 함께 울렸다.

그건 당연히 오덕만의 육체에서 나는 소리였다.

오덕만은 정대룡의 한 방에 그대로 정신을 잃고 뻗어버렸다.

믿기지 않는 사태에 흑기대 소속의 남은 네 명은 물론이고, 장도익마저 동그랗게 뜬 눈으로 정대룡을 쳐다보았다.

예전과는 비교할 수 없는 빠르기와 정확도, 그리고 힘이었다. 그것들이 순간적으로 집중되며 선제공격한 오덕만을 한 방에 뻗게 한 것이다.

먼저 얼떨떨한 놀라움이 일었다. 그리고 잠시 후 경쾌한 희열이 정대룡의 가슴 밑바닥으로부터 솟구쳤다.

갑자기 절세의 고수가 된 기분이었다. 절세신공이라도 얻은 기분이었다.

"호호호!"

장도익이 흐드러지게 웃었다. 그를 따라 정대룡도 입꼬리를 말았다.

그동안 회기대 말단 조의 조원으로 흑기대나 다른 부대에 업신여김당하던 설움이 씻은 듯이 사라지며 온 세상을 향해 포효라도 터뜨리고 싶은 심정이었다.

"재미있군! 아주 재미있어! 호호호!"

억눌린 웃음으로 포효를 대신한 두 사람은 먹잇감을 쳐다보는 승냥이처럼 흑기대 대원들을 쳐다보았다.

싸움에 있어서 한쪽의 즐거움은 반대쪽의 괴로움으로 대

치된다.

혹기대의 남은 네 명은 지독한 분노에 휩싸여 몸을 부르르 떨었다.

턱!

제일 어린 나이의 유현모(柳弦慕)가 검집에 손을 갖다 댔다. 그러나 그것은 같은 조원 이서동(李序同)에 의해 저지되었다.

조양방 방도들끼리의 분쟁에 있어서는 되도록 적수공전으로 해결해야 했다. 만약 무기를 사용하면 그것은 대주들에게까지, 더 나아가 방주에게까지 보고가 되고 일이 커지는 것이다. 더구나 정대룡과 장도익은 지금 비무장 상태였다. 그런 그들에게 숫자도 많은 자신들이 무기로 핍박해서는 이기더라도 지는 것보다 못한 결과로 귀결될 게 뻔했다.

"그동안 실력이 제법 늘었군!"

이서동이 차가운 음성과 함께 나섰다.

그는 이곳에 온 다섯 명 중 가장 연장자이자 실력도 제일 뛰어났다. 그 정도라면 회기대 이십조의 부조장과도 엇비슷한 실력이라 볼 수 있었다.

"열심히 수련 좀 했지."

이번에는 장도익이 나서며 상체를 쭉 폈다. 정대룡과 똑같은 자신감을 느끼고 있는 그의 눈빛은 조금도 흔들림이 없었다.

“오십 보나 백 보나 그게 그거지.”

“그 오십 보 차이가 얼마나 큰지 가르쳐 주마.”

장도익이 이서동을 향해 검지를 까닥거렸다.

이서동의 눈이 옆으로 길게 찢어졌다.

이건 숫제 쥐가 고양이를 가지고 노는 꼴이었다. 그것이 신기한지 술집에 있던 다른 사람들도 이곳을 주시하고 있었다.

평소 흑기대의 위세에 불만을 가지고 있었던 청기대나 황기대 소속의 무사들은 물론이고, 여인들만으로 이루어진 녹기대 소속의 조원들도 눈을 반짝이며 지금의 상황을 지켜보고 있었다.

이젠 죽기 아니면 까무러치기였다.

죽거나 까무러치는 한이 있더라도 회기대 놈들의 방종을 용서할 수 없었다.

이서동이 발을 움직였다.

크게 한 발을 움직임과 동시에 뛰듯이 상대의 전면으로 쇄도해 드는 전질보(前疾步)를 밟은 이서동의 몸이 포탄처럼 장도익을 향해 쏘아져 들었다. 그러면서 그의 주먹은 쾌속하게 장도익의 명치를 향해 뻗어나갔다.

장도익도 발을 옮겼다.

느릿하게 뻗으며 우측으로 움직였지만 이서동의 공격을 무위로 돌리기에는 전혀 부족함이 없었다.

이서동의 공격은 아슬아슬하게 빗나갔고, 그 틈을 타 장도익의 왼손이 수도를 만들어 이서동의 뒷목을 쳐나갔다.

이서동이 급히 상체를 숙였다. 그러나 그것은 기다리고 있던 장도익의 무릎에 상체를 갖다 대는 꼴이었다.

모래 자루를 두드리는 듯한 묵직한 타격음과 함께 이서동의 명치에 장도익의 무릎이 박혀들었다.

"컥!"

단말마를 토한 이서동이 공중으로 붕 떴다가 쓰러져 있는 오덕만의 옆으로 굴러가 나란히 누웠다. 그리고는 더 이상 움직이지 않았다.

한 번은 실수이거나 눈이 좋아 그럴 수 있었다. 그러나 두 번은 절대로 그런 것이 아니다.

회기대 말단 조원인 장도익과 정대룡에게 흑기대 조원 두 명이 뻗어버리자 남은 세 명의 흑기대 대원은 물론, 상황을 호기심 어린 눈으로 지켜보던 다른 사람들의 눈에도 놀람의 빛이 번져 나갔다. 특히 녹색의 무복을 입고 있는 녹기대 소속 여인 무사들의 눈은 별빛처럼 반짝이고 있었다.

"이 자식들… 모조리 죽인다!"

이서동이 뻗음으로 해서 자제심을 잃은 유현모가 마침내 검을 뽑았다. 그리고는 왕유문이나 소가진이 말릴 사이도 없이 장도익을 쳐나갔다.

"위험해!"

뒤쪽에서 누군가 소리를 질렀다. 황기대 조원 중 한 명이었다. 그들 역시 방도들끼리 무기를 들고 싸우는 경우를 경계했기에 소리를 질러 주의를 일깨운 것이다.

그러나 유현모의 검이 날아오기도 전에 정대룡이 의자를 걷어찼다.

의자는 앞발을 내딛는 유현모의 정강이를 세차게 가격했고, 유현모는 의자에 걸려 중심을 잃었다. 그 순간을 놓치지 않은 정대룡의 발이 유현모의 아랫배에 박혀들었다.

"헉!"

짧은 신음과 함께 유현모가 새우처럼 상체를 꺾었다.

정대룡이 왼손으로 유현모의 칼 잡은 손을 내려침과 동시에 오른쪽 팔꿈치로 새우처럼 상체를 꺾은 유현모의 뒷목을 찍었다.

유현모가 칼을 떨어뜨리며 그 자리에서 꼬꾸라졌다.

적수공권의 회기대 이십조 조원들이 칼을 든 흑기대 일조의 조원을 때려눕히고 있는 기막힌 장면에 주루 안은 정적이 감돌았다.

흑기대가 아닌 다른 조의 조원들에겐 통쾌하기도 하고 신경이 쓰이기도 하는 상황이었다.

평소 최선봉 조라는 이유 때문에 콧대가 하늘 높은 줄 모르고 설치던 흑기대 일조가 회기대 말석 조에 무참히 깨어지고 있다는 사실은 더없이 통쾌했다. 그러나 그런 상황은 언젠가는 흑기대뿐만 아니라 황기대나 청기대 자신들에게도 해당될 수 있는 것이니 신경이 쓰이기도 했다. 저 정도의 실력이면 자신들도 흑기대 조원들 꼴이 될 수도 있었기 때문이다.

"모두 죽인다!"

뒤늦게 정신이 든 왕유문과 소가진이 동시에 검을 빼 들었다. 그들은 이제 윗선의 문책 따위는 염두에 없었다. 사생결단을 해서라도 장도익과 정대룡을 쓰러뜨리고 말아야겠다는 생각만이 온 뇌리에 감돌았다.

"모두 그만둬!"

그 순간 청색 옷을 입은 무사 하나가 고함을 질렀다. 그의 가슴에 구(九) 자가 새겨진 것으로 보아 청기대 구조 소속이었다. 그리고 팔에 두 줄이 그어진 완장을 차고 있으니 구조의 조장이었다.

"흑기대가 언제부터 이렇게 비겁했나? 맨손의 회기대 조원 두 명을 다섯 명이서 무기를 들고 상대하려 하다니."

청기대 조장의 말에 소가진과 왕유문이 움찔 눈치를 보았다. 그러나 그들은 여전히 무기를 내리지 않았다.

"정말 비겁하군요. 평소의 흑기대답지 않아요."

이번에는 녹기대의 여인들로부터 힐난의 목소리가 들려왔다.

그녀들은 모두 여섯 명이었는데, 가슴에 각각 다른 숫자가 새겨져 있는 것으로 보아 여러 조가 섞여서 온 모양이었다.

녹기대의 여인들까지 나서자 이성을 잃었던 왕유문과 소

가진이 주춤거리기 시작하다가 마침내 검을 내렸다.

"오늘 일은 못 본 것으로 할 테니 동료들을 데리고 조용히 사라지게."

청기대 구조 조장의 말에 왕유문과 소가진이 서로의 얼굴을 쳐다보았다.

이성을 잃고 설칠 때는 아무 생각이 없었지만 무기를 꺼내 들었으니 일이 커지면 중한 문책을 면하지 못할 것이다. 무기에 상해를 당한 사람이 없다는 것이 그나마 다행이었다.

"다친 사람이 없으니 그래도 되겠지?"

청기대 구조의 조장 하인건(河仁乾)이 장도익과 정대룡을 보며 물었다.

장도익이 천천히 고개를 끄덕였다.

시비는 놈들이 먼저 걸었지만 세 명을 때려눕혔으니 일이 커지면 일말이라도 책임이 따를 것이다. 그리고 혹여나 실력이 갑자기 늘은 것에 대해서도 꼬치꼬치 캐묻는다면 곤란해질 것이다.

"됐다. 그러니 자네들은 어서 가라!"

하인건이 왕유문과 소가진을 향해 지시를 하자 두 사람은 쓰러진 세 사람을 억지로 일으켜 주루 밖으로 나갔다.

짝짝짝!

어디선가 박수 소리가 들렸다. 그 소리는 전염이라도 되듯이 다른 사람의 박수도 같이 이끌어내며 이내 온 주루 안에는 박수 소리로 가득 찼다.

"다시 봐야겠군, 회기대 이십조. 조장이… 방소추였지?"

하인건이 장도익을 보고 말했다.

장도익이 입맛을 다시며 사방을 둘러보았다. 무영의 말대로라면 당분간은 주목받을 짓을 하지 말아야 하는데 반대로 행동해 버린 셈이었다.

"멋졌어요! 원래 그렇게 강했나요?"

녹색 무복에 육(六) 자가 새겨진 여인이 눈을 깜박이며 말을 걸어왔다.

그녀의 주목에 유부남인 장도익과는 달리 아직 총각인 정대룡의 얼굴이 달아오르기 시작했다.

"합석해서 술 한잔하실래요?"

녹기대 육조의 여인이 장난스럽게 물었다.

여염집의 여인이라면 상상도 못할 행동이었지만 흑도 방파에서 칼밥을 먹는 그녀들이기에 스스럼이 없었다.

정대룡이 장도익을 쳐다보았다. 장도익을 향한 그의 눈에 간절함이 철철 넘쳐흘렀다.

[죽고 싶습니까?]

장도익이 막 허락을 하려는 순간, 귓전에 전음이 울렸다.

무영의 목소리였다.

움찔 놀란 장도익의 표정에 난감함이 번져 나갔다.

총각인 정대룡에게 있어 이런 기회는 일 년 내내 있어도 한

번 찾아오기 힘들었다. 그런데 무영의 전음과 함께 냉정히 거절해야 하는 상황이 되니 안타깝기 그지없었다.

하지만 어쩌겠는가. 자신이 생각하기에도 오늘 너무 설쳤고, 그건 위험했다.

장도익이 막 고개를 흔들려는 순간, 무영의 전음이 다시 들렸다.

[한 병 이상 안 마신다면 봐드리지요.]

장도익의 표정이 급변했다. 그리고는 녹기대 여인들을 향해 빠르게 고개를 끄덕였다.

"그러지요. 대신 술은 우리가 사지요."

장도익의 대답에 정대룡의 입이 두 배는 길게 찢어졌다.

평소 숫기도 없었고 회기대에서도 제일 말단 조의 조원이라는 신분 때문에 녹기대 조원들에게 접근할 생각조차 못했던 그는 지금 하늘을 나는 기분이 되고 말았다.

"성격도 실력 못지않게 화끈하시군요."

다른 다섯 명의 여인도 활짝 웃으며 자리를 옮겼다.

장도익은 무영의 아량에 천상을 노니는 것 같은 정대룡의 표정을 보며 흐뭇한 마음이 들면서도 한편으로는 등골이 오싹한 기분이 되었다.

'역시 소름 끼치는 놈이야.'

장도익은 내심 신음성을 흘렸다.

무영은 그의 이름대로 언제 어느 곳에서도 자신들을 주시하고 있다는 생각이 들었기 때문이다. 자신들이 비밀을 누설하거나 그런 상황에 처했다면 가차없이 죽여 버렸을 것이다. 오늘 일 역시 위험성이 있었기에 그는 이곳에서 자신들을 감시하고 있었음이 분명했다.

[이왕 이렇게 되었으니 그녀들 중 최소한 한 명을 끌어들이십시오.]

무영의 전음이 다시 들렸다.

장도익은 어디서 들리는지도 모르는 전음에 갈피를 잡지 못하며 '어떻게?' 하는 표정을 지었다. 끌어들이라는 무영의 말이 구체적으로 어떤 뜻인지 얼른 감이 오지 않았기 때문이다.

[우리와 비밀을 공유할 만큼 가까운 사이가 되란 말입니다. 누이 좋고 매부 좋은 일이 아닙니까? 그러려면 돈이 좀 들 테니 이곳 뒷간 선반 위에 전낭을 하나 두고 가겠습니다. 장신구라도 몇 개 선물하며 환심을 사십시오.]

구체적인 방법까지 알려주며 잠시 끊어졌던 무영의 목소리가 다시 이어졌다.

[마지막으로… 제가 선배님들을 죽이는 일이 생기지 않게끔 신중하게 행동하십시오.]

그것을 끝으로 더 이상 무영의 목소리는 들리지 않았다.

第七章
드러난 꼬리

장흥관일

차르르—

탁자 위에 놓인 여러 장의 서류가 어지럽게 들춰지고 있었다.

바쁘게 서류를 뒤적이는 손은 희고 작은 여인의 손이었다.

여인은 쉴 새 없이 작은 손을 움직이며 서류를 들췄다가 탁자 위에 놓고 다시 들추는 움직임을 반복하고 있었다.

"휴—"

똑같은 움직임을 한참 동안 반복하던 여인이 마침내 서류를 내려 놓고 긴 한숨을 내쉬었다. 그리고는 피곤함을 느끼는지 등받이에 상체를 기댔다.

"도저히 찾지 못하겠어."

여인이 지친 목소리로 말했다. 그리고는 다시 한숨을 내쉬었다.

여인은 조양방주의 가장 가까운 곳에서 호위를 서던 진설이었다.

그녀는 조양방의 여덟 장로 중 수석 장로 공야흠을 제외한 일곱 장로를 철저히 조사하라는 무영의 지시에 따라 그동안 가원과 함께 일곱 장로의 행적을 은밀히 조사한 후 그 결과를 서류로 만들고, 또 각종 일지들을 소리없이 수거해 특이점을 찾아내려 애쓰고 있는 중이었다.

무영이 잘못 짚었는지, 아니면 자신들의 조사가 미흡했는지 아무리 서류를 뒤척이고 대조해 보아도 일곱 장로의 행적에는 특이한 점이 없었다.

일곱 노인은 뒷전에 물러앉아 별다른 활동을 하지 않고 조용히 지내고 있었다. 모두들 평소대로 소일거리를 즐기거나 평소대로 산책을 하다가 처소로 돌아와 바둑을 두기도 하고 조촐한 술상을 차려놓고 술을 마시기도 했다.

그런 동안 누군가 그들의 처소로 방문한 사람도 없었다.

그것이 문제였다.

무언가 색다른 움직임이 보여야 촉각을 곤두세우고 파고들 것인데 똑같은 일상만 반복하다 보니 파고들 틈이 없었다.

"잘못 짚은 것이 아닐까?"

진설은 그런 생각과 함께 무영의 모습을 떠올렸다.

그의 모습을 떠올리자마자 온갖 상념이 머릿속을 스쳐 지나가며 절로 혼란에 빠지게 되었다.

수석 장로 공야흠의 음유로운 장력을 소리없이 상쇄시켜 버리고 돌돌 말아 몽둥이처럼 만든 춘화책으로 가원의 변화무쌍한 검초를 무력화시키던 가공할 무공!

춘화책 속에 무공 구결을 숨겨 다니는 망종 같은 모습을 보여주다가도 선을 넘으려는 가원에게 행하던 그 얼음장 같고 칼날 같은 손속!

그런 가운데서 자신의 이름이 진설이 아니라는 것까지 알아낸 소름 끼치는 능력!

도대체 정체를 파악할 수 없는 인간이었고, 그 깊이 역시 짐작이 가지 않는 인간이었다.

그런 인간이 지시한 일이라면 절대로 허튼 일이 아닐 것이라는 생각으로 지금까지 매진해 왔지만 실낱만 한 성과도 얻지 못했다.

"뭔가 놓친 게 있을 수도……."

무영의 모습을 떠올리며 용기를 얻은 진설은 처음부터 다시 서류를 들추기 시작했다.

근 반 시진 동안 몇 번이나 반복해서 서류를 살피던 진설의 눈이 어느 순간 반짝하고 빛을 토했다.

일곱 장로 중 오장로인 송조격(宋弔格) 장로에 관련된 서류에서 한 가지 눈에 걸리는 부분이 있었던 것이다.

그것은 특이점이라고 할 수도 없는 것이었다.

장로 처소에는 시비 네 명과 호위무사 열 명이 배정된다.

시비 네 명은 어린 소녀들로서 장로 처소 인원의 음식과 빨래, 각종 시중, 그리고 다른 잡다한 일들을 도맡아 하고 무사 열 명은 장로 처소 내, 외곽의 경비와 외부로의 심부름 등을 맡는다.

그들의 움직임에서도 평소와 다른 점은 찾을 수 없었지만 거듭된 조사로 진설은 최근 장로 처소 외곽의 경비를 서는 호위들의 근무 순서가 몇 번 바뀌었다는 것을 발견했다.

앞에서 느꼈듯이 그건 특이점이랄 수도 없는 것이었다.

호위들에게도 개인 사정이 있을 것이고, 그러면 얼마든지 순번은 바뀔 수 있다. 그래서 전혀 주시하지 않고 넘어갔는데 몇 번을 거듭해 서류를 검토하던 어느 순간 그것이 돌출되며 눈에 띄었다.

거듭된 반복 끝에 어느 순간 스스로 돌출되듯 솟아오르며 부각되는 그 무엇들!

그건 비단 이런 서류 조사에만 국한되는 것이 아니다.

검을 휘두르며 도저히 간극을 좁힐 수 없었던 검초도 수십, 수백 번을 반복하다 보면 어느 순간 돌출되는 부분들이 보이고, 그것을 파고들면 그동안 보지 못했던 파탄 한가닥을 발견하고 실금 같은 간극을 메울 수 있었다.

진설은 짧은 순간 전신으로 차가운 바람 한줄기가 훑고 지나가는 듯한 느낌을 받았다.

평소라면 아무런 문제점도 발견하지 못하겠지만 수십 번을 반복하며 조사하다 보니 스스로 돌출되어 보이는 사건 하나!

그것은 결점을 숨기고 있는 검초와 흡사했다.

그것을 파고들면 무언가 보일 것도 같았다.

차르르—

진설은 흩어진 서류 더미를 한 장씩 정리했다. 그리고는 탁자 깊은 곳에 갈무리했다.

이제 그동안 매진했던 서류 조사에 의거하여 또 다른 조사를 해야 할 때인 것이다.

그것은 서류 조사보다 훨씬 어렵고, 경우에 따라서는 위험할 수도 있었다.

이런 일은 여인인 자신보다 가원이 제격이었다.

같은 남자들이니 말을 섞기도 쉬울 것이고 의심받지 않고 은밀히 조사할 수도 있을 것이다.

'양반되긴 틀렸군!'

진설의 입가에 고소가 어렸다.

가원을 부르겠다는 생각을 하자마자 밖에서 발자국 소리가 들렸다.

이 시간에 저런 발자국 소리로 자신의 처소에 접근하는 인간은 가원뿐이었다.

"들어가도 될까?"

가원의 목소리가 들렸다.

과년한 여인의 처소에 남자가 들어온다는 것은 말이 안 되는 일이었지만 방주의 호위가 되던 순간부터 두 사람은 남자와 여자이기 이전에 일심동체나 마찬가지인 하나의 그림자였다.

"들어와!"

진설이 나직하게 대답했다.

아무 거리낌 없이 방문이 열리고 가원이 들어왔다.

진설은 무감동한 눈으로 가원을 쳐다보았다.

진설이 가명이라는 것을 알고부터 진설을 바라보는 가원의 눈빛에는 언제나 한가닥 의구심이 매달려 있었다. 진설은 무관심으로 그 눈빛을 묵살했지만 거북스러운 것은 어쩔 수 없었다.

"잘되어가?"

가원이 짤막하게 물었다. 예전보다 더 무뚝뚝해진 목소리였다.

"뭐 말이야? 무공, 아니면 장로들에 대한 조사?"

"둘 다."

"글쎄… 넌 어때?"

"나도 그다지… 무공은 너무 난해하고, 장로들은 너무 조용하고⋯⋯.”

가원의 얼굴에 먹구름이 드리웠다.

가원을 보며 진설도 이마를 찌푸렸다.

아직까지 반 푼도 확신할 수 없지만 장로들에 대한 조사에서는 거미줄만 한 끈을 잡은 것 같은데 무공에 있어서는 그녀 역시 가원과 마찬가지의 심정이었다.

춘화도 속에 감추어진 여섯 초식의 검초는 세세한 설명에도 불구하고 너무나 어렵고 난해했다.

일정 경지에 오른 사람들에겐 그게 읽는 족족 술술 이해되는 단순한 검리(劍理)일지 몰라도 자신들에게는 며칠씩 머리를 싸매고 또 싸매야 겨우 한 구절 이해가 되는 난해하기 짝이 없는 오의(奧義)였다. 이런 식으로 하다가는 일 년이 지나도 익히지 못할 것 같았다.

“우선 풀리는 것부터 의논하기로 해.”

인상을 편 진설이 가원을 향해 말했다.

“풀리는 것?”

가원의 눈빛이 날카로워졌다.

“오로지 나만의 허방다리인지는 모르겠지만 뭔가 잡힌 것 같아!”

진설은 그간 자신이 조사했던 것에 대해 간략하게 설명했다.

“너무 억지스런 생각이 아닐까?”

가원이 심드렁한 목소리로 대꾸했다.

"그럴지도……. 하지만 몇 번을 거듭해도 그것밖에 없어. 그리고 그것을 보는 순간 뭔가 찬물을 끼얹는 듯한 느낌이 일었고."

"그렇다면 한번 조사해 볼 필요가 있겠군. 내가 조사해 보지. 그건 됐고… 무공은 어떻게 한다……."

가원은 말끝을 흐렸다. 책으로 봐서는 도저히 진도가 나가지 않으니 무영의 도움을 받고 싶은 생각은 굴뚝같았지만 자존심이 허락하지 않는 것이다. 그렇다고 포기를 하자니 너무 탐나는 검초였다.

"우선은 풀리는 것부터!"

진설이 딱 잘라 말했다.

"젠장!"

혹시라도 진설을 통한 무영의 도움을 기대하던 가원이 쓴 입맛을 다셨다.

*　　　*　　　*

회기대 이십조가 기거하는 건물 안에는 긴장감이 감돌고 있었다.

조장 방소추가 아닌, 제일 신참인 무영에 의해 조원들의 소집 명령이 있었기 때문이다.

제일 신참에 의한 조원 전원의 소집 명령!

그 외양만 보면 우습지도 않는, 아니, 기각 막히는 일이었지만 그 신참이 무영인 이상 호랑이 굴 앞에 도열하는 것 같은 긴장을 유지할 수밖에 없었다.

"말해보시지요."

조장 방소추가 대뜸 공대를 하며 무영을 바라보았다.

갑작스런 방소추의 존대에 무영은 눈을 멀뚱거리며 방소추를 쳐다보았다.

"왜 이러십니까, 조장?"

무영이 입맛을 다시며 말했다.

"그동안 내내 생각해 봤는데 공자는 우리와는 격이 다른 사람이라는 생각이 들었소. 대붕과 참새, 용과 지렁이, 더 나아가 하늘과 땅만큼 차이가 나는 사람이란 생각을 하게 됐소. 정체는 알 수 없지만 우리 같은 하류 칼잡이에게 하대를 받아서는 안 되는 사람이란 생각이 들었단 말이지요."

방소추는 정색을 하고 무영을 쳐다보았다.

신고식을 당한 후에도 처음에는 그동안 하던 대로 무영을 부하 조원으로 대했지만 시간이 지날수록 좋게 말하면 거대한 산처럼, 나쁘게 말한다면 자신들 정도는 한입에 털어 넣어도 모자랄 만한 무시무시한 교룡처럼 느껴졌다. 그런 인간에게 언제까지나 부하 조원으로 대할 수 없다는 생각을 하게 된 방소추였다.

“한번 고참은 영원한 고참이란 말, 못 들어보셨습니까?”

무영이 잠시 방소추를 마주 쳐다보다가 싱긋 웃으며 답했다.

‘젠장!’

방소추는 속으로 신음성을 삼켰다.

입꼬리가 묘하게 비틀어지며 온 얼굴로 퍼져 나가는 미소는 같은 남자끼리도 정신이 아찔한 지경이었다. 부디 여인들 앞에서는 되도록 그렇게 웃지 말라고 충고해 주고 싶은 심정이었다.

“하지만……”

“앞으로도 영원히 조장이십니다. 정 그게 싫으시다면 최소한 제가 이곳에 있는 동안만이라도 하늘 같은 조장입니다.”

무영이 단호하게 말했다.

무영의 말이 끝나고 한참 동안 침묵이 이어졌다. 그러다 정대룡이 나서며 입을 열었다.

“그렇게 해야 다른 조의 조원들에게 비밀이 지켜질 것 아니겠습니까, 조장?”

“맞습니다. 지금처럼 말했다가는 당장 이상한 소문이 돌고… 그럼 우린 죽은 목숨이 되는 거 아닙니까?”

장도익도 정대룡과 동조하며 거들었다.

“공자의 뜻이, 아니, 자네 뜻이 그렇다면 이곳에 있는 동안은 그렇게 하기로 하지.”

잠시 후 방소추가 밝은 표정으로 고개를 끄덕이며 말했다.

천양지차인 능력으로 인해 그렇게 해야겠다는 생각으로 공대를 했지만 마음은 편치 않았다. 더구나 무영은 막내동생뻘도 되지 않기에 더욱 그랬다. 그런데 무영이 한번 고참은 영원한 고참이란 말과 함께 정색을 하며 사양하자 거북스러웠던 마음이 봄눈 녹듯 녹아내렸다.

"다른 분들도 마찬가지입니다. 그렇게 하시겠지요?"

무영이 다른 조원들을 돌아보았다.

"그야 뭐… 본인이 원하는데 그렇게 하지, 뭐. 인생이 전적으로 무공순도 아니고……."

정대룡이 다시 먼저 나서서 동의를 했다.

"멋진 말입니다, 정 선배. 인생은 무공순이 아니지요."

무영이 정대룡을 향해 엄지손가락을 치켜세우며 미소를 지었다. 그 미소가 대번에 긴장되었던 분위기를 바꾸었고, 하나둘씩 정대룡의 말에 동조하기 시작했다.

모두들 동의했을 때 손을 든 무영이 다시 입을 열었다.

"그동안 감탄했습니다."

갑작스런 말에 모두들 의구심 어린 눈으로 무영을 쳐다보았다.

"사실… 신고식을 하던 날, 전 모험을 했습니다. 여러분 모두에게 제 정체를 드러내며 사실을 말한 것은 큰 모험이었지요."

　조원들도 무영이 그렇게 한 이유가 궁금했기에 모두들 아무 말 않고 무영의 입만 쳐다보았다.

　"물론 끝까지 모든 것을 감추고 일을 진행시킬 수도 있었지만 도움이 필요했고, 사람의 마음을 얻으려면 먼저 네 마음부터 주라는 선인들의 말씀이 생각나 그렇게 한 것이지요. 그러고 나서 여러분이 어떻게 나올까 노심초사하며 지켜보았는데, 방황은 좀 하는 것 같았지만 한 분도 배신을 하지 않으시더군요. 정말 감탄했습니다."

　무영이 다시 엄지를 치켜세우며 미소를 지었다.

　"배신을 하려고 했으면 쥐도 새도 모르게 죽였을 것 아닌가?"

　장도익이 뚱한 목소리로 말했다.

　"그야 뭐……."

　무영이 잠시 뜸을 들였다가 다시 입술을 움직였다.

　"솔직히 그럴 생각이었습니다."

　무영이 고개를 끄덕였다.

　"젠장!"

　장도익이 푸념을 토하며 고개를 절레절레 흔들었다.

　말은 쉽게 하고 있지만 자신들의 목숨은 그동안 경각에 달려 있었던 것이다. 한순간 실수라도 하여 입을 열었다가는 말을 다 끝맺지도 못하고 원인 모를 죽임을 당했을 것이다.

　"하지만 솔직히 답해주니 마음은 편하군."

부조장 막여상이 풀썩 웃으며 말했다.

그 역시 무영으로부터 신고식을 당한 후 갈등하며 자신이 처한 상황을 다른 조의 누군가에게 하소연이라도 하고 싶어 가슴에 멍이 들 지경이었다. 그러나 어디에 가더라도 무영의 보이지 않는 눈길이 따라다니는 같은 기분이 들었다.

아무리 사방을 둘러보아도 흔적은 보이지 않았지만 한밤 중 공동묘지를 지나며 누군가의 눈초리가 뒤통수에 따라붙는 것 같은 느낌을 받았다.

"어쨌든 여러분이 오늘까지 한 분도 배신을 하지 않았기에 이젠 제 일에 동참하겠다는 의사로 받아들이겠습니다. 동참하시겠습니까?"

내내 미소를 잃지 않던 무영이 정색을 하며 말했다.

잠시 침묵이 이어졌다.

"동참 안 하면 죽일 거 아닌가?"

장도익의 바로 아래 서열로, 무영과의 신고식 때 유성추를 휘두르던 하만호가 건들거리며 말했다. 그는 자신의 유성추가 물을 튕기는 듯한 무영의 손가락에 튕겨 나갔다는 사실이 아직도 불만스러운 모양이었다.

"최악의 경우, 그럴 수도 있습니다."

이번에도 무영이 솔직하게 답했다.

"그럴 거면서 우리 의향은 왜 묻는가?"

또 다른 조원인 유상도가 물었다.

"아무리 그렇더라도 강제가 아닌, 스스로 동참했다는 모양새를 갖추어야 할 것 아니겠습니까?"

무영이 다시 미소를 지었다.

"미치겠군!"

하만호가 고개를 절레절레 저었다. 강제도 이런 강제가 없는데 모양새는 스스로 동참이 되어가고 있는 것이다.

"난 동참하겠네."

제일 먼저 정대룡이 단호한 목소리로 나섰다.

모두들 고개를 돌려 정대룡을 쳐다보았다.

그동안 무영에게 가장 우호적인 정대룡이었기에 제일 먼저 동의한 것은 이해가 갔지만 너무나 단호하게 동의하는 모습이 궁금증을 자아낸 것이다.

정대룡은 조원들의 그런 궁금증을 읽은 듯 설명을 덧붙였다.

"내력이 두 배로 늘고 나자 세상이 달라 보여. 그동안 도저히 불가능했던 일도 이젠 가능할 것 같다는 자신감도 생기고… 그동안 하지 못했던 것, 생각지 못했던 것에도 생각이 미치고… 그래서 내 삶이 두 배는 확장된 것 같아서 요즘은 삶의 희열을 느끼는 중이야."

정대룡의 얼굴이 흥분으로 붉게 상기되었다.

무영은 그런 정대룡을 의미심장한 눈으로 쳐다보다가 불쑥 입을 열었다.

“벌써 주무셨습니까, 정 선배?”

갑작스런 무영의 질문에 정대룡이 말뜻을 몰라 멍하니 무영을 쳐다보다가 어느 순간 움찔 놀라며 장도익을 쳐다보았다. 장도익도 당황한 표정을 짓다가 허공으로 이리저리 시선을 돌렸다.

“주무시다니? 그게 무슨 말인가?”

부조장 막여상이 의문 가득한 눈으로 정대룡과 장도익을 쳐다보았다.

“그, 그냥… 요즘 불어난 내공 덕에 숙면을 취한다는 말입니다.”

여전히 당황한 기색과 함께 장도익이 변명을 했다.

“장 선배님도 주무셨습니까? 유부남은 잠이 잘 안 올 텐데 말입니다.”

무영이 더욱 의미심장한 표정으로 장도익을 쳐다보았다.

며칠 전 장도익과 정대룡은 주루에서 술을 마시다가 흑기대 일조 조원들과 시비가 붙어 그들을 때려눕히고 그 모습에 반한 녹기대 여인들이 합석하여 술을 마셨다.

그들을 감시하던 무영은 술자리에서 비밀이 새어나갈까 염려하여 그들을 말리려 하다가 작전을 바꾸어 술자리를 허락하며 전낭까지 보태주었다. 그런데 그날 정대룡에게는 삶의 희열을 느낄 만한 일이 발생한 모양이었다. 아울러 유부남인 장도익도……

"대체 무슨 말들인가? 자네들은 머리만 땅에 닿았다 하면 자는 사람들인데 숙면은 또 무슨 숙면이란 말인가?"

조장 방소추가 의구심 가득한 눈으로 두 사람을 쳐다보자 두 사람은 시선을 맞추지 못하고 허둥거렸다. 그러나 다행스럽게도 의미를 감춘 무영의 말에 아무도 전말을 파헤치지는 못했다.

'휴우—'

멀어지는 방소추의 시선을 느끼며 장도익은 가슴을 쓸어내렸다.

그날 자기가 선배님들을 죽이는 일이 생기지 않도록 해달라는 무영의 지시 때문에 장도익과 정대룡은 끝까지 흐트러짐없이 술을 마셨다. 그런데 그것이 더 매력적으로 보여 녹기대 여인들에게 육탄 공세를 받는 사건이 발생했다.

유부남인 장도익은 하룻밤 풋사랑으로 끝냈지만 녹기대 이조 조원 이진옥(李珍玉)과 깊은 사랑을 나누고 그때부터 계속 만나고 있는 정대룡에게는 삶의 희열이었고, 그런 희열을 안겨준 무영에게 정대룡은 전적으로 빠져든 것이다.

"그건 저도 비슷합니다. 내공이 증가하여 몸이 가벼워지고 자신감이 생기니 지금껏 내가 너무 바보같이 살았다는 생각이 들었습니다. 이젠 더 이상 삼류 칼잡이 생활만 하다가 그렇게 죽고 싶지 않습니다. 동참하면 뭔가 신나는 일이 생길 것 같습니다. 동참하겠습니다."

회기대 이십조에서 제일 어리고 유일하게 무영보다 나이가 적은 마소창이 입술을 꽉 깨물며 말한 후 도전적인 눈으로 무영을 쳐다보았다.

"대신 조건이 있습니다."

"조건?"

뜻밖의 말에 무영이 눈을 약간 치켜떴다.

"제게 무공을 가르쳐 주십시오. 그렇다고 절정고수를 바라는 것은 아닙니다. 일류 수준만 되게 해주십시오. 그럼 평생 은혜는 잊지 않겠습니다. 지금 당장부터 형님 대접, 아니, 사부 대접을 해드리겠습니다."

마소창이 활활 타오르는 눈으로 무영을 쳐다보았다. 간절한 그의 눈이 어떤 시련이라도 이겨낼 준비가 되어 있다는 말을 토하고 있었다.

난감한 심정이 된 무영은 속으로 입맛을 다셨다.

차라리 무언가 귀한 것을 달라든지, 영약 한 가지를 달라는 부탁은 쉬웠지만 이런 종류의 부탁은 난감하기 그지없었다.

누군가를 가르치는 것은 노력 면에서도 그렇고, 시간적인 면에서도 절대로 쉬운 일이 아니다. 그것은 가족을 하나 더 늘이는 것 같은 일이었다.

"그건 힘듭니다. 새로운 무공을 익히기에는 너무 늦은 감도 있고, 시간적으로도……."

"당신은 분명 할 수 있을 겁니다. 단지 귀찮을 뿐이지."

“이젠 독심술까지 익혔군요.”

“가르쳐 주십시오. 다른 사람은 몰라도 당신이라면 그렇게 할 수 있을 겁니다. 일류가 아니라 이류라도 좋습니다. 삼류 칼잡이를 벗어난 수준만 되게 해주십시오. 그럼 앞으로 형으로 모시며, 아니, 사부로 모시며 목숨을 바쳐 보답하겠습니다.”

마소창이 바닥에 무릎을 꿇었다. 그리고는 허락을 해주지 않으면 일어나지 않을 것 같은 자세를 잡았다.

“허!”

부조장 막여상이 무영을 대신해서 헛바람을 내쉬었다. 그도 갑작스런 마소창의 행동이 기가 막히는 모양이었다.

“뭐야, 자식아! 지금 그게 중요한 게 아니잖아? 왜 샛길로 빠져!”

장도익이 마소창을 보며 고함을 질렀다. 마소창 때문에 진도가 나가지 않고 대화가 엇길로 새고 있는 탓이었다.

“제게는 그 무엇보다도 중요한 일입니다. 허락해 주십시오.”

마소창이 바위처럼 완강한 자세로 버티며 무영을 쳐다보았다.

무영은 어이없는 심정이 되어 고소를 삼켰다.

혹 떼려다가 혹 하나 더 붙인 격으로, 이들을 이용해 덕을 보려 했는데 오히려 자신의 덕을 보려는 놈이 생긴 것이다.

‘역시 세상에는 공짜가 없어.’

무영은 고개를 흔들며 마소창을 살폈다.

골격은 좋았지만 열여덟 살 나이면 상승 무공을 익히기에는 너무 늦었다. 본인도 그걸 알고 있기에 삼류만 면하게 해 달라고 했다. 하지만 자신이 가르치는 이상 그렇게 반풍수로 만들어놓진 못할 것이다. 그건 타고난 성격이었다.

“그건 조금만 더 생각해 보도록 하지.”

무영이 처음으로 마소창에게 하대를 했다.

“고맙습니다! 열심히 배우겠습니다!”

마소창이 미친 듯이 절을 하며 목청껏 고함을 질렀다.

“얼씨구! 두고 보자고 했지 언제 그러겠다고 했냐?”

자칭 조양방 제일유성추 하만호가 코웃음을 쳤다. 그러나 마소창은 조금도 실망하는 기색이 없었다.

신고식 이후부터 지금까지 무영이 빈틈없이 그들을 감시했지만 그들 역시 무영을 끊임없이 주시하고 관찰했다. 마소창 역시 마찬가지였다. 죽음의 공포에 시달렸기에 더욱 그랬다.

정, 사, 마의 출신을 떠나서 약속을 하면 그것을 철저히 지키는 사람들이 있다. 그런 사람들은 남들과의 약속도 마찬가지지만 자신과의 약속에는 더욱 엄격했다.

마소창이 그동안 관찰한 바에 의하면, 무영은 그런 부류의 사람이었다.

　무황성이나 정파에 대한 심한 거부감을 가지고 있는 사람이었기에 정파인이 아님은 분명했지만 정파의 어떤 사람들보다 깨끗하고 담백한 성격이었다.

　물론 상황이 바뀌면 어떤 사나운 맹수보다 더 흉포해질 사람이 분명했지만 약속을 어길 사람은 아니었다. 그런 사람이 언제나 거리를 두며 존대를 하던 말을 하대로 바꾼 것! 그것은 자신의 무리한 요구에 이미 반은 승낙한 것이다. 그것이면 충분했다.

　마소창은 거듭 고개를 꾸벅이다가 무영의 매서운 눈빛을 받고는 얼른 일어섰다.

　"나도 동참하겠어. 대신 저놈처럼 조건이 있어."

　장도익과 가장 친한 유상도도 조건을 걸며 나왔다.

　'재미 붙었군.'

　무영이 입맛을 다시며 고개를 끄덕였다.

　"일이 성공하면 황금 백 냥… 아니, 오십 냥……."

　"이백 냥 드리지요."

　무영이 미소와 함께 답했다. 유상도의 입이 귀에까지 찢어졌다.

　예사롭지 않은 무영의 신분으로 보아 돈도 많을 것 같았다. 그래서 얼토당토않은 금액을 말하다가 아무래도 안 되겠다 싶어 반으로 깎은 것인데, 오히려 두 배를 준다고 한다.

　황금 이백 냥이라면……?

지금으로서는 상상이 가지 않았다.

그 돈을 장사 밑천 삼아 욕심 부리지 않는다면 가족들과 함께 평생 배고프지 않게 살아갈 수가 있을 것이다.

유상도는 어떻게 하든 살아남아야 한다는 각오를 다지고 또 다졌다.

"나도 조건이 있네."

제일 구석에 앉아 있던 대머리에 큰 키의 사내, 조임중(曹壬仲)이 나섰다.

모두들 그에게로 시선을 모았다.

조임중은 처음에는 황기대 소속 일조의 조원이었다.

그는 가만히 놓아두면 하루 종일 채 두 마디도 하지 않는 사내였다. 그래서 조원들과 친해지지 못해 결국 이곳 회기대 이십조에까지 밀려왔다. 이곳에서도 그런 모습이라 속을 알 수 없었기에 무영이 그동안 가장 신경 쓴 사람이었다.

"말해보십시오."

"관에서 쫓기는 몸이네. 아마 현상금이 제법 붙어 있을 걸세. 머리를 깎아 모습을 바꾸었지만 언젠가는 잡히겠지. 그걸 해결해 주게. 그럼 동참하겠네."

조임중은 분위기에 맞게 범죄자였던 것이다.

"어느 지역 관아입니까?"

"사천성 성도!"

"죽은 사람으로 해놓겠습니다."

“그럼 동참일세.”

조임중이 즉시 승낙했다.

“난 그냥 됐어. 그냥 동참하지. 전에 강제로 먹은 영약 한 알이라도 감지덕지야.”

우기종이 빙글거리며 고개를 끄덕였다.

“이왕 이렇게 된 거, 목표를 확실히 하십시오. 그래야 잘 안 죽습니다. 또 배신도 안 하게 됩니다.”

무영이 생각을 바꾸어 말했다.

“그럼 황금 이백열 냥.”

우기종이 조건을 제시했다.

“네놈이 왜 나보다 열 냥 많아?”

유상도가 버럭 고함을 질렀다.

“솔직히 말해 제가 실력이 좀 더 낫지 않습니까?”

우기종이 빙글거리며 손가락 열 개를 폈다.

“한 냥으로는 소 몇십 마리를 사고… 또 한 냥은 돼지 몇백 마리 사고… 또 한 냥으로는 닭 몇천 마리를 사고…….”

우기종의 손가락 열 개가 모두 접혀지자 유상도의 얼굴에는 열 개의 주름살이 만들어졌다.

“난 그냥 동참할 생각이었지만…….”

조장 방소추가 더듬거리며 나섰다.

다른 사람은 다 몰라도 조장 방소추만큼은 조건을 걸지 않을 것이라 생각했던 조원들은 눈을 동그랗게 뜨며 방소추를 쳐다보았다.

"말씀하십시오."

무영이 얼른 화답했다.

"병에 걸린 누이동생이 있네. 아니, 병이 아니라 무슨 절맥이라고 했네. 그래서 백방으로 약을 써보았지만 못 고쳤네."

조건을 말하는 방소추의 눈에 무공을 가르쳐 달라던 마소창 못지않은 열망과 함께 또 그만큼의 짙은 불안감이 함께 어려 있었다.

"절맥의 정확한 이름을 아십니까?"

무영이 약간 긴장한 표정으로 물었다.

"삼음단양절맥(三陰斷陽絶脈)이라고 들었네."

방소추의 대답에 무영의 표정이 밝아졌다. 그것을 본 방소추의 눈이 심하게 흔들렸다.

"희귀하긴 하지만 치명적인 절맥은 아니군요. 조금 귀한 영약과 조금 높은 내공만 주입되면 차유할 수 있습니다. 다행히 제게 두 가지 다 있습니다."

"그게, 그게 정말인가?"

무영의 대답에 방소추가 잠시 정신 나간 듯 허둥거렸다.

언젠가 삼 년 동안 모은 돈을 모두 들고 산동성제일의 의원을 찾아가서 진맥을 한 적이 있었다. 의원 역시 무영과 똑같은 말을 했다. 영약 몇 가지를 말하며 그것 중 한 가지를 복용시키고 고강한 내력으로 혈맥을 씻어주면 치유될 수 있다고 했다.

하지만 방소추는 의원이 말한 몇 가지의 영약의 이름을 까먹어 버렸다.

구하기 힘들어서가 아니었다. 삼 년 모은 돈과 함께 몇 년쯤 더 죽도록 노력하면 그걸 구할 돈을 모을 수 있었다. 그런데 고강한 내력이 문제였다.

한참을 망설인 의원은 그 내력이 일 갑자도 훨씬 넘어야 한다고 했다.

일 갑자를 훨씬 넘는 내력이라니?

무식한 삼류 칼잡이지만 그것이 얼마만한 경지인지는 알았다. 아울러 자신 같은 사람으로서는 도저히 마주칠 수 없는 영역의 능력이라는 것도…….

그래서 영약의 이름마저 까먹어 버린 것이다.

그런데 그걸 두 가지 다 가지고 있는 사람을 만났다.

털썩!

방소추가 마소창처럼 바닥에 무릎을 꿇었다.

"동생만 고쳐 주면 내 목숨을 바치겠네."

방소추가 고개를 조아렸다.

"죽고 싶습니까?"

무영이 싸늘하게 방소추를 쳐다보며 오른쪽 검지를 세웠다. 검지에서는 하얀 아지랑이가 일며 금방이라도 뻗어나갈 듯 일렁거렸다.

“헉!”

하마터면 방소추 옆에 같이 무릎을 꿇고 고맙다는 말을 토하려던 부조장 막여상이 비명을 터뜨렸다.

같은 인간이 어떻게 이렇게 순식간에 바뀔 수 있단 말인가?

조금 전까지 장난기 가득하던 무영의 얼굴은 어느새 얼음장처럼 차가웠다. 그리고 온몸으로 으스스한 기운이 실내의 모든 것을 얼릴 듯 자욱하게 뻗어 나왔다.

절대마인!

지금 무영의 모습은 그와 같았다.

“왜, 왜 이러나?”

막여상이 급히 방소추 앞을 막아서며 소리쳤다.

여인같이 희고 예쁜 저 손가락에서 뻗어 나오는 지풍이 얼마나 가공한지 익히 알고 있었다. 저 기운이 제대로 운기되지 않고 조금 더 뻗어나간다면 심장에 구멍이라도 충분히 날 것이다.

“조장이 신참 조원 앞에서 무릎을 꿇는 모습을 다른 조에서 보면 무슨 생각을 할까요?”

무영이 검지에 기운을 뭉치며 방소추의 머리를 가리켰다.

무영의 말뜻을 알아들은 방소추가 얼른 일어섰다.

앞으로 무의식중에라도 이런 일이 있어서는 안 되는 일이다.

방소추가 일어서자 무영도 검지를 거두었다. 그러자 온몸을 감싸고 있던 형용하기 힘든 기운도 씻은 듯이 사라졌다.

비로소 숨 쉬기가 한결 편해진 조원들이 심호흡과 함께 가슴을 쓸었다.

"마소창 저놈이 끓었을 땐 아무 말 안 했지 않나?"

한참 후 정대룡이 뚱하니 말했다.

"나보다 나이도 적은데다 꼴찌에서 서열이 두 번째인 사람이라면 그렇게 해도 별문제가 없지요. 하지만 조장은……."

"자네 말이 맞네. 내가 너무 흥분했네."

방소추가 고개를 끄덕이면서 자세를 바로 했다.

"동참하겠네."

심호흡을 한 번 내쉰 방소추가 가라앉은 음성으로 말했다.

"나도 하겠네. 대신 금 삼백 냥일세."

부조장 막여상이 손가락 세 개를 들어 보였고, 무영이 고개를 끄덕였다.

"난 백오십 냥!"

우기종과 나머지 조원들도 횡재했다는 표정으로 금액을 말했다.

"누가 옵니다."

먼저 동참한다고 말했지만 목표 의식을 철저히 하기 위해 다시 조건을 제시하려던 장도익이 급히 말했다.

"모두 제자리로!"

조장 방소추가 짤막하게 말하자 조원 모두가 자기 자리로 돌아가 드러눕거나 편하게 앉았다.

이십조 건물로 급히 뛰어온 사람은 십구조 막내 조원이었다.

"회기대에 비상 대기 명령이 내렸습니다."

십구조 막내 조원은 그 말만 하고 급히 사라졌다.

"비상 대기 명령?"

"갑자기 웬일이지? 최근엔 아무 일도 없었는데……"

조원들이 모두 얼떨떨한 표정으로 서로를 쳐다보았다.

비상 대기 명령이 내려지려면 며칠 전부터 그 전조가 있어야 했다. 싸움이 벌어졌거나 적대 세력이 등장해야 하는데 최근엔 그런 조짐이 전혀 없었다. 그런데 갑작스럽게 비상 대기 명령이 내려진 것이 이해가 안 된다는 표정들이었다.

'뭔가 걸려들었단 말이지?'

무영은 눈빛을 빛내며 바깥의 동정을 살폈다.

갑작스런 비상 대기 명령에 다른 조들도 당황한 표정과 함께 분주히 움직이고 있었다.

"잠시 다녀올 곳이 있습니다."

무영이 조장 방소추를 보고 말했다.

방소추가 의문스런 눈빛을 했다. 그러나 곧 고개를 끄덕였다.

형식적으로는 자신이 무영의 조장이지만 앞으로 철저히

무영의 지시에 따라야 하는 입장이다. 그리고 또 앞으로는 그가 하는 일에 토를 달기보다는 전폭적으로 지원을 해야 하는 것이다.

"어서 갔다 오게. 우리가 자네 짐까지 꾸려놓겠네."

방소추의 말에 무영은 마주 고개를 끄덕인 후 숙소를 빠져나갔다.

第八章

추적(追跡)

장홍관일

“무슨 일이지?”

안채에서도 가장 깊은 곳인 내당 안으로 스며들어 진설과 만난 무영은 단도직입적으로 물었다.

“가원이 사라졌어요!”

진설이 초조한 기색을 감추지 못하고 빠르게 답했다.

“흥분하지 말고 자세히 말해!”

무영이 진설을 쏘아보며 차갑게 내뱉었다.

그 목소리에 진정이 되었는지 진설이 한가닥 한숨과 함께 입을 열었다.

“그동안 장로들의 행적을 조사하며 특이점이라고 할 수 있는 한 가지를 발견하고 가원에게 조사를 하게 했어요. 그게 이틀 전이었는데, 그 후 그의 모습이 사라졌어요.”

진설은 마른침을 한 번 삼키며 그간의 경위에 대해 간단하게 설명했다.

“그리고…….”

진설은 무언가 덧붙이려다 입을 다물었다.

지금 무영의 모습은 한 자루 칼 같았다.

대장간에서 수백 번 담금질되고 숫돌에 갈아져 새파랗게 날이 선 한 자루 보도 같았다. 이 순간은 그 보도가 충분히 예기를 내뿜게 내버려 두는 게 더 나을 것 같았다.

예기가 충만하여 어느 순간 목표를 향해 발출될 때까지는 가만히 있는 것이 상책이라 여긴 진설은 초조한 마음을 감추고 무영의 등만 쳐다보았다.

“결국 네 판단이 맞았다는 말이군!”

한참 후에 등을 돌린 무영이 짤막하게 말했다.

“가원은?”

진설이 다급한 기색으로 물었다.

“아직은 살아 있을 거야.”

무영은 차가운 미소와 함께 말했다.

“어떻게……?”

“배후가 궁금할 테니까. 그 배후가 확실히 드러날 때까진 살려두며 고문하겠지. 그리고 그 친구 성격으로 보아 벌써 불지는 않았을 테고."

"하지만 시간이 더 지나면 견디지 못할 수도……."

"그전에 찾아야지."

"어떻게?"

진설이 똑같은 질문을 반복했다.

"사냥개가 되어볼 생각 없나?"

빙긋 웃으며 던진 무영의 말에 진설은 갈피를 잡지 못하고 무영을 쳐다보았다.

"이걸 마셔!"

무영이 품속에서 작은 병 하나를 꺼내주었다.

"이게 뭔가요?"

진설이 주춤주춤 병을 받으며 말했다.

"이걸 마시면 넌 중원 최고의 사냥개가 될 수 있다."

무영이 빙긋 웃으며 답했다.

"지금 농담할 때인가요?"

마침내 진설이 고함을 질렀다. 그러나 무영의 표정은 조금도 변하지 않고 여유로웠다.

"장로들의 행적을 조사하라고 지시하면서 이런 일도 예측해 보았지. 그래서 그대들 두 사람의 몸에 추종향을 뿌려놓았다."

"그럼?"

잔뜩 찌푸려졌던 진설의 표정이 와락 밝아졌다.

"그걸 반만 마셔. 그럼 그 추종향 냄새가 꽃향기보다 더 자극적으로 맡아질 거야."

무영의 말이 끝나기도 전에 진설은 병 속의 액체를 반만 입 안으로 털어 넣었다. 그리고는 사냥개라도 된 듯 코를 킁킁거렸다.

'비린내!'

액체를 마시자마자 생선이 썩는 것 같은 지독한 비린내가 맡아졌다.

'꽃향기보다 더 자극적인 냄새가 이 냄새란 말인가?

진설은 눈살을 찌푸리며 무영을 쳐다보았다.

"꽤 자극적이지? 어서 따라가서 지워 버리고 싶도록."

무영이 다시 미소를 지었다.

진설은 더욱 인상을 찌푸렸다. 그 비린내는 자신의 몸에서도 맡아졌기 때문이다. 이래서는 어느 것이 가원의 것인지 구별이 되지 않았다.

"나머지 반은 네 가슴에다 뿌려. 그럼 네 몸에 묻은 냄새는 지워질 거야."

무영은 진설의 내심을 읽기라도 한 듯 말하며 진설의 가슴 어림을 빤히 쳐다보았다.

'망할 자식!'

진설은 속으로 욕설을 퍼부었다. 언제 자신의 가슴에 그런 냄새를 묻혀놓았는지 짐작도 가지 않았지만 기분이 찝찝해

죽을 지경이었다.

진설은 얼른 몸을 돌려 자신의 가슴 어림에 남은 액체를 뿌렸다.

잠시 후 무영의 말대로 자신의 몸에서 나는 비린내는 사라지고 정문 쪽에서 흘러나오는 비린내만 맡아졌다.

"냄새를 따라 즉시 움직여. 빠를수록 그 친구가 살아날 확률이 높아."

무영이 담장 그림자 쪽을 향해 뒷걸음질을 치며 말했다.

"당신은?"

"난 그대 뒤를 따른다. 아주 은밀하게……. 그러니 절대 뒤돌아보지 말 것."

무영의 말에 진설은 긴 한숨을 내쉬었다.

이 사내가 그림자처럼 뒤를 따르는 이상 자신은 지옥으로 뛰어들어도 안전할 것 같다는 안도감이 들었다. 기분 나쁜 감정과는 별도로 그 안도감은 천신갑을 몸에 두른 것처럼 든든하기도 했다.

"그럼!"

진설은 짤막한 인사와 함께 정문 쪽을 향해 경공을 펼쳤다.

＊　　　＊　　　＊

"지독한 놈이야."

어두침침한 석실에서 웃통을 벗은 건장한 사내가 고개를 절레절레 흔들며 말했다. 그가 흔드는 고갯짓에 따라 후끈한 땀 냄새가 사방으로 비산했다. 그 땀 냄새가 참기 힘든지 석벽의 한가운데에 꽂혀 있는 횃불이 어지럽게 일렁거렸다.

"그만한 놈이니 조양방 방주의 그림자 노릇을 할 수 있겠지."

옆에 있는 다른 사내가 화답을 했다.

웃통을 벗은 건장한 사내와 달리 방금 말을 한 사내는 약간 마른 몸매에 청색 경장을 걸치고 있었다. 또한 손목과 발목에 각반까지 차고 있어 실내의 후텁지근한 온도를 감안한다면 무척 답답한 느낌을 주고 있었다. 그러나 당사자는 조금도 그런 느낌이 없는지 웃통을 벗고도 온몸으로 물을 줄줄 흘리는 사내와 달리 땀 한 방울 흘리지 않고 있었다.

건강한 체격에 웃통을 벗은 사내의 이름은 낭리섬도(狼狸閃刀) 강해건(姜偕件)이었고, 호리호리한 체격에 각반을 손목과 발목에 두른 사내는 육합창(六合槍) 도후용(塗后俑)으로, 두 사람은 모두 무황성의 교룡각 소속이었다.

교룡각은 무황성주 직속의 조직이었다.

그들은 깊은 물속에서 소리없이 헤엄치다가 먹이를 급습하는 교룡처럼 무황성의 다른 조직에 비해 외부로는 거의 알려지지 않은 조직이었다.

그런 그들의 존재가 세상에 조금이나마 알려지게 된 것은 사도맹과 마련을 무너뜨리는 와중에 소리없이 암약하며 혁혁한 공을 세우면서부터이다.

그들은 주로 은밀하고 비밀스런 임무를 도맡았다. 그 임무가 구체적으로 무엇인지는 정확히 알려지지 않았지만 그들이 나타났다가 사라진 후에는 어김없이 전세가 무황성 쪽으로 기울었다.

그들은 나타났다가 사라짐에 있어서 아무런 흔적을 남기지 않았기에 어떤 수단을 썼는지, 무슨 계책을 펼쳤는지 알 수 없었지만 임무를 수행함에 있어 솜씨가 빈틈없었고 손속이 얼음처럼 냉정하다고 했다. 그래서 그들이 나타났다가 사라진 곳에서는 풀포기조차 남지 않았다는 말도 들렸다.

그렇게 비밀스러운 교룡각의 인원들이 한 사내를 의자에 묶어놓고 고개를 흔들고 있었다.

밧줄에 묶인 채 의자에 앉아 있는 사내는 얼마 전까지 진설과 함께 조양방주 염천기의 그림자였던 가원이었다.

실내 한복판에 있는 의자에 묶인 채 고개를 숙이고 있는 가원의 모습은 처참하기 이를 데 없었다.

얼굴은 부어올라 두 배로 커져 있었고, 온몸에는 지렁이가 지나간 것 같은 자상이 나 있었다. 탁자 위에 소도 한 자루와 소금이 있는 것으로 보아 소도로 살을 베고 그 안으로 소금을 뿌린 모양이었다. 그런데도 가원은 입을 열지 않은 것이다.

"그런데 밤낮을 가리지 않고 방주의 그림자가 되어야 할

놈이 이곳까지 접근해서 은밀하게 움직였다는 것은 역시 조양방주 염천기가 일을 꾸미고 있단 말인가?"

각반을 찬 사내 도후용이 긴장된 표정으로 말했다.

"그건 우리가 판단할 일이 아니고… 우린 이놈을 족쳐 어떻게 이곳까지 접근했는지 최대한 많은 것을 알아내야 해."

강해건이 엄한 모습으로 말했다.

자신들은 그저 시키는 대로 움직이면 되었다. 그 이상의 일을 벌이는 것은 월권이었고, 이곳에 있는 자신들의 상관은 그런 것을 극히 싫어했다.

"하지만 너무 지독한 놈이야. 아직 한마디도 하지 않다니."

도후용이 고개를 절레절레 흔들었다.

"이젠 마지막 수단을 써야겠네."

강해건이 손가락을 우두둑 꺾으며 석벽 구석에서 작은 상자 하나를 가지고 왔다.

"꼭 그래야 할까? 죽을 수도 있는데?"

"할 수 없지. 안 그랬다간 우리가 죽을 게 아닌가?"

"하긴… 사갈 같은 여인이니……."

강해건이 자신도 모르게 진저리를 치며 상자를 받아 들었다.

그들의 상관은 교룡각의 오단주인 날수비연(辣手飛燕) 화설금이었다.

서른 명이 넘는 단주 중에서 여인으로서는 유일하게 십위 안인 오단주 직을 맡고 있는 바, 실력으로나 손속으로나 그 어떤 남자 단주들보다 매섭고 차가웠다.

한 자루 연검으로 뿌리는 검초는 현란하면서도 신랄하여 날수비연이란 별호로 불리었다.

무공도 고수였지만 그녀는 정치적인 수완도 만만치 않아 무황성 수뇌부들에게 인정을 받고 있었다. 그래서 오단주 자리까지 꿰찬 것이다.

최근에 그녀는 환술에 미혼공까지 익히고 있다는 소문이 나돌았다. 그러면 언젠가는 삼단주, 이단주 자리까지 오를 수도 있었다.

무황성주의 셋째 제자 위건화는 암중인을 잡기 위해 그녀를 이곳에 배치시킨 것이다.

"어서 시작하세, 단주가 오기 전에."

강해건이 오싹한 표정으로 재촉했다.

쾅!

그때 갑자기 석실의 문이 열리며 육중한 굉음이 들려왔다.

그 목소리에 두 사내가 움찔 놀라며 한 걸음씩 뒤로 물러섰다.

석실 문을 열고 들어온 사람은 오단주 화설금이었다.

스물다섯을 넘겼을까 말까 한 연령에 터질 듯이 농염한 몸매를 지닌 여인!

그러나 그 농염한 몸매 어느 곳에도 군살이 붙어 있다는 느낌은 추호도 들지 않았다. 농염했지만 고도의 수련을 거쳐 칼날같이 예민한 신경조직이 느껴지는 여인이었다.

얼굴 또한 뭇 사내들을 홀릴 만한 미모였다. 하지만 눈꼬리가 위로 치켜진 채 사나운 기색이 역력해서 함부로 근접하기 힘든 기운을 풍기고 있었다.

"오단주님을 뵙습니다."

두 사내가 화설금을 향해 급히 고개를 숙였다.

그러나 화설금은 그들의 인사를 받을 생각도 않고 허리에 두른 요대에 손을 갖다 댔다.

챙—

그녀의 요대가 풀어지며 쇳소리가 흘러나왔다.

요대는 그녀의 독문 병기인 연검이었던 것이다.

"병신 같은 놈들!"

화설금은 앙칼진 목소리와 함께 연검을 뿌렸다.

짝—

짜악—

연검은 채찍처럼 뻗어 나와 두 사내의 뺨을 후려쳤다.

두 사내는 각각 짧은 비명을 토하며 벽까지 밀려가 쿵! 하고 벽에 부딪쳤다.

천 조각처럼 낭창거리는 연검의 검신으로 두 사내의 뺨을 때려 벽까지 밀려가게 하는 여인의 손속은 서릿발 같았다. 또

한 연검으로 그런 공격이 가능한 그녀의 내력을 짐작케 해주
었다.

　벽에 부딪치며 순간적으로 주저앉았다 일어선 두 사내는
자신들이 왜 맞았는지 모르겠다는 표정으로 화설금을 쳐다보
았다.

　"일을 처리함에 있어서 흔적을 남기지 말라고 했을 텐데?"

　화설금은 두 사내가 궁금해하는 이유를 말해주었다. 그러
나 두 사내는 아직도 자신들이 맞은 이유가 이해되지 않는 눈
빛이었다.

　"흔적이라 하심은?"

　강해건이 결국 질문을 던졌다.

　"저놈을 잡아오며 흔적이 남았단 말이다."

　연검 끝으로 가원을 가리키며 화설금이 차갑게 답했다.

　"그럴 리 없습니다. 발자국 하나 남기지 않았습니다."

　도후용이 절대로 수긍하지 못하겠다는 표정으로 화설금을
쳐다보았다.

　그의 말대로 조양방의 오장로 송조격과 그 호위 한 명의 주
변을 은밀하게 맴도는 가원을 잡아오는 데 있어서 그야말로
땀 한 방울 흘리는 것조차 조심을 했다. 그렇게 신경을 썼기
에 설사 잘 훈련된 사냥개라 해도 흔적을 쫓지 못할 것이라
자신할 수 있었다.

　"그런데 어떻게 저놈과 단짝인 계집이 이곳을 향해 접근한

단 말이냐?"

화설금이 더욱 차가워진 목소리로 고함을 쳤다.

"그럴 리가……. 그 계집이 어떻게?"

도후용이 믿을 수 없다는 눈으로 여인을 쳐다보았다.

짝—

화설금의 연검이 다시 도후용의 뺨을 때렸다.

이번에는 내력을 훨씬 더 쏟아부었는지 도후용은 허공으로 붕 떴다가 벽에 처박혔다.

"내가 해야 할 질문을 왜 네놈들이 하는 거냐? 그리고 지금은 그런 질문보다는 그 계집을 쥐도 새도 모르게 잡는 게 우선이다."

화설금이 칼날 같은 눈빛으로 두 사내를 훑었다.

"즉시 잡아오겠습니다."

웃통을 벗은 사내가 고개를 숙이며 윗옷을 걸쳤다.

"서두를 것 없다. 서두르다가 다시 누군가에게 꼬리를 잡히면 그땐 삼공자에게 네놈들은 물론 나까지 살아남지 못할 것이다. 겉으로는 서생처럼 온화해 보여도 속으로는 성주의 다섯 제자 중 가장 독랄한 성정을 감춘 사람이 바로 삼공자이니까……."

여인의 표정에 전혀 어울릴 것 같지 않은 은은한 두려움의 기운이 번졌다.

그것을 본 강해건은 흠칫 신형을 굳혔다.

자신들로서는 처음 듣는 얘기했다.

무황성주 단목상군의 세 번째 제자 위건화는 언제나 온화한 표정과 귀공자의 기품을 잃지 않는 청년이었다. 무공 또한 펼치는 것을 본 적이 없어 성주의 제자 중 제일 약하지 않을까 생각하고 있었다. 그런데 그 어느 구석에 오단주가 말한 독랄한 심성이 숨어 있단 말인가?

강해건은 두 눈만 끔벅였다.

"날이 어두워지면 즉시 잡아와라. 그때까지는 꼬리가 붙지 않았는지 철저히 감시하고."

날수비연 화설금은 사형선고를 내리듯 지시했다.

"복명!"

두 사내가 동시에 고개를 숙이며 답했다.

*   *   *

스스슥—

진설은 미약하게 풍겨오는 비린내에 온 신경을 집중하여 은밀하게 신형을 옮겼다.

자신과 함께 방주의 그림자였던 가원이기에 그의 무공은 흑기대주를 능가했다. 어쩌면 방주와 방주의 다섯 아들, 그리고 여덟 장로만 빼면 조양방 내에서는 그의 적수가 없을지도 몰랐다. 그런 가원을 소리없이 납치할 정도라면 자신 역시 그런 처지가 될 수 있었다. 그러기에 더욱 조심해서 행동했고, 최대한 은밀하게 움직이는 중이었다.

‘무황성… 더러운 놈들.’

진설은 은밀히 냄새를 따라가며 나직하게 이를 갈았다.

자신에게는 하늘이나 마찬가지인 조양방주 염천기를 중독시켜 석 달이라는 시한부 생명으로 만들어놓았고 조양방을 완전히 무너뜨릴 계략을 꾸미고 있는 놈들이다.

협정을 맺어 사도맹과 마련을 와해시키는 데 협조해 주면 공존을 하게 해주겠다고 약속해 놓고는 이런 더러운 술수를 부리고 있었다.

‘언젠가는 네놈들도 똑같이 당할 거야.’

진설은 저주를 퍼붓듯 중얼거리고는 언뜻 고개를 들었다.

추종향의 냄새가 점점 더 강렬해지고 있었다.

진설은 잠시 움직임을 멈추고 전방을 살폈다.

어느새 해가 지고 사위는 어둠이 내리기 시작했다. 땅거미가 지는 시간은 제법 길었지만 땅거미의 뒤를 따라오는 어둠은 금방 짙어지게 마련이다.

‘저건?’

진설의 눈이 반짝하고 빛을 토했다.

어둠 속에서 한 점의 빛이 반짝 피어났다가 사라졌다.

거리는 약 백 장 정도였다. 어둡지 않았을 때는 숲 속에 교묘히 위장되어 있어 발견하지 못했는데 오히려 어두워지니 눈에 띄게 된 것이다.

아마도 누군가의 실수로 차폐된 휘장이 순간적으로 들춰지고 빛이 새어 나온 모양이었다. 그리고 그 방향으로부터 점점 더 강한 추종향 냄새가 흘러나오고 있었다.

'따라오고는 있는 것인가?

진설은 고개를 돌리지 않고 신경만 집중한 채 무영의 낌새를 느끼려 했다. 그러나 여전히 그의 기색은 머리카락 한 올만큼도 느껴지지 않았다.

'설마 놓친 건 아니겠지?'

진설은 순간적으로 그런 의심까지 하게 됐다.

조양방주의 그림자로 살아온 자신이다. 그런 자신이 최대한 은밀하게 움직였기에 누군가 자신을 미행하려면 적지 않은 공력을 소모해야 한다. 그렇게 되면 기색이 느껴져야 했는데 무영의 기색은 지금까지 단 한 번도 느껴지지 않았다.

'하긴, 그렇게 허술한 인간은 아니지.'

무영의 모습을 떠올린 진설은 이내 고개를 흔들었다.

정체는 물론, 능력이 어디까지인지 짐작이 되지 않는 기분 나쁜 인간!

그러나 지금은 그런 그가 너무나 든든했다.

길게 심호흡을 한 진설은 다시 은밀하게 신형을 움직였다.

파앗―

작은 바위 뒤에서 갑자기 들려오는 파공음에 진설은 급히 땅바닥에 몸을 굴렸다.

그것밖에 방법이 없었다.

검을 들어 막거나 발을 움직여 보법을 밟기에는 너무나 신속하고 강렬한 공격이었다.

두 바퀴나 바닥에 뒹굴었다가 신형을 일으킨 진설은 등줄기 한복판으로 식은땀 한줄기가 주르르 흘러내리는 것을 느꼈다.

공격이 한 번으로 그쳤기에 망정이지, 연속으로 퍼부어졌으면 다리나 팔 하나는 잘려 나갔을 것이란 생각이 절로 들었다. 그만큼 조금 전의 정체 모를 공격은 무시무시했다.

진설은 그 무시무시한 공격의 주인을 찾았다.

먼저 긴 창 한 자루가 눈에 들어왔다. 그리고 그 창 옆으로 손목과 발목에 각반을 찬 인영의 모습이 보였다.

호리호리한 몸매의 사내는 그가 지팡이처럼 짚고 있는 창보다 더 날카로운 기운을 뿜어내어 종내에는 두 자루의 창이 나란히 서 있는 것 같았다.

진설은 연속 공격을 하지 않고 가만히 서 있는 사내를 보며 눈살을 찌푸렸다.

연속 공격을 했으면 훨씬 더 유리한 상황을 만들 수 있었을 텐데 이렇게 여유를 부리고 있다는 것은 언제든지 상대를 제압할 수 있다는 자신감의 발로였다.

챙―

진설은 뒤늦게 검을 뽑았다.

창을 짚고 선 사내가 얼핏 웃는 것도 같았다.

"어떻게 여기까지 따라왔지?"

사내는 진설의 무공보다는 그것이 더 궁금한 모양이었다.

"직접 알아내 보시지."

진설은 사내를 향해 겨눈 검을 슬쩍 흔들며 답했다.

"당연히 그래야겠지. 가원이라는 네 단짝보다 무공이 더 높다고 알고 있는데, 얼마만한 수준인지 궁금하기도 하고……"

사내가 씨익 웃으며 발끝으로 창날을 툭, 건드렸다.

쌔애액—

장난처럼 창끝을 툭, 차는 동작에서 갑작스런 공격이 이어졌다.

바닥에 꽂혀 있던 창날이 위로 차올려지며 한 꺼풀의 땅거죽도 같이 튀어 올랐다. 그 흙더미 사이로 섬뜩한 기운을 뿌리는 창날이 곧장 쏘아져 나왔다.

숫제 한줄기 빛살 같았다.

그 빛살은 땅거죽에 은신한 채 튀어나오기에 더욱 가공스러웠다.

진설은 신속히 상체를 뒤로 젖히며 혼신의 힘을 다해 검을 쳐올렸다.

까앙—

창날이 검신에 걸리며 허공으로 튕겨 올랐다. 그러나 튕겨 올랐다고 생각되는 순간, 창날은 태산압정의 수법이라도 펼치는 듯 그대로 떨어져 내렸다.

진설은 뒤로 뉘였던 상체를 제대로 세우지도 못한 채 검을 틀어 떨어져 내리는 창대를 막아갔다.

휘리릭—

갑자기 창대가 물결치듯 움직였다. 그리고는 쳐올린 진설의 검을 피해 허벅지를 때려왔다.

'헉!'

단말마를 삼킨 진설은 쾌속하게 몸을 솟구쳤다.

휘리릭—

비룡번신의 수법으로 몸을 틀어 창대를 피한 진설이 바닥에 착지함과 동시에 세차게 검을 휘둘렀다.

"좋은 수법!"

창을 든 사내가 경쾌한 외침과 함께 이번에는 독사출동의 수법으로 창을 찔러왔다.

챙—

두 자루의 병기가 부딪치며 쇳소리와 함께 불똥이 튀었다. 그리고 두 사람은 각각 한 걸음씩 뒤로 물러섰다.

"네 단짝보다 확실히 위로군."

사내가 약간은 의외라는 표정으로 진설을 쳐다보았다. 그렇다고 절대로 경계의 표정은 아니었다. 어디까지나 약간 예상 밖이라는 감정 외에 다른 표정은 아무것도 없었다.

그것이 오히려 진설의 투지를 자극했다.

"하앗!"

진설이 날카로운 고함과 함께 앞으로 쏘아졌다.

어둠 속으로 파고드는 그녀의 신형이 갑자기 그 자리에서 사라진 것 같았다.

이때만큼은 경시할 수 없는 듯 각반을 찬 사내, 육합창 도후용이 신속히 보법을 밟으며 창대를 어지럽게 휘둘렀다.

째째째째째쨍—

어둠 속에서 공간을 찢어발기는 소리가 터져 나왔다. 그리고 어김없이 불꽃이 튀었다.

진설은 이를 악물었다.

가원이 사라졌기에 짐작은 하고 있었지만 이자는 초일류의 고수였다.

자신의 검보다는 거의 세 배 가까이 긴 장창을 마치 단도처럼 자유자재로 휘두르며 가닥가닥 검초를 끊어왔다. 거기에 더해 무거운 내력 한줄기는 찌르르 검신을 타고 손목과 어깨, 가슴까지 진탕시키고 있었다.

다시 한 번 이를 악문 진설은 사내를 쳐다보았다.

사내는 처음 봤을 때의 그 자세 그대로 창날을 반쯤 땅에 박은 채 한 자루 창처럼 서 있었다.

진설은 사내에게서 먹구름 같은 위압감을 느꼈다.

행색으로 봐서는 강호 일류고수 같지도 않았다. 또한 자신의 기억 속에는 이런 모습에 이런 창술을 펼치는 사람의 이름을 들어본 적도 없었다. 그런데도 사내는 거대한 탑처럼 자신을 위압하고 있었다.

'교룡각!'

갑자기 진설의 뇌리에 한 개의 이름이 떠올랐다.

무황성 최고 비밀 정예인 교룡각!

그들은 오백여 명의 인원으로 조직되어 있다고 했다.

강호에서 거의 활동을 하지 않아 정체가 알려져 있지는 않지만 그들 개개인의 무위는 이미 초일류의 수준을 넘어섰다고 들었다.

정체가 짐작되지 않으면서도 이 정도의 무공을 지닌 자라면 교룡각 소속일 가능성이 높았다.

무황성주 직속의 그들이 움직였다면 무황성은 조양방을 완전히 붕괴시키려는 게 확실했다.

진설은 소름이 끼치는 느낌을 받으며 다시 검을 치켜 올렸다.

자신의 손으로 이자를 죽일 수는 없겠지만 팔 하나 정도는 자르고 싶었다.

파앗—

진설이 쇄도하기 직전, 도후용은 다시 발끝으로 창날을 찼다.

진설은 반사적으로 맹렬히 검을 휘둘렀다. 아까처럼 창날이 튀어 오르며 같이 터져 오르는 땅거죽을 쳐내기 위해서였다. 그러나 교룡각의 무사가 같은 수법을 두 번씩 반복할 리 없었다.

피잉—

땅거죽 대신 메추리알만 한 돌멩이 하나가 진설의 복부를 향해 탄환처럼 날아들었다.

날아오는 흙더미에 눈을 제일 먼저 보호하고자 상방을 향해 검을 휘두르던 진설은 갑자기 복부로 날아드는 돌멩이에 당황할 수밖에 없었다.

진설은 최대한 쾌속하게 허리를 틀며 돌멩이를 피해냈다.

쉬이익—

돌멩이를 피하느라 흐트러진 상체를 향해 장창이 벼락 치듯 떨어져 내렸다.

도후용이 지금 내려치는 창은 창이 아니라 직도양단의 도검이나 마찬가지였다. 비록 창날이었지만 그것에 베이면 여지없이 몸이 두 조각 날 것 같았다.

진설은 최대한 몸을 낮추며 검을 옆으로 쳐나갔다. 마주쳤다가는 검이 부러지거나 호구가 찢어져 검을 놓칠 염려가 있었기에 최대한 옆으로 흘러 창대에 실린 힘을 분산시키려 했다.

치이잉—

창대가 진설의 검을 타고 미끄러지며 마찰음을 토했다.

손목에 전해져 오는 엄청난 압력을 느낀 진설은 몸을 옆으로 틀었다. 그리고는 갈대처럼 신형을 휘며 창날을 비껴내고는 오히려 역공을 해나갔다.

파아앗—

도후용은 급히 뒤로 물러섰다.

자신의 창날을 비껴내고 그 짧은 순간을 이용하여 진설의 검이 쾌속한 초식으로 쓸어오자 도후용은 처음으로 경계의 표정을 지었다.

계집이 사내놈보다 강하다고 들었지만 이건 한참 더 강했다. 그리고 방금 펼친 검초는 완벽하지는 않아도 뭔가 상승의 무리가 담겨 있었다.

'이 계집이?

도후용은 눈살을 찌푸렸다.

처음에는 쉽게 상대하여 제압하려 했는데 벌써 몇 번이나 미꾸라지처럼 자신의 공세를 빠져나갔다. 이러다간 날수비연 화설금의 질책을 면치 못할 것 같았다.

도후용은 불끈 내력을 끌어올리며 진설을 노려보았다.

조금 전 잠깐 펼쳤던 상승 검법이 우연한 것이 아니라 감추고 있던 실력이라면 훨씬 어려워질 터였다.

지극히 짧은 순간 착각처럼 목격한 검초였지만 절대로 평범한 초식이 아니었다. 오랜 정진으로 인해 상승의 무리가 스머들어 탄생한 검초임이 분명했다. 그런 검초가 계속해서 펼쳐진다면 어려운 정도가 아니라 승부를 예측하는 것도 힘들 것 같았다.

도후용은 눈 한 번 깜박이지 않고 진설을 탐색했다.

"흐읍!"

진설은 낮은 호흡과 함께 작은 흥분에 사로잡혔다.

조금 전 절체절명의 위기 속에서 무영이 준 춘화책 속의 검법을 펼쳤다. 그 결과, 위기에서 빠져나오며 오히려 역공까지 가능했다.

조용히 방에 틀어박혀 익히고자 할 때는 지독하게 애를 먹이던 것이 절체절명의 위기 속에서 갑작스럽게 한 구절 터득된 것이다. 그리고 그 결과는 탄성을 지를 정도였다.

만약 그 검결을 모두 익혔더라면?

그랬더라면 이자에게 지금처럼 사정없이 내몰리지는 않았을 것 같았다.

진설은 자존심 때문에 무영을 찾아가서 직접 배우지 않은 자신이 후회되었다. 그건 가월 역시 마찬가지일 것이다.

그러나 지금은 후회만 하고 있을 시간이 없었다. 자신의 지니고 있는 실력에다 방금 깨우친 그 한 구절만 적절히 섞어 쓴다면 훨씬 더 강맹하게 검을 뿌릴 수 있을 것 같았다.

진설은 검을 눈높이로 들어 올려 도후용의 중단을 겨누었다. 겨우 한 구절 터득했지만 기수식만큼은 완벽하게 잡을 수

있었다. 이 자세에서 그 검초를 쏟아내면 가장 위력적일 것이
었다.

"역시 숨긴 재주가 있었단 말이군."

도후용이 미간을 찌푸리며 수평으로 창을 내밀었다.

순식간에 두 사람 간의 거리가 창 길이만큼 좁혀졌다.

우우웅—

도후용의 창극에서 시린 기운이 뻗어 나왔다.

진설은 미간을 찔러오는 무형의 압력에 눈살을 찌푸리며
선제공격을 할 마음을 굳혔다.

[내 생각에는 말이야……]

갑자기 귓전을 두드리는 음성에 진설은 움찔하며 선제공
격을 하려던 의도를 접었다.

무영의 전음이었다.

진설은 안도감과 역정을 동시에 느꼈다.

이제까지 따라오는지 안 오는지 기척도 없었던 인간이 근
처에 있다는 것을 느꼈기에 안도감이 들었지만 하필 중요한
이 순간에 나타나 초를 치고 있단 말인가.

[적당히 제압당해서 끌려가는 게 낫지 않을까 싶은데. 그래
야 놈들을 방심시키고 가원, 그 친구를 확실히 살릴 수 있을
테니.]

'망할!'

무영의 전음이 다시 들리자 진설은 온몸의 기운이 다 빠지

는 것 같은 느낌을 받으며 역정을 삼켰다.

너무 긴장하는 바람에 가원을 잠시 잊고 있었던 것이다.

무영의 말대로 자신이 이곳에서 계속 설치면 놈들이 어떻게 나올지 몰랐다. 또한 그렇게 되면 신경이 분산되어 무영이 손을 쓰기가 곤란해질 것이다.

반면 가원과 자신이 한곳에 있다면 무영은 훨씬 편할 것이다.

"계집! 갑자기 주화입마에라도 빠진 거냐?"

기이한 기수식을 잡고 선제공격을 하려 하던 진설이 뭔가 혼란스러워하자 도후용이 비릿한 미소와 함께 한 걸음 다가섰다. 아울러 수평으로 들고 있던 그의 장창도 앞으로 나섰다.

슈우욱─

장창이 순식간에 거리를 격하며 진설의 심장을 찔러왔다.

"하앗!"

진설이 고함과 함께 검을 휘둘렀다.

까앙─

창대의 옆면을 쳐낸 진설이 창대를 감아들며 검을 휘둘렀다. 이건 영사등수(英蛇登樹)의 수법을 응용한 공격이었다.

"제법!"

고함과 함께 순식간에 창이 거두어지는가 싶더니 허공에서 한 바퀴 회전한 후 창의 손잡이가 봉처럼 진설의 어깨를 두드려 왔다.

째애액—

무거운 공력이 실린 창은 창 손잡이라고 해서 절대로 경시할 수 없다. 제대로 가격당하면 어깨뼈가 유리 조각처럼 깨어지고 말 것이다.

진설은 급히 다리를 벌려 쌍파각(雙破脚)으로 몸을 아래로 낮췄다.

허리를 숙여 피할 수도 있었지만 그렇게 되면 아까처럼 등짝으로 떨어지는 창대에 대해서는 곤란한 처지가 되고 만다.

그녀의 예상대로 휘둘러지던 창대가 뚝 꺾이며 떨어져 내렸다. 그러나 여인의 유연한 신체를 이용해 쌍파각으로 두 다리를 찢으며 주저앉았기에 상체는 원래의 자세를 유지했고 빠르게 반응하며 수비를 할 수 있었다.

따당—

창 손잡이와 검이 마주치며 굉음이 터졌다.

[아주 멋져. 그런데 그렇게 멋지게 막아내면 제압당하는 데 지장이 있지 않을까?]

다시 무영의 전음이 귓전을 때렸다.

이건 아예 적군이었다.

인상을 쓴 진설은 와락 몸을 일으키며 앞으로 쏘아졌다.

[그렇다고 그렇게 막무가내로 지려고 하면 놈이 의심을 할 텐데……?]

무영의 전음이 다시 들렸다.

진설은 정신이 혼란스러워 자연스럽게 펼치던 초식마저 혼란스러워졌다. 그 틈을 놓치지 않고 도후용의 창이 수면 위를 헤엄치는 물뱀처럼 쑤시고 들어왔다.

‘일단 저것은 피하고!’

진설은 신속히 상체를 틀어 도후용의 창극을 피했다.

그 순간, 도후용의 창이 현란한 변화를 일으키며 허리를 때려왔다.

진설의 머릿속에 무영이 준 춘화책 속의 환상적인 다음 검결이 떠올랐다. 그러나 진설은 이를 악물고 그 검초를 뇌리에서 씻어냈다.

퍼억!

옆구리에서 둔탁한 격타음이 터지며 숨이 턱 막혀왔다. 그리고는 머릿속이 하얗게 변해갔다.

‘망할 자식!’

진설은 속으로 그 한마디를 읊조리며 정신을 놓았다.

“……!”

예상보다 훨씬 어렵게 진설을 제압한 도후용은 고개를 갸웃거리며 조심스럽게 진설에게로 다가왔다.

“우연이었나?”

아까 자신의 공격을 피하며 한순간 펼치던 횡단구주(橫斷九州)의 초식을 닮은 진설의 검초는 도후용이 경계심을 가지기에 충분했다.

발출이 눈부시게 빨랐고 일체의 군더더기 없이 베어오는 초식 속에는 예사롭지 않은 허초마저 내포하고 있었다. 그 허초가 실초로 이어졌다면 어떻게 대응할해야 할지 떠오르지 않아 순간적으로 가슴이 철렁했었다. 그런데 어쩐지 허초는 실초로 이어지지 못했고, 그 후로는 그런 검초를 뿌리지 못했다. 그래서 이렇게 제압이 가능했다.

"종잡을 수 없는 계집이야."

도후용은 창 손잡이 끝으로 혼절한 진설을 툭, 건드려 보았다.

거짓으로 혼절한 척하고 있는 것은 아니었다. 그건 창대로 허리를 가격하는 순간 느꼈다. 하지만 뭔가 석연치 않아 거듭 조심을 하고 있는 것이다.

"젠장! 늦었어."

입맛을 다신 도후용은 진설을 허리에 낀 채 몸을 날렸다.

스스스―

도후용이 사라진 후 근처에 있던 아름드리나무 둥치가 약간 흔들리는 것 같았다.

그러나 그건 너무나 순간적이고 은밀해서 그 둥치에 감각 예민한 벌레가 붙어 있었다 하더라도 위험성을 느끼지 못하고 그대로 있을 것 같았다.

휘익―

잠시 후, 또 하나의 인영이 도후용이 간 방향으로 쏘아졌
다.

혹시라도 근처에 진설을 따라온 사람이 있지 않나 살피던
강해건이었다. 그는 그 어디에도 꼬리가 달려 있지 않다는 것
을 확인하고는 거점으로 돌아가는 것이다.

스스슥―

강해건의 종적이 완전히 사라진 후, 나무껍질이 한 겹 벗겨
지며 앞으로 떨어져 나왔다.

떨어져 나온 나무껍질에서 눈이 만들어지고 코와 입이 생
겨났다. 그리고 팔이 솟아나며 사람의 모습으로 변해갔다.

누군가 보았으면 기절초풍할 만한 기괴한 일이었다.

"많이 아팠겠군!"

나무껍질이 완전히 사람의 모습으로 변하며 나직한 음성
이 흘러나왔다.

무영이었다.

피식!

무영이 예의 그 미소를 피워 올렸다.

어둠이 일렁거리며 그 미소에 반응했다.

"꽤나 약은 놈들이야."

무영은 강해건이 사라진 곳을 바라보며 말했다.

강해건은 도후용이 진설을 잡아간 후에도 한참 동안 은신
하고 있다가 나타나서 뒤따라간 것이다.

"하마터면 진짜 나무껍질이 될 뻔했어."

무영은 이리저리 온몸을 움직여 보았다. 극강의 공력으로 펼친 은실술이었고, 그 시간이 제법 걸렸기에 몸이 좀 굳은 것 같았다.

한동안 몸을 풀던 무영은 도후용이 사라진 방향을 응시했다.

"교룡각인가?"

무영이 느긋하게 중얼거렸다.

"그렇다면 더 재미있어지겠군."

이제껏 느긋하던 무영의 눈에서 폭광이 쏟아졌다. 주변의 정물을 모두 얼릴 것 같은 기운이었다. 그러면서도 사이하기 그지없는 기운이었다. 만약 누군가 그 기운에 노출되었다가는 그 자리에서 미쳐 버릴 것 같았다.

푸스스—

무영의 발밑에 있던 풀들이 바싹 말라들어 가다가 먼지가 되어 흩날렸다.

"교룡각 놈들의 피 냄새는 어떤지 궁금했는데, 오늘 실컷 맡아보기로 하지."

스산하게 중얼거린 무영의 신형이 서서히 흐릿해졌다. 그리고는 어느 순간 완전히 어둠 속으로 파묻혀 버렸다.

第九章
습격(襲撃)

장흥관일

“미행자는?”

강해건이 실내로 들어오자 날수비연 화설금이 차가운 어조로 물었다.

“없었습니다!”

강해건이 고개를 저으며 답했다. 그러나 화설금은 일말의 의심을 지우지 못하고 강해건을 노려보았다.

“사방 백 장을 모두 수색했습니다. 아무도 없었습니다.”

강해건이 확신 어린 목소리로 거듭 답했다.

“그런데 이 계집이 어떻게 여기까지 왔단 말인가?”

강해건에게서 눈길을 거둔 화설금이 바닥에 쓰러져 있는

진설을 쳐다보며 말했다.

"깨워라! 깨워서 족치면 알게 되겠지."

화설금의 지시에 도후용은 진설을 가원이 묶여 있는 바로 옆의 의자에 앉혀 꽁꽁 묶었다. 그리고는 실내 구석에 있는 물독에서 물을 한 바가지 떠와서는 진설의 얼굴에 퍼부었다.

"으음!"

진설이 낮은 신음과 함께 의식을 차리기 시작했다.

'여긴?'

완전히 의식을 차린 진설은 이리저리 고개를 돌려보았다.

제일 먼저 가원의 모습이 눈에 들어왔다.

진설은 두 눈을 크게 뜨고 가원을 쳐다보았다.

가원은 거의 넝마 수준이었다.

"가원!"

진설은 비명처럼 고함을 질렀다. 그러나 가원은 꼼짝도 하지 않았다. 겉모습만 봐서는 산 사람이 아니었다.

"가원!"

자신의 외침에도 아무런 반응이 없자 진설은 다시 고함을 질렀다.

벌써 너무 늦은 것이 아닌가 하는 걱정이 진설의 가슴을 가득 메웠다.

"으음—"

잠시 후 모깃소리처럼 가느다란 신음이 넝마처럼 된 채 고개를 푹 숙이고 있는 가원에게서 흘러나왔다.

'살아 있다!'

진설은 속으로 환희에 찬 음성을 삼켰다.

살아만 있으면 된 것이다. 그럼 구출될 것이고, 상처를 치료한 후 예전으로 돌아갈 수 있을 것이다.

어느새 무영에 의한 구출을 철석같이 믿고 있는 진설은 그런 자신을 깨닫지도 못한 채 무영이 나타나기를 기다렸다.

"깨어났으니 시작해라!"

날수비연 화설금이 냉랭한 목소리로 지시를 내렸다.

그녀의 지시에 따라 강해건이 천천히 앞으로 나섰다.

"너도 이런 꼴이 되고 싶지 않으면 묻는 말에 곱게 대답하는 것이 좋다. 누가 너희들에게 오장로 송조격을 감시하라고 시켰지?"

가원과 단짝인 진설은 당연히 그것을 알고 있을 것이라 생각한 강해건은 거두절미하고 물었다. 그리고는 진설의 눈을 똑바로 들여다보았다.

눈을 통해 상대의 의지를 읽을 수 있고, 그에 따라 고문의 강도를 달리하는 그의 오래된 습관이었다.

순간적으로 강해건의 눈빛이 흔들렸다.

첫 번째 질문을 던지자마자 진설의 눈에서는 지독한 고통으로 의지가 꺾이고 나서야 마침내 비밀을 토설하는 사람들에게서 보였던 안광이 흘러나왔기 때문이다.

　남자가 여자보다 강하다지만 그것은 대부분 물리적인 힘을 쓰는 데 있어서 통용되는 말이다. 극한의 상황에 닥쳐서는 여자가 남자보다 더 강하고 독했다. 그런데 단 한 번의 고문도 가하지 않은 진설의 눈에서 그런 빛이 흘러나오는 것이 이해가 되지 않은 강해건은 자신이 착각하지 않았나 진설의 눈을 다시 쳐다보았다.

　"무영!"

　강해건이 재차 확인하기도 전에 진설의 입에서 대답이 튀어나왔다.

　뜻밖의 상황에 날수비연 화설금도 눈살을 찌푸리며 진설을 주시했다.

　"뭐라고……?"

　강해건이 다시 물었다. 그를 마주 보는 진설의 입꼬리가 말려 올라갔다.

　"이름이 무영이라고 했다! 그가 무황성의 암수를 분쇄하기 위해 장로들의 행적을 주시하라고 했다, 분명히 장로들 중 한 명 이상이 무황성과 내통했을 것이라는 말과 함께."

　진설이 묻지 않은 것까지 답하자 모두들 어이다없는 표정으로 눈만 끔벅거렸다.

　처음 무영이란 이름만 들어서는 진위를 가릴 수 없었는데, 이렇게 세세하게 설명까지 곁들이자 허위 자백을 하는 것이라는 생각이 들지 않았다.

그런데 그게 문제였다.

죽어라 족쳐도 불지 말아야 할 사실을 부연 설명까지 곁들여 답하다니.

"비켜라!"

어리둥절한 표정을 짓고 있는 강해건과 도후용을 제치고 화설금이 나섰다.

"어떻게 여기까지 추적했지?"

화설금은 질문을 바꾸었다.

"그가 장로들을 조사하라고 지시를 내리며 이런 일이 있을 것을 예상하고 우리 몸에 추종향을 뿌려놓았다."

이번에도 변함없는 너무나 상세한 답변에 화설금은 두 눈을 깜박였다.

'뭔가 잘못됐다.'

화설금은 즉시 뒤로 물러나며 사방을 두리번거렸다.

진설의 대답도 황당했지만 만약 그것이 사실이라면 또 다른 추적자가 곧 들이닥친다는 말이었다.

"망할!"

화설금이 고함을 지르며 출입문을 향해 몸을 날렸다.

몸을 날림과 동시에 그녀의 요대가 뽑혀지며 연검으로 변했다.

쾅—

화설금의 발길질에 문이 거칠게 열렸다.

그러나 문밖에는 아무도 없고 휑하니 바람만 스며들었다.

그 바람을 따라 이질적인 기운 한줄기도 같이 스며드는 것을 느낀 화설금은 반사적으로 연검을 휘둘렀다.

연검에 걸리는 것은 없었다. 대신 기가 막힌 상황 한 가지가 실내 한복판에서 벌어지고 있었다.

"그렇게 솔직히 대답해 준 이유가 뭐지?"

실내 안에서 들리는 이질적인 목소리에 화설금은 기겁을 하며 신형을 돌렸다.

실내에는 도후용과 강해건 외에 다른 한 사내가 처음부터 같이 있었던 것처럼 진설의 상체에 묶인 밧줄을 풀어내고 있었다.

너무나도 황당한 상황에 도후용과 강해건은 저지할 생각도 하지 못한 채 멍하니 쳐다만 보고 있었다.

"그래야 당신이 저들을 확실히 죽일 테니까."

상체가 자유로워진 진설이 무영의 질문에 답했다.

"쩝!"

무영이 입맛을 다신 후 가원의 상처를 살폈다.

"무황성답군!"

무영은 혀를 차며 그의 몸에 묶인 밧줄도 풀기 시작했다.

그때까지도 화설금과 강해건 등은 꿀 먹은 벙어리처럼 아무 말도 못하고 서 있었다.

마주쳐 겨루어보지 않았지만 연기처럼 나타난 무영의 신

위에 함부로 경거망동하지 못한 그들은 잠시 몸이 굳어버린 것이었다.

"쯧쯧! 아주 육회를 만들어놓았어."

가원을 묶은 밧줄을 다 푼 무영은 혀를 한 번 찬 후 가원의 등줄기에 손바닥을 갖다 댔다.

무영의 손바닥을 향해 무거운 진기가 흘러들자 죽은 듯이 늘어져 있던 가원의 상체가 조금씩 펴지며 고개마저 들려졌다.

마침내 가원이 눈을 번쩍 떴다. 그리고는 사방을 둘러보았다.

무영과 진설을 발견한 가원이 어깨를 늘어뜨렸다. 그의 입으로 낮은 한숨이 흘러나왔다.

쾅―

도후용과 강해건이 만들어낸 오랜 침묵은 화설금이 세차게 문을 닫으며 깨어졌다.

부서져라 문을 닫은 화설금은 천천히 계단을 걸어 내려왔다.

그녀의 눈에서 새파란 광채가 흘러나오고 있었다.

"네놈이 무영이냐?"

화설금이 무영을 보며 물었다.

"이런 경우, 의당 웬 놈이냐가 통상적인데… 역시 교룡각의 오단주답구려."

무영은 고개를 끄덕이며 피식 웃었다.

자신의 정체까지 알고 있는 무영을 보며 화설금이 미세하게 눈살을 찌푸렸다.

상대는 자신을 정확히 알고 있는데 자신은 상대에 대해서 아무것도 모른다는 것! 그것은 무인에게 있어서 가장 기분 나쁘고 경계심을 자극하는 일이었다.

"그렇다면 통상적인 질문을 하지. 넌 뭐 하는 놈이냐?"

화설금이 무영의 정체를 조금이라도 더 파악하려는 듯 말을 걸었다.

"보시다시피… 당신들에게 용무가 있는 놈이지."

무영이 빙글거렸다.

화설금의 눈빛이 냉혹해졌다.

"무슨 수작을 벌이며 들어왔지?"

화설금은 다시 질문했다. 무영이 들어오는 순간 이상한 기운 한줄기는 느꼈지만 도대체 그것이 무슨 수법인지 알 수 없었기 때문이다.

"친절하게 문까지 열어주었으면서 무슨 딴청을……."

자신이 문을 걸어차고 나간 그 순간 문을 통해 안으로 스며들었다는 것은 확실했다. 그러나 그 촌각의 순간 화설금은 음습한 기운 한줄기만 느꼈을 뿐, 아무것도 보지 못했다. 그게 어떻게 가능하단 말인가?

그 순간 화설금은 순간적으로 머리끝이 쭈뼛 서는 느낌을 받았다.

'암중인!'

삼공자 위건화로부터 그의 존재 가능성에 대해 들었다. 하지만 화설금은 그 말을 믿을 수 없었다.

삼공자 위건화의 이목을 속이고 암중인이라 불릴 만한 사람은 백도무림 전체를 통틀어도 몇 되지 않았다. 그런데 조양방 따위에 그런 사람이 있으리라고는 생각되지 않은 것이다.

화설금은 아마도 생이 얼마 남지 않은 염천기의 마지막 발악이거나 수석 장로 공야흠의 수작일 것이라고 생각했다.

'이자라면……'

화설금은 자신의 생각을 바꾸었다.

자신의 이목을 흐리고 바로 옆을 스쳐 지나갈 수 있는 자라면 암중인일 가능성이 높았다.

만약 저놈이 자신의 곁을 스쳐 지나가는 순간 마음먹고 출수라도 했다면?

기색을 눈치채고 즉시 연검을 휘둘렀지만 지금쯤 자신은 큰 낭패를 당했을 것이다.

'합공이면 가능할까?'

화설금은 강해건과 도후용, 두 사람을 쳐다보았다.

교룡각 제오단에서는 제일고수였다. 그래서 조양방주의 그림자 호위들마저도 제압하여 데려올 수 있었다. 그런 저들이었지만 이곳에 스며들어 여유있게 서 있는 무영에 비교하니 조족지혈 같은 느낌이 들었다.

"네놈이 암중인이군."

화설금은 신음처럼 내뱉었다.

"암중인?"

무영이 눈을 약간 치켜뜨며 화설금을 쳐다보았다. 암중인이라는 말은 금시초문이었다.

"얼마 전부터 우리 일을 방해하는 어떤 존재를 느꼈지. 하지만 정체를 알 수 없었기에 그렇게 부르기로 한 것이다."

화설금은 냉랭한 표정으로 답했다.

"이런! 난 아무도 눈치 못 챘을 것이라 여겼는데 눈치챈 사람이 염 방주 말고 또 있었군. 물론 그대는 아니겠지. 그렇게 머리가 좋아 보이지는 않는데……."

염장을 지르는 무영의 말에 치켜 올라간 화설금의 눈꼬리가 더욱 위로 치켜졌다. 그러나 무영은 이내 그녀의 시선을 무시하고 가원을 쳐다보고 있었다.

"이걸 발라주도록!"

무영은 품속에서 작은 목갑 하나를 꺼내 진설에게 건네주었다.

진설은 즉시 목갑을 열었다.

목갑 속에는 끈적끈적한 진흙 같은 물질이 가득 들어 있었다. 냄새로 보아 범상치 않은 금창약 같았다.

금창약을 손가락 세 개로 움푹 찍어 가원의 몸에 바르려던

진설은 움찔하며 저만치 옆에 서 있는 도후용 등을 쳐다보았
다.

여기는 엄연히 적진이었다. 과연 적진에서 이처럼 마음대
로 행동하는 것이 괜찮은 일인지 판단이 서지 않았다.

"괜찮아. 내가 책임지지."

무영은 마치 제집처럼 자연스럽게 말했다.

그때까지도 강해건 등은 아무런 제지도 하지 않고 화설금
의 눈치만 보고 있었다. 그러나 화설금은 여전히 아무런 지시
도 내리지 않고 무영만 뚫어져라 노려보고 있었다.

"이걸 삼켜."

금창약이 거의 다 발라지자 무영은 가원의 입속에 메추리
알만 한 단약 하나를 튕겨 넣었다.

그것이 무엇인지 물을 새도 없이 단약은 가원의 목을 타고
넘어갔다.

"으음!"

가원이 신음을 토했다.

뱃속이 순간적으로 불덩이를 삼킨 듯 들끓었다. 그리고 그
열기는 순식간에 전신으로 퍼져 나갔다.

가원은 무의식적으로 운기에 빠져들었다. 적진 한복판에
서 그럴 상황이 아니었지만 그 역시 이젠 무영을 전적으로 믿
고 있었다.

"이곳이 네놈들 안방이냐?"

더 이상 참지 못한 도후용이 낮은 목소리로 으르렁거렸다. 그는 언제든지 출수할 수 있도록 은밀히 내력을 끌어올리며 창대를 잡은 손에 힘을 주었다.

"지금부터 그럴 생각이야. 밖에서 보니 아주 잘 위장시켜 놓았더군."

무영이 얼굴에 떠오른 미소를 서서히 지우며 답했다.

스스스—

시종 악동 같았던 무영이 미소를 지우고 정색을 하자 그의 몸에서 밤안개 같은 음울한 기운이 스멀스멀 피어올랐다.

요사스럽기 짝이 없는 사기(邪氣) 같기도 했고, 지옥의 용암 연못보다 더 뜨겁게 이글거리는 마기(魔氣) 같기도 한 기운이었다. 어쩌면 두 기운을 한꺼번에 뒤섞어놓은 것 같은, 그래서 스치기만 해도 살과 뼈가 녹아들 것 같은 그런 기운이었다.

'헛!'

창을 굳게 잡았던 도후용이 내심 헛바람을 삼키며 한 걸음 뒤로 물러섰다.

자신이 살기를 은밀하게 끌어올리자마자 즉각 반응하며 뻗어 나오는 무영의 기운은 그것만으로도 심맥을 진탕시키고 있었다.

강해건도 움찔 놀라며 눈을 부릅떴다. 그의 진기 역시 진탕되어 속이 울렁거리고 있었다. 화설금만이 평정을 유지한 채 뚫어져라 무영을 노려보고 있었다.

"흐읍!"

가원이 일 주천을 끝낸 듯 심호흡과 함께 눈을 떴다. 그에게는 무영의 몸에서 피어난 기운이 아무런 영향을 주지 않은 듯 편안해진 표정이었다.

"아쉽겠지만 일단은 그것으로 만족하도록 해."

가원의 운기조식이 끝난 것을 본 무영이 가원의 어깨를 툭, 치며 말했다. 동시에 그의 몸에서 피어나던 음울한 기운은 어느새 사라져 버렸다.

가원에게서 눈을 돌린 무영은 화설금을 향해 시선을 던졌다. 그 모습은 마치 이제 준비가 다 되었으니 본론으로 들어가 보자는 것 같았다.

"다시 보니 꽤나 아름다우시구려. 그런 얼굴이 이 친구의 몸처럼 난자되어 흉측하게 변한다면 그야말로 안타깝기 그지없는 일이겠지요? 그러니 무기를 버리고 순순히 항복한다면 손끝 하나 다치게 하지 않겠소."

기가 막힌 듯 화설금은 아무 말도 하지 못하고 숨만 거칠게 내쉬었다.

"천지신명께 맹세하겠소."

무영이 다시 느물거렸다.

그 순간 강해건이 소리없이 낭리도를 휘둘렀다.

화설금으로부터 공격 명령을 받지 않았고, 또 그 어떤 공격의 낌새도 없었기에 강해건의 낭리도 공격은 그야말로 완벽한 기습이었다.

팟!

이리의 송곳니처럼 날카로운 낭리도가 순식간에 무영의 머리를 두 쪽 낼 듯 떨어져 내렸다.

언제 뽑았는지 모를 정도로 쾌속한 발검에 이어 거의 동시에 목표물을 잘라가는 도격은 무황성의 교룡각이 왜 무서운지 확연히 나타내 주었다. 그런 도법은 초일류의 고수들이나 펼칠 수 있는 솜씨였다.

낭리도가 무영의 머리를 쪼갠다고 생각되는 순간, 무영의 신형이 미세하게 일렁거리는 느낌이 들었다. 그리고는 그 자리에서 푹 꺼져 버렸다.

사라진 무영의 신형은 어느새 강해건의 뒤쪽으로 솟아올랐다. 그리고는 강해건의 뒷덜미를 가볍게 들어 올렸다.

한 자루 창대처럼 가늘고 호리호리한 도후용에 비해 강해건은 어깨가 떡 벌어지고 상체가 절구통처럼 두터운, 건장한 체격의 소유자였다. 그런 강해건이 무영의 손에 의해 가을 들판에서 무가 뽑히듯 가볍게 들어 올려졌다.

하지만 그 순간 강해건의 반격도 눈부시다 할 만했다.

무영의 손에 뒷덜미가 잡혀 올랐음에도 불구하고 강해건은 낭리도를 자신의 양다리 사이로 찍어 넣으며 무영의 복부를 찔러갔다.

무영은 그걸 예상이라도 한 듯 벽 한구석을 향해 강해건을 가볍게 던져 버렸다.

쿠당탕!

강해건이 몇 바퀴나 구르며 벽 쪽에 처박혔다. 그리고는 꼼짝도 하지 못했다. 던지는 순간에 무영이 점혈을 해버렸기 때문이다.

순식간에 강해건이 운신 불능의 상태가 되었지만 그의 시도가 완전히 헛수고로 돌아간 것만은 아니었다. 강해건과 무영이 얽히는 그 짧은 순간 화설금이 몸을 날렸다. 진설이 검을 휘두르며 그녀를 막아갔지만 도후용이 한발 앞서 장창을 내밀었다.

창—

치잉—

두 개의 금속음이 동시에 들렸다.

한 개는 진설의 검이 도후용의 창날에 막히는 소리였고, 다른 한 개의 진동음은 날수비연 화설금의 연검이 낭창거리며 가원의 목에 감기는 소리였다.

날수비연이라는 별호답게 화설금의 신법은 실로 제비처럼 쾌속했다.

문 가까이에 있었기에 가원과는 제일 멀리 떨어진 그녀였지만 촌각의 틈을 타 가원을 향해 날아들고 순식간에 가원의 목에 연검을 감은 솜씨는 그야말로 전광석화 같았다.

제비처럼, 전광석화처럼 가원을 인질로 잡은 화설금의 표정에 싸늘한 미소가 어렸다.

"원점으로 되돌아가 버렸군. 역시 교룡각이야."

화설금을 보며 무영이 입맛을 다시며 쓰게 웃었다.

결코 방심한 것은 아니었다. 그럼에도 불구하고 이런 상황이 된 것은 그들의 수법에 실로 재빠르고 간교했기 때문이다.

"생각보다 어리석은 놈이구나!"

화설금이 더욱 차가운 미소를 피워 올리며 무영을 노려보았다.

냉소가 피어오른 무영의 입술과 독사 같은 눈에는 요기마저 감돌고 있었다.

"그럴지도……. 하지만 결과는 마찬가지일 것 같은데?"

무영이 피식 웃으며 화설금의 시선을 받았다. 그의 눈빛은 이런 상황에도 불구하고 조금도 흔들리지 않았다. 오히려 장난기가 더욱 짙어진 것 같아 화설금은 미세하게 눈살을 찌푸렸다.

"결과가 뭐란 말이냐?"

화설금이 냉랭하게 대꾸했다.

"당신들이 내 손에 모두 죽거나 잡히는 것!"

그 말과 함께 무영의 신형이 흐릿하게 흔들렸다.

"크윽!"

다시 솟아난 무영의 손에는 바닥에 쓰러져 있던 강해건의 목이 들려 있었다.

"당신은 당신의 인질을 어떻게 할 생각인가?"

무영은 비릿하게 웃으며 말했다.

그 미소를 대한 진설은 눈을 조금 크게 떴다. 방금 무영의 입꼬리에서 피어오른 그 비릿한 웃음은 지금까지의 그와는 너무나 이질적이었다.

지금까지 그는 대부분 악동 같은 모습이었다. 그러다 필요하면 얼음장처럼, 비수처럼 차가워지는 인간이었다. 하지만 조금 전처럼 저렇게 비릿한 미소는 처음이었다.

"허튼짓을 하면 이놈을 죽여 버리겠다."

날수비연 화설금이 당장에라도 손을 쓸 듯 가원의 목을 감은 연검에 힘을 주었다.

치이잉—

공력이 주입된 연검이 가원의 목을 깨물 듯 꿈틀거렸다.

"그렇게 해봐. 얼마나 잔인할 수 있나 한번 지켜보지."

"조금이라도 더 움직이면 죽인다!"

무영의 가공할 신법을 익히 체험한 그녀가 다급하게 고함을 질렀다.

"해보라니까!"

무영이 다시 한 걸음 다가왔다.

"죽인다!"

화설금이 당황한 표정이 되었다.

"이렇게 말인가?"

무영의 비릿한 미소가 훨씬 짙어졌다.

"엇!"

도후용이 단말마 같은 비명을 질렀다. 그러나 그 비명은 우두둑! 하는 기음에 막혀 사라져 버렸다.

우두두둑—

한 번 더 기괴한 소음이 실내를 가득 메웠다.

"강 형!"

도후용이 고함을 질렀다. 그러나 강해건은 그의 고함에 일말의 반응도 보이지 못했다.

목이 완전히 부러지며 눈알이 튀어나오고 혀마저 길게 빼어 문 인간은 절대로 남의 외침에 대답할 수가 없기 때문이다.

"악—"

뒤늦게 진설도 짤막한 비명을 질렀다.

목이 부러지며 꺾이기 직전 강해건과 마지막으로 눈이 마주친 사람은 바로 그녀였던 것이다.

마지막으로 진설과 마주친 강해건의 눈은 순식간에 생명이 빠져나가 버렸다.

진설은 강해건의 두 눈을 통해 그의 영혼이 빠져나가는 것을 목격한 것 같은 착각마저 들었다.

진설은 무영의 얼굴로 시선을 돌렸다.

무영을 바라보는 그녀의 표정이 얼어붙었다.

강해건의 꺾인 목을 잡고 있는 무영의 모습은 지금껏 자신이 알던 그와는 너무도 달랐다.

금방 한 인간을 더없이 잔인한 손속으로 죽여 버린 채 그 시신을 들고 있는 그의 눈빛은 일말의 변화도 없었다.

마치 선악의 구별을 하지 못하는 어린아이가 개구리를 죽여 손에 들고 있는 그런 모습이었다.

진설은 눈길을 돌렸다.

그 순간 무영은 축 늘어진 강해건의 시신을 화설금에게로 던졌다.

그냥 슬쩍 장난처럼 던지는 것 같았지만 강해건의 몸뚱이에는 바위 같은 무게가 스며 있어 함부로 마주칠 수 없을 것 같았다.

파아앗—

도후용의 장창이 무거운 기세로 강해건을 향해 뻗어 나왔다.

조금 전까지는 생사를 같이하던 동료였지만 목이 부러져 숨이 끊어진 그는 더 이상 그런 존재가 아니었다. 동료가 아닐 뿐 아니라 자신들을 향해 날아드는 장애물이었다.

퍼억—

도후용의 창이 강해건의 몸통을 세차게 두드리자 강해건의 시신은 그 진로를 바꾸어 연검으로 가원의 목을 감고 있는 화설금으로부터 아슬아슬하게 벗어나게 했다.

그 순간 무영의 손이 앞으로 쭈욱 뻗어 나왔다.

가슴에 붙어 있을 때는 여인의 그것처럼 희고 윤기가 났지만 한 자가량 앞으로 뻗어 나올 때부터 그의 손은 핏빛으로 물들어 있었다.

파앙—

폭음이 울리며 그의 장심에서 한줄기 음습한 기운이 터져 나왔다.

가을의 서녘 하늘을 붉게 물들이는 노을과 같은 기운이었다. 그러면서도 여름날의 광풍 같은 거센 힘이 내포되어 있는 기운이었다.

피구름처럼 몰려오는 무영의 장력을 마주한 도후용이 대경실색하며 강해건의 몸통을 두드렸던 창을 신속히 당겨 풍차처럼 휘둘렀다.

한 자루 창이 거대한 방패가 되었다. 그리고 그 방패가 무영의 핏빛 장력에 마주쳐 갔다.

파파파팡—

질주하는 마차 바퀴에 막대기 하나가 말려들어 산산이 부서지는 것 같은 소리가 터져 나왔다. 그렇게 되면 의당 막대기가 산산조각 나는 것이 정해진 이치지만 이 실내에서는 그 이치가 거꾸로 작용하고 있었다.

질주하는 마차 바퀴 같은 장창에 맞부딪친 무영의 장력은 산산이 부서져 튕겨 나가기는커녕 오히려 마차 바퀴를 부수며 전진하고 있었다.

"헛!"

장창을 산산조각 내서 파편으로 튕겨낸 무영의 장력이 가슴으로 부딪쳐 오자 도후용은 대경실색하며 부러진 창대를 버리고 양주먹을 한꺼번에 여덟 번씩 흔들었다.

장창을 자신의 손처럼 자유자재로 사용하는 창술도 일품이었지만 두 주먹을 순식간에 여덟 번씩이나 뻗어내는 그의 권법도 창술에 못지않은 수준이었다.

창과 장력이 마주친 것보다 더 큰 폭음이 울렸다. 그리고는 무영의 핏빛 장력이 씻은 듯 사라졌다.

"역시 교룡각이야!"

무영이 짤막한 찬사를 던지며 손을 거두어들였다.

핏빛으로 물들었던 그의 손은 어느새 원래의 색깔로 돌아와 있었다.

순식간에 일 합을 겨룬 도후용의 눈이 심하게 흔들리고 있었다.

구명절초인 육합망원(六合網元)에 이어 팔패권까지 뿌린 후에 겨우 목숨을 건졌다. 하지만 그 대가로 애병인 육합창을 잃어버렸다.

운남에서 나는 철목을 삼 년 동안 소금물에 담가두었다가 서른 번을 쪄내고 말리기를 반복한 후 다시 반년 동안 기름통에 넣어 단련시킨 창대에 날을 붙여 만든 육합창이었다. 그런 공을 들였기에 나무이면서도 쇠보다 더 단단하고 철삭보다 더 질겼다.

그 애병이 단 한 번의 장력에 박살이 나고도 다 지우지 못한 여파로 인해 기혈마저 뒤틀리고 있었다.

'어디서 이런 마귀 같은 놈이⋯⋯?'

도후용은 절로 소름이 끼쳐 왔다.

절친한 동료였던 강해건의 죽음을 제대로 인식할 틈도 없이 자신에게도 그 죽음의 그림자가 닥쳐오는 것 같았다.

"애병이 박살 났으니 이젠 뭘로 싸울 셈인가?"

무영이 슬쩍 한 발을 내밀며 다가왔다.

도후용은 자신도 모르게 움찔 뒷걸음질을 쳤다.

"정신 차려, 이 병신아!"

연검을 쥔 손아귀에 더욱 힘을 준 화설금이 발악을 하듯 고함을 질렀다. 그녀는 가원의 목에 감은 연검이 자신의 생명줄이라도 되는 듯 악착같이 잡고 있었다.

'젠장!'

도후용이 이를 악물었다.

화설금은 자신이 아무리 위험에 빠지더라도 나서지 않을 것이다. 자신의 명줄이라고 여기는 저놈의 목을 잡고 악착같이 버틸 것이다.

'나도 저년을 잡고 버틸 걸 그랬나?'

도후용은 진설을 쳐다보았다.

가원의 안위가 걱정된 진설은 초조한 기색이긴 했지만 어느새 몸을 옮겨 문 앞쪽을 막아서고 있었다. 그것은 화설금과 도후용에게서 멀어짐과 동시에 혹시라도 모를 두 사람의 도주로를 차단하고 있는 것이다.

"지금이라도 늦지 않았어. 순순히 묻는 말에 답해주면 살려줄 수도 있다."

"개소리!"

무영의 제의에 험구로 대답한 도후용이 세차게 일권을 내질렀다. 팔괘의 묘용이 녹아든 그의 주먹에서는 아지랑이 같은 경기가 일며 무영의 가슴을 덮쳐 갔다.

무영이 비릿하게 웃었다. 그리고는 손을 뻗었다.

그의 손에는 언제 꺼내 들었는지 두 뼘가량의 옥피리가 들려 있었다.

무영은 손에 든 옥피리를 가볍게 흔들었다.

옥피리 끝에서 피리 색을 닮은 연푸른 기운이 뻗어 나왔다. 그리고는 도후용의 권경에 마주쳐 갔다.

촤아악ㅡ

비단 폭이 날카로운 칼에 찢겨져 나가는 것 같은 소리가 들렸다.

그것은 무영의 피리 끝에서 뻗어 나온 기운이 도후용의 팔괘장을 가르는 소리였다.

"크윽!"

답답한 비명 소리가 실내를 가득 메웠다. 그리고 비릿한 피 비린내가 그 소리를 뒤따랐다.

털썩!

허공으로 떠올랐던 도후용의 오른팔이 바닥으로 떨어져 나뒹굴었다.

아직까지 신경이 살아 있는 그의 팔은 펄떡거리며 선혈을 내뿜고 있었다.

도후용은 믿어지지 않는다는 표정으로 떨어져 나간 자신의 팔을 망연히 내려다보았다.

아직까지도 통증은 느끼지 못하지만 자신의 신체 한 부분을 속절없이 잃어버렸다는 자각이 전의마저 상실하게 만들어버린 것 같았다.

파파팍—

무영의 옥피리가 어지럽게 움직이며 도후용의 어깨와 가슴 혈 몇 군데를 빠르게 건드렸다.

도후용을 점혈함과 동시에 팔이 잘려 나간 어깨를 지혈하는 수법이었다.

뻣뻣하게 굳은 도후용은 뒤늦게 찾아온 고통마저도 표현하지 못하고 석상처럼 서 있었다.

무영은 도후용의 목덜미를 잡았다.

"하나씩 남았으니 교환하는 게 어떤가?"

화설금을 향해 무영이 말했다.

"다, 다가오지 마! 이놈을 죽이겠다."

비로소 공포감이 번져 나간 얼굴을 한 화설금이 발악적으로 고함을 질렀다.

"그렇게 해보라고 아까부터 말했을 텐데……."

무영은 조금도 개의치 않고 다가갔다.

파앗—

결국 가원의 목줄기 한 곳에서 선혈이 튀었다.

"이런!"

무영이 걸음을 멈추었다. 그리고는 고개를 흔들었다.

"눈에는 눈, 이에는 이……. 내가 아주 좋아하는 말이지."

무영은 도후용의 나머지 팔을 잡았다. 그리고는 손아귀에 힘을 주었다.

뚝—

도후용의 왼팔이 기분 나쁜 소리와 함께 부러졌다.

"아아악!"

점혈이 풀렸는지 도후용이 실내가 떠나갈 듯 고함을 질렀다. 그러나 화설금은 조금도 변하지 않은 표정으로 연검의 손잡이만 굳게 잡고 있었다.

"후후!"

무영이 비웃음을 흘렸다.

"당신은 결코 인질을 교환할 사람이 아니군. 그렇다면 이런 수고는 시간 낭비겠지."

무영이 도후용의 천령개를 두드렸다.

칠공에서 피를 토하며 도후용의 목이 아래로 꺾어졌다. 강해건이 죽은 것보다 더 간단했지만 그 모습은 더 잔인해 보였다.

그러나 여전히 무영은 아무런 표정 변화를 보이지 않고 도후용의 시신을 아래로 던졌다.

날수비연 화설금의 입술이 새파랗게 질렸다.

사람의 목숨을 파리 목숨처럼 다루는 냉혈한!

그런 인간이라면 자신이 붙잡고 있는 인질의 목숨 역시 아무런 의미가 없을 것이란 생각이 들었다.

하지만…….

절망으로 물들던 화설금의 눈이 반짝 빛을 토했다. 어서 죽여보라던 말과 달리 조금 전 가원의 목에서 핏물이 튀었을 때 멈칫하고 걸음을 멈추었던 무영의 행동!

그것은 절대로 인질이 어떻게 되든 상관없는 인간의 모습이 아니었다.

어쩌면 이놈은 자신이 인질을 쉽게 죽이지 못하도록 구석으로 몰아가고 있는지도 모른다는 생각이 들었다. 그러면서 순식간에 자신의 부하들을 모두 제거해 버렸다.

처음부터 놈이 인질에 미련이 있는 모습을 보였다면 자신은 가원을 핍박하여 두 명의 부하 중 한 명 정도는 살렸을 것이다. 그러면서 탈출을 모색했을 것이다. 그런데 놈은 그런 말미를 주지 않고 순식간에 두 사람을 제거해 버린 것이다.

우우웅—

화설금은 검을 쥔 손에 더욱 진기를 주입했다.

자신의 판단이 맞는다면 놈은 이제 진짜로 협상을 해올 것이다.

파앗—

다시 가원의 목줄기 한 곳에서 핏물이 튀었다. 아까보다는 훨씬 굵은 핏줄기였다.

"좋아, 당신이 이겼어."

무영이 두 손을 번쩍 치켜들었다. 그리고는 한 발짝 뒤로 물러섰다.

창백해졌던 화설금의 표정에 핏기가 돌아왔다.

자신의 판단이 맞아떨어진 것이다. 놈은 결코 인질이 죽기를 바란 것이 아니었다. 도후용과 강해건을 처치하기 위해 허장성세를 부린 것이다. 그걸 좀 더 일찍 알았더라면 이런 상황까지는 오지 않았을 것이고 그만큼 유리해질 것인데 너무 늦었다.

하지만 지금이라도 그걸 알았으니 빠져나갈 구멍을 찾아야 한다.

"그 친구를 놓아주고 간다면 일각의 시간을 주겠다. 그 시간 동안 재주껏 도망치면 되겠지.”

화설금의 짐작대로 무영이 진짜 협상을 해왔다.

“그 말을 믿으라고?”

화설금이 냉랭하게 쏘아붙였다.

“약속을 어기는 짓은 무황성의 전유물이지 내 특기가 아니
야. 접시 물에 코를 처박고 죽을지언정 무황성처럼 되고 싶지
는 않다고 해두지.”

무영이 속을 알 수 없는 표정으로 화설금을 쳐다보았다.

분노한 것 같기도 하고 담담한 것 같기도 한 무영의 눈빛에
화설금은 혼란을 느끼며 입술을 깨물었다.

“너와는 달리 그런 약속을 믿기엔 난 너무 타락했지. 우선
저년부터 비켜서게 해라!”

화설금이 진설을 쳐다보며 차갑게 내뱉었다.

진설은 여전히 초조한 기색으로 출입구를 봉쇄하고 있었
다.

“들었지?”

무영이 진설에게 시선을 주며 고개를 옆으로 까닥거렸다.

진설이 잠시 망설이다가 옆으로 비켜섰다.

“저놈 옆에 서!”

화설금이 고함을 지르자 진설은 걸음을 옮겨 무영 옆에 섰
다.

“데려가면 걸음이 느려질 텐데?”

화설금이 가원을 끌고 출입구 쪽으로 몸을 옮기자 무영이 걱정스러운 표정으로 말했다.

"그럴 생각 없어!"

화설금은 짤막한 대꾸와 함께 가원의 목에 감은 연검을 풀어 빳빳하게 세우고는 갑자기 가원의 옆구리 한 곳에 깊숙이 꽂아 넣었다.

"크윽!"

"개 같은 년!"

가원이 고통스런 비명을 질렀고, 진설이 이를 빠드득 갈며 앞으로 쏘아져 나갈 자세를 잡았다.

"움직이지 마! 아직 죽지 않았으니까!"

화설금의 고함에 진설이 움직임을 멈추었다. 그녀의 말대로 연검이 박힌 가원의 옆구리에서는 아직 선혈이 쏟아지지 않고 있었다.

"두 사람이 합심하여 일각 정도 열심히 치료하면 죽지는 않을 거야!"

으르렁거리듯 말한 화설금은 연검을 약간 비틀며 뽑았다. 그때서야 가원의 복부에서는 폭포수 같은 선혈이 솟구쳤다.

"잘해봐!"

짤막한 조소와 함께 화설금이 몸을 날렸다.

"가원!"

진설이 비명과 함께 가원에게로 달려갔다.

"저리 비켜!"

무영이 진설을 밀쳐 내며 가원의 가슴과 복부 어림을 빠르게 두드렸다.

분수처럼 터져 나오던 선혈이 점차로 잦아들었다. 그러나 가원의 호흡은 점점 더 가늘어져 갔다.

"어떻게 해봐요!"

진설이 발을 구르며 고함을 질렀다.

무영이 가원을 일으켜 앉힌 후 명문혈에 손바닥을 갖다 댔다.

"상처 부위를 손바닥으로 막아."

무영의 지시에 진설이 가원의 상처에 즉시 손바닥을 갖다 댔다.

우우웅—

무영의 진기가 가원의 명문혈을 타고 조심스럽게 흘러들었다.

한참 동안 그 상태가 유지되자 창백해졌던 가원의 얼굴에 혈색이 돌아오기 시작했다. 연이어 가늘어지던 숨결도 안정되어 갔다.

"이걸 상처에 뿌려!"

무영이 작은 봉지 하나를 진설에게 내밀었다.

진설이 봉지를 낚아채며 무영을 쏘아보았다.

"이제 여기는 내게 맡기고 당신은 그년을 잡으러 가요!"

진설이 표독스럽게 고함을 질렀다.

"아직 일각이 안 지난 것 같은데?"

무영이 여전히 가원을 내려다보며 대꾸했다.

"대체 당신은……."

진설이 기가 막힌다는 표정으로 무영을 쳐다보았다.

"어서 그거나 뿌려!"

무영의 재촉에 진설이 가원의 상처에 가루약을 뿌렸다. 그러자 가루약이 거품을 내며 상처 속으로 스며들었다.

"크으윽!"

가원이 고통에 찬 비명을 질렀지만 그의 혈색은 오히려 붉게 돌아오고 있었다.

"괜찮나?"

무영이 가원을 향해 물었다.

"저리 비켜요!"

이번에는 진설이 거칠게 무영을 밀쳐 냈다.

무영이 뚱한 눈으로 진설을 쳐다보았다.

"하마터면 죽일 뻔했잖아요!"

진설이 원망에 찬 고함을 질렀다.

마지막 순간까지 가원의 목숨은 눈곱만큼도 신경 안 쓰는 것 같은 무영의 태도에 그녀는 속이 타들어가는 것 같았다. 그때는 정말 무영이 죽이고 싶도록 원망스러웠다.

“안 죽고 살아났잖아.”

무영이 변명을 하듯 말했다.

“죽었을 수도 있었어요. 냉혈한 같은 당신의 태도에…….”

진설이 무영에게 만정이 떨어졌다는 듯 대꾸했다.

“그렇게 나오지 않았으면 일찌감치 죽었든지, 아니면 그대까지 인질로 잡힐 수 있었다.”

무영이 차가운 어조로 말했다.

그 말에 진설은 아무 대꾸도 하지 않았다.

어쩌면 그럴지도 몰랐지만 조금 전 무영의 태도는 진저리를 치게 만들었다.

“내게서 뭘 바라나?”

“…….”

“똑똑히 들어둬. 난 언제든지 그대들을 나뭇가지 던지듯 불속으로 던질 수 있다. 그러니 자신들 목숨은 스스로 챙기도록 해.”

무영의 목소리가 더욱 차가워졌다.

“알량한 자존심 때문에 목숨을 내팽개친 건 그대들이야. 내게 찾아와 내가 준 검초를 다 익혔으면 이런 일이 생기지 않았을 거야.”

무영의 말을 들은 진설의 눈빛이 일순 흔들렸다.

무영의 말대로 자신들 두 사람은 검초를 제대로 익힐 수 없었고, 무영을 찾아갈까 말까 몇 번이나 망설이다가 그만둔 것이다. 자존심 때문이었다. 그 점에 대해선 할 말이 없었다.

하지만 한 가지 의문이 일었다.

"못 익힌 채 잡혀갈 줄 알고 추종향을 묻혀놓은 게 아니었나요?"

진설이 무영의 눈을 똑바로 쳐다보았다.

"다 익혔으면 다른 수단을 강구했을 거야."

무영의 눈에서 일말의 거짓도 읽어내지 못한 진설이 마침내 시선을 떨어뜨렸다.

"일각이 되었군!"

진설이 무언가 다른 말을 하려는 순간, 무영이 벌떡 몸을 일으켰다.

진설의 눈빛이 다시 흔들렸다.

그런 사갈 같은 계집과의 약속을 지키기 위해 이제껏 가다렸단 말인가?

아니, 그년은 애초에 약속을 지키지도 않았다.

"처음부터 한 놈 정도는 살려 보낼 생각이었지. 그게 년으로 바뀌었을 뿐. 그리고 너무 바짝 붙어 따라가면 눈치챌 거야. 그년은 저 두 놈과는 차원이 다른 년이니까."

진설의 심정을 읽은 듯 무영이 말했다.

'그랬던가?'

진설은 또다시 무영에 대해 일 푼도 종잡을 수 없는 심정이 되었다.

독한 심계로나 순간적인 상황 판단 능력은 그의 무공 수위
만큼이나 무서웠다.
"내가 돌아올 때까지 이곳에서 꼼짝 말고 기다려."
그 말과 함께 무영은 바람처럼 사라졌다.

第十章

최후

장흥관일

“헉! 헉!”

날수비연 화설금은 그녀의 별호답게 제비처럼 경공을 펼쳤다.

밤새도록 경공을 펼친 그녀의 옷은 온통 땀에 젖은 채 몸에 착 달라붙어 몸의 굴곡이 완연히 드러났다.

평소에도 터질 듯 풍만한 그녀의 몸은 지금 이 순간 최고의 농염미를 발출하고 있었다. 만약 누군가 젊은 남자가 보았다면 절대로 눈을 떼지 못할 정도였다.

어둠을 밀어내던 미명은 어느새 사방으로 퍼져 세상을 아침으로 이끌고 있었다.

"마귀 같은 놈!"

화설금은 다시금 진저리를 쳤다.

자신과는 정면으로 마주쳐 보지 않았지만 자신의 상대가 아니라는 것은 알았다.

강해건과 도후용을 처치하는 손속으로 봐서는 자신 역시 스무 합을 마주치기 전에 그놈의 손에 잡히고 말 것이란 생각이 들었다.

그래서 필사적으로 인질을 잡았고, 몸을 빼낼 수 있었다.

하지만 절대로 안심할 순 없었다. 무공으로 미루어 경공도 상상 이상일 것이다.

인질을 살리느라 최대한 시간을 끌기를 바랄 뿐이었다.

휘익―

화설금은 다시 방향을 틀었다.

벌써 몇 번째인지 몰랐다. 도후용이 진설을 끌고 온 후 강해건이 한참 동안이나 사방을 수색했지만 낌새조차 느끼지 못했던 놈이니 자신의 뒤도 그렇게 따를 가능성이 높았다.

휘익―

모퉁이를 돌며 화설금은 다시 방향을 꺾었다. 그렇게 함으로써 무영이 자신의 목적지를 예측할 수 없게 하기 위함이었다.

그런데…….

자꾸 방향을 이리저리 틀다 보니 거점과는 점점 멀어지는 꼴이었다.

한시바삐 거점에 도착해서 동료들의 도움을 받고 싶은 마음은 굴뚝같았지만 그렇게 행동했다간 차후에 지독한 문책을 받게 된다. 어떻게 하든 놈을 떨어뜨리고 거점으로 찾아갈 작정이었다.

'이만큼 했으면……'

화설금은 경공의 속력을 줄였다.

이젠 은신해서 무영의 뒤따라오는지 살필 생각이었다.

그런 의도가 아니더라도 더 이상 이런 식으로 계속 경공을 펼칠 수는 없었다. 조금이라도 쉬며 진기를 모아야 했다.

파앗—

수풀 속으로 스며든 화설금의 신형은 순식간에 수풀에 동화되어 풀벌레조차도 낌새를 느끼지 못하고 울음을 그치지 않았다.

'떨쳐 낸 모양이야.'

근 이각에 걸쳐 수풀 속에 은신하고 있었지만 미행의 기색을 느끼지 못한 화설금은 수풀 속에서 천천히 걸어나왔다.

은신하고 있는 동안 운기를 한 덕분에 고갈되었던 내력이 반은 되돌아왔다.

이 정도면 다시 반 시진은 쉬지 않고 경공을 펼칠 수 있을 것 같았다. 그렇게 곧바로 거점을 향해서 달리면 해가 지기 전까지 도착할 수 있을 것이다.

다시 경공을 펼치려던 화설금은 주춤 움직임을 멈추었다.

이런 경우 따라야 하는 행동 지침이 뇌리를 훑고 지나간 것이다.

급한 마음에 잠시 잊고 있었던 행동 지침을 떠올린 화설금은 품속으로 손을 넣었다.

푸드득—

품에서 빼낸 화설금의 손에는 작은 비둘기 한 마리가 들려 있었다.

보통의 비둘기보다 체구가 작아 품속에도 넣고 다닐 정도였지만 속도와 지구력 면에서는 비교가 되지 않는 천리신구(千里神鳩)였다.

천리신구의 발에 묶인 전통을 연 화설금은 그 속에 들어 있는 작은 쪽지를 꺼내 몇 자 휘갈겨 써서 도로 넣은 후 비둘기의 날개를 몇 번 쓰다듬고는 허공으로 날려 올렸다.

푸드득—

비둘기가 힘찬 날갯짓을 하며 허공으로 솟구쳤다.

이젠 자신이 잘못되더라도 거점에서는 충분한 대비를 할 것이다.

그런 생각을 하던 화설금의 눈이 등잔만큼 크게 뜨여졌다.

파앗—

바위 뒤에서 튀어나온 작은 돌멩이 하나가 섬전같이 날아가 천리신구의 날개를 꿰뚫었고, 날개가 꺾인 천리신구는 허공에서 한 자쯤 치솟아 올랐다가 떨어져 내렸다.

"안 돼!"

화설금이 비명을 질렀다.

그러나 땅에 떨어진 천리신구는 피투성이가 된 채 파닥거리기만 할 뿐이었다. 더 이상은 얼마 살기도 힘든 상태였다.

'대체……?'

화설금은 황망한 눈으로 바위 뒤쪽을 쳐다보았다.

한 인영이 바위 뒤에서 천천히 걸어나왔다.

"전서구는 날리지 말고 그냥 계속 갔으면 좋았을 텐데."

손안에 든 작은 돌멩이를 만지작거리며 무영은 아쉬운 입맛을 다셨다.

화설금을 따라잡는 것은 문제가 아니었지만 하늘을 나는 비둘기는 아무리 무영이라 해도 속수무책이었다.

그 비둘기가 한발 앞서 상황을 전한다면 여기까지 화설금을 따라온 수고는 공염불이 되고 만다. 그렇기에 화설금에게 은신을 드러내는 것은 안타까웠지만 비둘기는 떨어뜨릴 수밖에 없었다.

"그러고 보면 당신 상관은 철두철미한 사람인 모양이야. 만일의 경우에 대비해 이런 지시까지 내려놓은 걸 보니……."

무영은 아직까지 파닥거리고 있는 비둘기의 다리에서 전

통을 떼어낸 후 지그시 비둘기의 목을 밟았다.

푸드득—

이승에서의 마지막 날갯짓을 한 비둘기는 마침내 움직임을 멈추었다.

"이제까지… 계속 따라왔단 말이냐?"

화설금은 불신 가득한 눈으로 무영을 바라보았다.

달려오는 동안 방향을 바꾸기를 몇 번이었던가?

그 방향의 변환점은 모두 뒤에서 보면 시야가 가린 곳이었다.

그곳에서 방향 전환을 한 줄 모르고 앞으로만 쫓아왔다면 절대로 추적이 불가능했다. 그런데도 따라왔단 사실은 도무지 이해가 되지 않았다.

"고생이 좀 심했지. 워낙 방향 전환이 심해서 말이야."

무영이 고개를 절레절레 흔들었다.

화설금의 눈에 어린 의혹이 더욱 짙어졌다.

"명백한 증거가 여기 있는데 무슨 그런 심한 의심의 눈초리를 보이는 것인가?"

무영은 두 팔을 펼치며 화설금에게 자신의 존재를 재확인시켜 주었다.

화설금이 의혹의 눈길을 거두었다.

자신 앞에 무영이 서 있다는 것이 명백한 증거였다. 또 지금은 그 사실만이 중요했다.

차륵—

화설금은 요대를 풀어 진기를 주입했다.

찌이잉—

낭창거리던 연검이 독 오른 독사 대가리처럼 빳빳하게 일어섰다.

"쩝! 이젠 불가피하겠지?"

무영이 다시 입맛을 다셨다. 그리고는 품속에 손을 넣었다.

그의 손에 실내에서 도후용의 팔을 잘랐던 그 옥피리가 들려 나왔다.

화설금은 온몸으로 진기를 끌어올렸다.

처음부터 전력을 다해 쳐나가지 않으면 승산이 없을 것 같았다. 연검의 특징을 살려 처음부터 절기를 모두 펼친다면 일말의 가망성이라도 있을 것이다.

찌이잉—

화설금의 연검이 어디엔가 날 선 독니를 찔러 넣지 못해 안달을 했다.

무영은 그녀의 연검을 묵묵히 쳐다보다가 뭔가 켕기는 것이 있는지 고개를 몇 번 흔들더니 옥피리를 슬쩍 품속으로 집어넣었다.

그러자 막 출수하려던 화설금이 움찔 신형을 굳혔다.

만약 무영이 옥피리 대신 암기를 뿌린다면 짓쳐드는 것은 오히려 위험을 초래하게 될 것이다.

화설금은 무영의 손을 뚫어져라 처다보았다.

무영은 천천히 품에서 손을 빼냈다.

옥피리를 품속에 집어넣은 무영의 하얀 손에 들려 나온 것은 짙은 묵색이 감도는 쇠막대기였다. 그러나 자세히 보니 그건 쇠막대기가 아니라 쇠로 된 철피리였다.

화설금의 눈 사이가 더욱 찌푸려졌다.

옥피리면 어떻고, 철피리면 어떻단 말인가?

이미 경지에 오른 절정고수에겐 갈대 이파리 한 줄기라도 치명적인 무기가 될 수 있다. 철피리와 옥피리의 구별은 그야말로 무의미했다. 그런데도 무영이 굳이 그런 행동을 취한 것은 명백한 조롱이었다.

"하앗!"

화설금은 이를 빠드득 갈며 무영을 향해 짓쳐들었다.

쌔애액—

연검이 순식간에 무영의 전면으로 쇄도했다.

내력이 스며들어 빳빳하게 일어선 연검은 머리카락이라도 두 쪽으로 가를 만한 예기와 함께 바위라도 자를 만한 역도(力道)를 동시에 내포하고 있었다.

무영도 신속히 철피리를 내밀었다.

그 순간!

치치치칭—

독사 대가리처럼 빳빳하게 서 있던 연검이 흐느적거리며 무너지며 순식간에 수십 개의 칼날로 변했다.

조금 흔들기만 해도 낭창거리며 세 개, 네 개의 가지가 돋아난 것처럼 보이던 연검이 진기를 가득 주입한 손에 의해 최대한으로 흔들리고 그 사이사이에 변초까지 스며들자 그야말로 사방이 연검의 환영으로 가득 찼다.

그 무수한 연검의 환영 중에서 어느 것이 실체이고 어느 것이 허상인지 구별한다는 것은 그야말로 질주하는 마차 바퀴에서 금이 간 바퀴살 하나를 집어내는 것이나 마찬가지였다.

"과연 교룡각!"

무영은 탄성을 토하며 내뻗었던 철피리를 세차게 그어 올렸다.

철피리에서 수만 마리의 벌 떼가 날아가는 것 같은 진동음이 울렸다. 그리고 그 진동음은 점점 범위를 확대시켜 갔다.

진동음을 따라 철피리도 침소봉대의 변화를 부리기 시작했다.

일필휘지!

무영의 철피리에는 수백 개의 세필을 한 번에 지우는 대필(大筆)의 먹물이 스며 있었다.

그 대필의 먹물이 연검이 그려놓은 세필들을 순식간에 지워 나갔다.

챙―

수백 개의 연검 그림자 속에 숨어 있던 단 한 개의 실체가 철피리에 부딪쳤다.

그리고는 천 조각처럼 허공으로 튀어 올랐다.

화설금의 얼굴색이 핼쑥하게 변했다.

신병이기의 특성을 살린 자신이 믿었던 첫 번째의 절기가 단 한 번에 무위로 돌아간 것이다.

그렇다고 주저앉아 있을 수는 없는 일!

화설금은 신속히 손목을 비틀었다.

꿈틀거리며 튀어 오르던 연검이 쾌속하게 휘어지며 낭수탐미(狼首耽尾)의 초식으로 무영의 백회혈을 찔러왔다.

앞으로 뻗어나가다 순식간에 말려오는 연검은 파리를 낚아채 입으로 말려들어 가는 개구리의 혓바닥처럼 절묘했다.

연검 끝이 백회혈을 찍으려는 순간 무영이 기이하게 두 발을 교차시키며 보법을 밟았다.

스스스—

무영의 신형도 연검처럼 두 개, 세 개로 늘어났다. 그리고 어느 것이 실체인지 분간을 할 수 없게 만들었다.

화설금의 동공이 크게 확대되었다.

'사술?

그건 아니었다.

사술이라면 사전에 음산한 기운이 퍼지기 마련이다.

음울한 주문이나 감각을 현혹시키는 방울 소리, 또는 요사스런 기운을 뿌리는 부적 같은 것이 나부낀다.

그런 징조가 전혀 보이지 않으면서 이렇게 순식간에 환영이 보이는 것은 극강의 신법을 펼치고 그 신법의 빠르기를 시선이 쫓아가지 못하기 때문이었다.

"하앗!"

화설금이 기합성을 터뜨리며 손목을 비틀었다. 그러자 낭수탐미의 초식으로 말려오던 연검이 다시 독 오른 독사 대가리로 변하며 횡소천군의 초식으로 세 개로 늘어난 무영의 신형을 한꺼번에 쓸어갔다.

삼재검법에 속한 평범한 횡소천군의 검초였지만 지금 이 순간 화설금에 의해 펼쳐지는 횡소천군은 절대로 평범하지 않았다.

일반 검에 비해 훨씬 더 두께가 얇은 연검이기에 훨씬 날카로웠고, 또 손목의 작은 비틀림만으로도 그 연검은 순식간에 수십 개의 환영을 만들고 제각각의 방향에서 베어들고 찔러들 수 있었기에 단순한 횡소천군의 초식은 수백 번을 숨긴 무시무시한 절초라고 할 수 있었다.

싸아악!

횡소천군으로 쓸어오던 화설금의 연검이 어지럽게 흔들렸다. 그러면서 동시에 세 방향을 베고 들어갔다.

순간, 화설금은 가슴이 철렁하는 느낌을 받았다.

그녀의 연검에는 어느 것 하나 실체가 느껴지지 않았다. 그야말로 세 개의 환영이 모두 허상 같았다.

사술이 아닌 이상 환영 중 한 개는 실체일 수밖에 없다. 그러나 동시에 셋을 모두 베었는데 단 하나의 실체도 느껴지지 않았다는 것은 거의 동시라고 하는 그 찰나의 순간마저 쪼개어 먼저 베어진 허상 속으로 신형을 재차 이동시켰다는 말이다.

그 짐작을 확인해 주듯 이미 베어버린 허상 중 한 개에서 번쩍하고 묵광이 쏟아졌다.

철피리 끝에서 뻗어 나오는 치명적인 기운이었다.

검으로부터 뻗어 나오는 이런 기운을 검기라 하니 지금의 기운은 소기(簫氣)라고 할까?

짜아악—

검기보다 더 치명적인 기운이 공간을 찢어발기며 화설금의 가슴을 쪼개어왔다.

묵색 기운이 가슴에 접근하기도 전에 화설금은 자신의 가슴이 쩍 갈라지는 듯한 착각이 들었다.

파라라라락—

화설금은 온 힘을 다해 연검을 휘둘렀다. 그리고는 철피리에서 뻗어 나오는 기운을 잘라갔다.

찌이이잉—

무형의 기운과 연검이 마주치는 곳에서 고막을 긁어대는 소음이 터져 나왔다.

화설금은 순간적으로 멍한 표정이 되었다.

철피리에서 뻗어 나온 무형의 기운에 자신이 휘두른 유형의 연검이 가닥가닥 잘려지고 있었다. 잘려진 연검 조각들은 힘없는 헝겊 조각처럼 사방으로 비산했다.

화설금의 연검은 순식간에 반으로 줄어들고 말았다. 그러나 무형의 기운은 조금도 그 기세를 잃지 않았다.

슈아앗—

묵빛 철소(鐵簫)에서 예의 그 치명적인 기운이 다시 뻗어 나왔다.

화설금은 반밖에 남지 않은 연검을 미친 듯이 휘두르며 연신 뒤로 물러났다.

파아악—

방금 화설금이 밟고 서 있던 땅거죽이 길게 찢어지며 터져 올랐다. 촌각만 늦었더라도 화설금의 몸이 그렇게 찢어졌을 것이다.

그러나 그렇게 되지 않았다는 사실을 다행으로 생각할 상황이 아니었다. 겨우 두 뼘가량의 철피리는 무슨 여의봉이라도 되는 듯 자유자재로 늘어나며 화설금의 가슴을 노리고 들어왔다.

'이대로는 안 된다!'

화설금의 눈빛이 요요롭게 빛났다.

이대로 나가다가는 몇 초를 넘기기 어려웠다.

그렇다면 마지막 수단을 쓸 수밖에 없다.

마지막 수단!

그것은 교룡각에서 최근 은밀히 준비하고 있는, 그래서 아직은 완벽하지 않은 미완의 수법이었다.

교룡각은 마련과 사도맹을 붕괴시키고 그 전리품으로 얻은 무공들을 은밀히 연구했다.

그것들은 정도의 무학과는 궤를 완전히 달리하는 방문좌도의 사도지학이었지만 교룡각의 성격상 그런 것을 꺼릴 이유가 없었다.

반만 남은 연검을 필사적으로 휘둘러 철피리를 튕겨낸 화설금은 팽이처럼 신형을 회전시켰다.

파라락!

회전하는 화설금의 상체에서 한 꺼풀 껍질이 벗겨졌다.

그것은 화설금이 걸치고 있던 상의였다.

아무런 무늬도, 장식도 없는 연녹색의 경장이었다. 그런데 그것이 벗겨지고 뒤집어지자 어지럽게 그려진 기호들이 나타났다. 그리고 그 기호들이 살아 있는 듯 꿈틀거리기 시작했다.

휘이잉―

갑자기 사위가 연녹색으로 물들기 시작하며 무수한 풀잎들이 눈송이처럼 쏟아져 내렸다.

한 꺼풀 연녹색 경장이 만들어내는 환술이었다.

화설금의 신형은 그 환영 속에 녹아들어 자취를 감추어 버렸다.

"이런 걸 두고 생긴 대로 논다고 하지."

허공에 난무하는 풀잎들을 보며 무영은 차가운 미소를 피워 올렸다. 그리고 그 미소는 서서히 경멸의 빛깔로 바뀌어갔다.

"무황성의 교룡각에서는 이젠 이런 것도 가르친다는 말이군."

무영은 자신을 향해 점점 조여드는 풀잎들을 보며 천천히 철피리를 품속에 갈무리했다.

"하지만 이 방면에서는 내가 더 전문가야. 개구리 앞에서 뜀뛰기한다는 말의 의미를 뼈에 새기게 해주겠다."

스산한 목소리로 중얼거린 무영이 두 팔을 활짝 벌리고는 음울한 주문을 외웠다.

유부에서나 울려 퍼질 듯한 중얼거림이 무영의 입에서 빠르게 흘러나왔다.

처음에는 작은 중얼거림으로만 흘러나오던 그 음성은 차츰 유형의 기운으로 화하고 마침내 붉은 안개로 변했다.

스스스스—

무영을 중심으로 한 평 공간이 핏빛 안개로 뒤덮여 가기 시작했다. 그리고는 서서히 그 영역을 넓혀 나갔다.

우우우웅—

　　연녹색 풀잎들이 핏빛 안개에 부딪치며 빠르게 소멸되어
갔다. 또한 그 영역 역시 급격히 축소되어 갔다. 반면 핏빛 안
개는 그만큼 영역을 확대시켜 나갔다.

　　'헉!'

　　연녹색 풀잎이 적무(赤霧)에 모두 잠식되는 순간, 화설금은
비명성을 삼켰다.

　　마귀들!

　　몸뚱이는 잃어버리고 머리만 남은 마귀들이 대못 같은 송
곳니가 뻗어 나온 입을 쩍 벌리며 모여들고 있었다. 그 벌어
진 입에서는 역겨운 냄새와 함께 썩은 피가 줄줄 흘러내리고
있었다.

　　'대체 이게 무슨 일이야?'

　　화설금은 뒤집어쓴 자신의 상의를 쳐다보았다.

　　상의 안쪽에 적힌 문자들은 조금도 훼손되지 않았다. 그렇
다면 시간이 갈수록 더 강한 효력을 발휘하고 그 순간 상의를
들추고 나가 놈의 목을 딸 기회를 잡을 생각이었다.

　　그런데 이 혼란스러운 상황은 뭐란 말인가?

　　"흐흐흐!"

　　목 뒤에서 음산한 웃음소리와 함께 역겨운 냄새가 화악 풍
겨왔다.

　　썩은 생선 냄새와 피비린내가 뒤섞인 것 같은 냄새였다.

　　그런 지독한 냄새를 풍기는 마귀가 입을 딱 벌리고 송곳니

를 화설금의 목에 들이대고 있었다.

어른의 새끼손가락만 한 송곳니 끝에서는 썩지 않은 싱싱한 피가 뚝뚝 떨어지고 있었다.

"아악!"

화설금은 마침내 비명을 내질렀다.

자신이 지금 펼치는 환술처럼 이것 역시 현실이 아니라는 것을 알고는 있었지만 자신의 주변을 둘러싼 환상은 너무나 생생하고 음산했다. 이것이야말로 사술이 분명했다.

쌔애액—

화설금은 반 토막 난 연검을 미친 듯이 휘둘렀다. 그리고는 자신을 향해 다가오는 마귀들의 머리통을 베어나갔다.

퍼석—

썩은 호박이 잘려 나가는 듯한 기분 나쁜 감촉과 함께 머리통이 반쪽으로 잘려 나가며 검붉은 색의 썩은 뇌수와 썩은 피가 허공에 난무했다.

쏴아아—

잠시 허공으로 떠올랐던 뇌수와 썩은 혈액은 순식간에 한 곳으로 모이더니 화설금의 얼굴로 쏟아졌다.

역겨운 냄새를 풍기는 끈적끈적한 액체들이 화설금의 얼굴에 달라붙어 스멀스멀 흘러내리기 시작했다. 그것들을 따라 화설금의 얼굴도 같이 녹아내리고 있었다.

"제발, 제발 그만해!"

마침내 화설금은 이성을 잃은 채 마구잡이로 연검을 휘두르기 시작했다.

반 토막 난 연검으로 그렇게 휘두르는 화설금의 검초는 이미 검초라고도 부를 수 없는 단순한 칼질에 불과했다.

파앗―

핏빛 안개 속에서 손이 튀어나왔다. 그리고는 화설금의 완맥을 낚아챘다.

기겁을 한 화설금이 신속히 손을 틀었지만 찌르르한 기운이 완맥을 통해 전신으로 퍼지자 화설금은 연검을 놓치고 말았다. 뒤이어 화설금은 손가락 하나 꼼짝할 수 없는 상태가 되고 말았다.

스스스―

핏빛 안개가 서서히 걷히고 무영의 모습이 환하게 드러났다.

약간 창백해진 안색을 한 그는 화설금의 완맥을 잡은 채 묵묵히 그녀를 쳐다보고 서 있었다.

화설금은 완맥이 제압된 상태에서도 전신을 조여오는 냉기를 느끼고는 절로 진저리를 쳤다.

자신을 묵묵히 쳐다보는 무영의 눈에서 온기라고는 한 점도 느껴지지 않았다.

얼음장같이 차가운 눈!

그런 눈은 분노로 이글거리는 악인의 눈보다 몇 배나 더 강한 공포를 안겨다 주었다.

"내 말이 맞았지 않나?"

무영이 화설금을 향해 억양없는 목소리로 말했다.

그의 눈은 여전히 얼음처럼 차가웠다.

화설금은 잠시 무영의 시선에서 자신의 시선을 떼어냈다.

무공도, 환술도 통하지 않았지만 마지막 한 수가 남아 있었다. 그 마지막 한 수는 타고난 자신의 장점과 잘 어울려 무공보다 강한 위력을 발휘할 것이다.

"뭐가 말인가요?"

화설금이 요요로운 눈으로 다시 무영을 쳐다보며 물었다.

"어떻게 하든 당신들은 내 손에 죽거나 잡힌다고 했을 텐데?"

무영이 눈을 한 번 깜박이고는 다시 말했다.

"그렇군요. 결국 당신 말대로 되었군요."

온몸이 뻣뻣하게 굳은 상태에서 화설금은 배시시 웃으며 무영의 말에 답했다.

그녀의 눈가에서부터 번져 나간 미소가 발갛게 달아오른 볼로 번져 나가고 더 나아가 얼굴에 가득 퍼져 올랐다.

무영의 눈빛이 잠시 흔들렸다.

그러다 어느 순간 초점을 잃은 듯 눈동자가 고정되어 움직이지 않았다.

'됐다!'

화설금이 속으로 쾌재를 외쳤다.

아무것도 통하지 않던 마귀 같은 놈이 마지막 수법에 걸려든 것이다.

화설금에게 있어서는 환술이나 사술보다 미혼공(迷魂攻)이 더 쉬웠다.

가만히 서서 몸만 한 번 비틀어도 요기가 넘쳐 나는 육체를 타고난 그녀는 본능적으로 그것이 더 잘 어울린다는 것을 느끼고는 환술을 익히기 전부터 그것을 먼저 익혔다.

그 미혼공은 무황성 수뇌부의 마음을 흔들어 여자로서는 유일하게 십 위 안인 오단주로 오르게 한 원동력이었다.

그 살인적인 미혼공에 무영이 걸려들었다.

걸려든 이상 거미줄에 걸린 나방이나 마찬가지다.

천천히 거미줄을 온몸에 감은 후 지금까지 당한 만큼 괴롭힌 다음 죽여 버릴 것이다.

"완맥을 놓아라!"

화설금은 부하에게 지시하듯 단호하게 말했다.

무영이 천천히 손을 움직였다.

"그래, 그렇게 천천히 손을 떼라."

화설금은 조금 부드러워진 목소리로 말했다.

그 순간!

짜악!

화설금의 눈앞에서 폭죽이 터졌다. 그리고 그 불꽃은 한동안 눈앞에서 떠나지 않았다.

화설금은 도저히 이해가 되지 않는 상황에 혼비백산한 심정이 되어 눈을 끔벅거렸다.

눈알이 튀어나올 정도로 세차게 맞은 따귀인지라 눈을 뜨는 것도 힘들었다.

절로 눈물이 주르르 흘러내리고 불이 붙은 듯 화끈거리는 볼이 자꾸 한쪽으로 돌아가는 느낌이었다.

무영은 화설금이 펼친 미혼공에 걸려든 척 연극을 하다가 화설금의 뺨을 세차게 후려친 것이다.

무영에게 또다시 농락당했다는 것을 깨달은 화설금이 이를 악물었다.

"당신은 자신의 가치가 무어라고 생각하나?"

무영이 차가운 어조로 질문을 던졌다.

화설금은 아무 대답도 하지 못하고 무영을 노려보기만 했다. 아직도 화끈거리며 자꾸만 옆쪽으로 돌아가려는 볼 때문에 무영의 얼굴이 흔들려 보였다.

"무황성 수뇌부에게 있어서 당신의 가치는 농염하게 잘 익은 몸뚱이뿐이겠지. 안 그런가?"

무영의 힐난 어린 질문에 화설금의 눈빛이 심하게 흔들렸다.

무황성 내에서도 당사자들 외에는 아는 사람이 없는데 이놈은 그걸 어떻게 알았단 말인가?

문득 수치심과 함께 두 뺨이 불에 덴 듯 화끈거렸다.

"하지만 나에게 있어 당신의 육체 따윈 반 푼 가치도 없다. 푸줏간의 고기라면 소금 쳐서 구워 먹기라도 하지."

무영은 벌레를 보듯 화설금을 쳐다본 후 말을 이었다.

"나에게 있어 네 가치는 네 머릿속에 든 정보뿐이다. 그러니 네 머리만 남겨놓고 모두 잘라 버릴 수도 있다."

무영의 말에 화설금은 온몸으로 얼음물이 흘러내리는 듯한 한기를 느꼈다.

이놈은 분명히 그럴 수 있는 인간이었고, 당장에라도 그렇게 할 것 같았다.

"지금부터 질문을 하겠다. 본거지가 어디지?"

무영이 단도직입적으로 질문을 했지만 화설금은 입술만 깨문 채 대답을 하지 않았다.

"권주를 마다하겠다면 할 수 없는 일이지."

그 말과 함께 무영은 화설금의 완맥에 진기를 주입했다.

처음에는 얼음물같이 차가운 기운이 혈맥으로 스며드는 느낌이었다. 그러나 조금 후에는 그 얼음물이 용암처럼 뜨겁게 온 혈맥을 치달렸다.

"아악!"

화설금이 마침내 처절한 비명을 질렀다.

이런 고통은 난생 처음이었다.

온 혈맥이 터져 버릴 것 같았고, 온 내장이 녹아내리는 것도 같았다.

이런 때를 예상하여 고통에 견디는 훈련도 했지만 지금은 속수무책이었다.

"제, 제발……."

화설금이 턱을 덜덜 떨며 애원했다.

무영이 화설금의 완맥에 주입하던 진기를 거두었다.

"본거지가 어디지?"

무영이 다시 물었다.

"모, 모른다!"

화설금이 턱을 덜덜 떨며 답했다.

"그럼 기억이 날 때까지 고문을 할 수밖에."

"저, 정말 모른다. 우리는 각자 맡은 일을 하며 각자의 처소에서 지내다가 일정한 날 정해진 거점에서 암호로 된 지령을 받는다."

화설금이 서둘러 말했다.

무영은 화설금의 눈을 정시했다.

거짓말을 하는 것 같지는 않았다. 그러나 그녀의 눈은 언제라도 거짓을 꾸밀 수 있는 준비가 되어 있었다.

"누가 지령을 내리지?"

무영이 가장 핵심적인 것을 물었다.

"그, 그건…… 아악!"

화설금이 다시 비명을 질렀다.

“마, 말하겠다.”

숨이 넘어갈 듯한 화설금의 목소리에 무영이 진기를 거두
었다.

그 순간 화설금의 눈빛이 반짝 빛을 토했다.

파앗!

무영의 손이 화설금의 아혈을 찔렀다.

간발의 차이로 화설금은 입안에 든 독단을 깨물지 못하고
입마저 굳어버렸다.

“독한 계집이군.”

차갑게 내뱉은 무영이 화설금의 입에서 독단을 빼냈다. 그
런 후 아혈을 풀었다.

“난 고통에서 완전히 자유로운 인간은 없다고 생각한다.
훈련에 따라 다르겠지만 결국은 인간일 뿐이다. 지금부터는
더 심한 고통을 느끼게 될 것이다. 그러니 바보짓은 하지 말
기 바란다.”

무영은 다시 화설금의 완맥에 진기를 주입했다.

“지휘자는?”

“아아악!”

화설금이 목이 찢어져라 비명을 질렀다. 그러나 끝내 입을
열지는 않았다.

‘이런!’

고통에 겨워하던 화설금이 심맥을 터뜨리려 하고 있었기

때문이다.

무영이 급히 화설금의 백회에 손바닥을 갖다 댔다.

"독한 계집!"

차갑게 내뱉은 무영은 화설금의 눈동자를 똑바로 쳐다보았다.

스스스―

무영의 눈동자에서 한줄기 붉은 광채가 쏟아졌다.

'아악! 안 돼!'

화설금은 속으로 발버둥을 쳤다.

마령제혼술(魔靈制魂術)!

무황성 교룡각 소속이었기에 그것이 어떤 것인지 알고 있었다.

마도제일의 섭혼술!

그 섭혼술에 걸리면 염왕이라 할지라도 비밀을 토설할 수밖에 없다.

비밀을 토설하는 것!

그것도 문제지만 정작 더 큰 문제는 그것에 당한 사람은 완전히 폐인이 되어버린다는 것이다.

화설금은 혼신의 힘을 다해 시선을 돌리려 했지만 붉은빛이 감도는 무영의 시선은 아교보다 더 강력하게 화설금의 시선을 붙잡았다.

"으으……."

마침내 화설금은 꼭두각시 인형처럼 축 늘어졌다.

"누가 지령을 내리지?"

무영이 다시 물었다.

"삼공자……."

화설금이 억양없는 어조로 답했다.

"삼공자?"

붉게 물든 무영의 눈빛이 칼날같이 날카로워졌다.

화설금에게 삼공자라 불릴 수 있는 인물은 무황성주 단목상군의 세 번째 제자 위건화뿐이었다.

"셋째 제자 위건화란 말인가?"

무영은 속으로 무황성주의 셋째 제자 위건화의 이름을 되뇌었다.

"또 누가 같이 왔지?"

잠시 후 무영이 다시 질문을 던졌다.

"성주의 둘째 딸……"

"단목진희란 여인 말인가?"

무영의 목소리가 높아졌다.

"단목진희…… 다."

화설금이 그녀의 이름을 되뇌었다.

무영은 잠시 화설금에게 눈을 뗐다. 그러나 화설금은 여전히 이지를 상실한 채 멍하니 서 있었다.

"성주의 둘째 딸까지 왔단 말이지?"

무영은 잠시 더 생각에 잠겼다가 입술 끝을 비틀었다.

"재미있군. 아주 재밌겠어. 후후!"

나직한 웃음을 흘린 무영은 다시 화설금에게 시선을 맞춰 갔다.

그리고는 한참 더 질문을 던졌다.

화설금은 실혼인처럼 자신이 아는 것에 한해서는 모두 대답을 했다.

더 이상 물을 것이 없어진 무영은 화설금의 허리에서 제비 문양이 양각된 그녀의 신패를 떼어낸 후 일렁거리는 눈빛을 거두었다.

"으으……."

화설금이 신음과 함께 깨어났다. 의식을 되찾은 그녀의 얼굴이 노파처럼 쪼그라들고 있었다.

그것을 알고 있는지 화설금도 급히 손을 들어 자신의 얼굴을 더듬었다.

"아아악!"

화설금이 비명을 질렀다.

얼굴을 만지는 그녀의 손도 어느새 백 살이 넘는 노파처럼 쭈글쭈글해져 있었다.

"으으… 이 악독한 놈."

화설금은 부들부들 떨며 무영을 쳐다보았다. 이젠 그녀의 온몸이 고목나무처럼 쪼그라들었다.

"네놈은 지옥에 떨어질 것이다."

얼마 후면 생명의 불꽃마저 꺼져 버릴 것이라는 것을 안 화설금은 무영을 향해 서둘러 저주를 퍼부었다.

무영은 무심한 눈으로 잠시 동안 그녀를 쳐다보다가 입술을 움직였다.

"난 이미 지옥 속을 거닐고 있는 중이야."

무영의 목소리가 차갑게 울렸다.

"언젠가부터 나에겐… 이 세상이… 지옥이 되어버렸으니까."

무영의 목소리가 텅 빈 사막보다 더 공허하게 울렸지만 화설금은 더 이상의 그 목소리를 듣지 못하고 허공을 향해 손만 내저었다.

"으으……."

그녀의 신음 소리가 점점 미약해졌다. 그와 함께 허공을 향한 그의 손짓도 힘을 잃어갔다.

어느 순간 그녀의 움직임이 모두 멈추어졌다. 뿐만 아니라 그녀의 생명도 사그라지는 촛불처럼 꺼져 버렸다.

무영은 아무런 감정이 담기지 않은 눈으로 조금 전까지는 어떤 여인보다 뇌쇄적이고 농염한 유혹을 뿌렸던 화설금을 쳐다보았다.

지금 그녀의 육신은 목내이(미이라)처럼 변해 남녀노소의 구별도 불가능했다.

"언젠가는 당신이 말한 그 지옥에서 다시 만나겠지."

유령처럼 중얼거린 무영은 품속에 손을 넣어 작은 목갑 하나를 꺼낸 후 그것을 화설금의 시신을 향해 던졌다.

푸스스—

목갑 뚜껑이 열리고 그 안의 가루가 쏟아져 화설금의 시신 위에 뿌려지자 한 줌 잿더미로 변해 버렸다. 그리고 어느 순간 그 재마저 흔적없이 사라졌다.

모든 것을 지켜본 무영은 천천히 등을 돌렸다.

"공자님……."

석상처럼 돌아서 움직이는 무영의 귓가로 바람 소리같이 가물거리는 음성이 들려왔다.

무영은 벼락 치듯 되돌아섰다.

영원히 잊을 수 없는 목소리!

다시는 들을 수 없다고 생각한 목소리…….

그것은 바람이 실어다 준 환청이었다.

귓전을 울린 목소리가 현실의 음성이 아니란 것을 느낀 무영의 어깨가 무너지듯 아래로 처졌다.

"운지……."

무영은 혼백이 다 빠져나간 사람처럼 허공을 쳐다보며 한 개의 이름을 불렀다. 그러나 여전히 현실 속의 음성은 들려오지 않았다.

"그러지 마세요, 공자님. 너무 다르게 변한 당신 모습… 무서워요."

다시 환청 같은 목소리가 들려왔다.

무영은 멍하니 허공을 쳐다보았다. 그의 눈빛이 음울하게 변했다.

"아직 병아리 수준인걸."

"당신은 그런 사람이 아니잖아요."

"아니! 난 그런 사람이야! 설사 아니라고 해도 이제부턴 그렇게 될 거야!"

무영이 허공을 향해 소리쳤다.

"그러지 마세요, 공자님. 그건 당신답지 않아요."

"내가 너무 머저리 같아서 당신을 지켜주지 못했어. 이젠 그러지 않을 거야. 세상에서 가장 지독한 악인이 되어서라도 갚아줄 거야."

"그러지 마세요. 당신은 그렇게 독한 사람이 못 되어요."

"인간은 그 어떤 존재보다 빨리 익히고 빨리 배우는 존재야. 놈들을 상대하기 위해서는 그들보다 더 사악해져야겠지. 난 지금 하나하나 배워가고 있어."

"공자님, 제발… 그 길은 너무 외롭고 험난해요."

"당신이 없는 이 세상… 난 이젠 외로움도 느끼지 못해."

"공자님……."

"무척 춥겠지만 조금만 더 기다려. 머지않아 다시 만날 수 있을 거야."

"제발……."

휘이잉―

바람 소리가 멀어지며 환청 같은 음성도 더 이상 들려오지 않았다.

무영은 한마디의 음성이라도 더 듣고 싶은 듯 애타게 갈구하는 눈빛으로 허공을 쳐다보았다.

허공에는 이젠 완전히 모습을 드러낸 태양이 양광을 가득 뿌리고 있었다.

"너무 밝군, 베어버리고 싶을 정도로."

스산하게 중얼거린 무영은 천천히 걸음을 옮겼다.

第十一章
실패

장홍관일

따악!

바둑판 위에 검은색 바둑돌이 놓이는 소리가 경쾌하게 울려 퍼졌다. 그리고 한동안 아무런 소리도 흘러나오지 않았다.

"뭐 해요, 어서 두지 않고?"

방울이 굴러가는 듯한 여인의 목소리가 흘러나왔다.

아직은 바둑돌이 몇 개 놓이지 않아 장고가 필요없는 상황이었기에 흑돌을 잡은 여인이 참지 못하고 재촉을 한 것이다.

"으응, 응? 벌써 두었나?"

백돌을 잡은 청년이 황급히 바둑판 위로 눈길을 돌렸다. 그리고는 잠시 바둑판 위를 훑어보았다.

그 모습은 마치 자신이 바둑을 두고 있는 것이 아니라 남이 둔 바둑판을 옆에서 쳐다보는 것 같았다.

딱!

잠시 후, 청년이 백돌을 놓는 소리가 흘러나왔다.

그러나 그것은 여인의 착점 소리와는 사뭇 다른 소리였다.

여인의 착점 소리가 경쾌하다 못해 어서 다음 수를 두고 싶어 안달을 하는 기운이 가득 내포되어 있다면 청년의 착점 소리는 무겁게 가라앉아 근심 걱정이 가득한 그런 기운이 담긴 소리였다.

여인도 그것을 느꼈는지 살며시 눈을 들어 청년의 표정을 살폈다.

청년의 얼굴을 본 여인이 살짝 아미를 찌푸렸다.

청년의 시선은 분명히 바둑판에 고정되어 있었지만 생각은 전혀 다른 곳으로 가 있었다.

오랫동안 청년과 같이 지냈고, 또 시간만 나면 청년과 바둑을 두어온 여인은 그것을 너무나 잘 알았다.

"이번엔 뭐가 안 풀리는 거죠?"

흑돌은 잡은 여인 단목진희가 위건화를 향해 질문을 던졌다. 그러나 깊은 생각에 잠긴 위건화는 단목진희의 말을 듣지 못하고 있었다.

"삼사형!"

단목진희가 뾰족하게 소리를 질렀다. 그제야 위건화는 상넘에서 깨어나며 단목진희를 쳐다보았다.

"이번에는 무슨 일이 안 풀리는 거죠? 암중인을 잡지 못했나요?"

단목진희는 자신의 짐작을 직설적으로 표현했다.

그동안 위건화는 조양방에 숨어 있는 암중인의 정체를 감지하고 뭔가 일을 꾸미며 그를 잡을 계획을 세웠다. 그리고 그 일에 있어 자신감이 가득했었다.

그런데 오늘 그 분위기가 급변했다.

겉으로는 전혀 내색을 하지 않았지만 순간순간 드러나는 검초의 파탄과도 같은 그의 모습에서 단목진희는 무언가 일이 잘못되어 가고 있음을 느끼고 대국을 청했다.

다른 방법으로는 속을 읽기 힘든 위건화였지만 바둑을 둘 때는 그것이 확연히 드러났다.

지금 위건화의 이런 모습으로 보아 그 일이 틀어졌음이 분명했다.

"아니, 별일 없어. 잘될 거야."

위건화가 얼른 표정을 바꾸며 둘러댔다.

"귀신은 속여도 전 못 속인다는 것을 잘 알 텐데요?"

단목진희가 위건화를 향해 눈을 흘겼다.

"쩝! 앞으로 사매하고는 바둑을 두지 않아야 하겠는걸."

위건화가 입맛을 다시며 중얼거린 후 잠시 생각에 잠겼다.

"솔직히 말해줘요. 그래야 의논을 하죠."

단목진희가 부드러운 어투로 위건화를 달랬다.

"화설금 오단주가 연락 두절이다."

한참 후 위건화가 무거운 음성으로 말을 이었다.

"연락 두절?"

단목진희가 눈살을 슬쩍 찌푸렸다.

그녀가 연락 두절이 되었다는 이유 때문이 아니었다.

화설금이라는 이름만 들어도 단목진희는 언제나 기분이 나빴다.

뭔가 끈적끈적한 유혹의 냄새를 풍기는 여인!

단목진희가 느낀 화설금에 대한 인상은 그랬다.

자신을 마주할 때는 단 한 점의 온기도 없이 지극히 사무적이고 냉랭하게 대했지만 위건화를 대할 때는 완전히 달랐다.

물론 겉으로는 상하 관계를 분명히 하며 사무적인 자세를 취했다. 하지만 무의식적인 몸동작들과 수시로 변하는 음성, 눈빛들은 은밀한 색기를 발출하고 있었다.

남자들은 그런 것을 즉각적으로 느끼지는 못하지만 같은 여자인 단목진희는 본능적으로 느낄 수 있었다.

그건 위험신호였다.

처음에는 느끼지 못하더라도 그런 반복적인 교태는 끊임없이 남자들의 본능을 자극하고 어느 순간 뜨거운 불길로 화하게 만들 수도 있다.

'여우 같은 계집!'

단목진희의 뇌리 속에는 어느새 화설금이 그렇게 자리 잡고 있었다.

그런 화설금과 연락이 안 된다는 위건화의 말에 단목진희는 기분이 묘해지는 것을 느꼈다.

짧은 순간 영원히 연락이 되지 않았으면 좋겠다는 심정이 들었지만 그것은 지극히 개인적인 사감일 뿐이고, 비밀 임무를 맡은 사람들 중 화설금의 연락 두절은 경계심을 느끼게 하기에 충분했다.

이번에 위건화가 데리고 온 인원 중 단주 급은 세 명뿐이었다. 그중 한 명이 화설금이었다. 그리고 제일 높은 위치였다. 그러니 그녀의 역할은 꽤나 중요하다고 할 수 있었다.

"언제부터인가요?"

단목진희가 침착하게 물었다.

"나흘 전부터."

"혹시 서로 엇갈렸을 가능성은 없나요?"

"이틀에 한 번씩은 정해진 경로를 통해 연락이 오게 되어 있지. 그런데 지금까지 두절이야."

위건화가 무겁게 답했다.

단목진희는 잠시 말문을 닫고 위건화의 눈치를 살폈다.

항상 여유롭던 위건화의 얼굴에 가볍지 않은 긴장감이 흐르고 있었다.

전혀 예측하지 못한 일이 발생했을 때마저도 여유롭던 그였기에 이번 일은 무척이나 심각하다고 할 수 있었다.

"그동안 화설금 단주는 무슨 임무를 맡고 있었나요?"

단목진희는 차분하게 질문했다.

"암중인의 존재를 감지하고 조양방에 더욱 근접하여 그자의 정체를 캐낼 준비를 하고 있었지. 마지막 연락으로는 뭔가 단서를 잡았다고 했는데 그 이후로 연락이 끊겼어."

위건화의 긴장된 표정 위로 애석함이 겹쳐졌다.

화설금의 능력으로 보아 무언가 단서를 잡았다면 암중인을 잡을 수 있을 것이라 생각했다.

그렇게 자신하고 있었는데 화설금은 조력자 두 명과 함께 연락이 되지 않고 암중인은 더욱 깊은 어둠 속으로 사라졌다.

어떤 경우에 있어서도 연락은 하도록 훈련받았고 그런 장치들이 되어 있었다.

그런데도 세 명이 동시에 이렇게 감쪽같이 사라졌다는 것은 암중인의 능력이 생각보다 뛰어나다고 볼 수밖에 없었다.

그것이 지금 위건화가 느끼고 있는 긴장감의 근원이었다.

"그럼 어떻게 되는 건가요? 화 단주가 암중인에게 당했다고 봐야 하나요?"

단목진희는 문득 불길한 기운에 휩싸이며 물었다.

얼마 전 그녀는 위건화와 바둑을 두었었다.

그때 자신은 집어 든 흑돌을 바둑판 위에서 아무렇게나 떨어뜨린 후 그것을 암중인이라 생각하고 나중에 어떻게 되나 계속 두어보자고 했다. 위건화는 위건화대로 그렇게 백돌을 떨어뜨린 후 끝까지 바둑을 두어나갔다.

전혀 예측할 수 없게끔 돌 한 개씩을 아무렇게나 떨어뜨리고 둔 바둑!

그런데 그 바둑은 공교롭게도 위건화의 패배로 끝나고 말았다.

두 사람이 각각 떨어뜨린 돌이 모두 위건화에게 불리하게 돌아가며 어쩔 수 없는 패배로 연결된 것이다.

그때 두 사람은 재미있게 웃었다.

예측하지 못한 수가 너무 어이없게 귀결되었기 때문이다.

그런데 지금은?

단목진희는 어쩐지 그때의 결과대로 일이 흘러가는 것 같아 불길한 기분이 들었다.

위건화는 그때 일을 까맣게 잊고 있겠지만 단목진희의 뇌리 속에는 그것이 아교처럼 달라붙어 있었다.

"후후!"

갑자기 들려오는 위건화의 웃음소리에 단목진희는 움찔 상념에서 깨어났다.

"너무 안일하게 생각했어. 후후후후!"

위건화가 다시 스산한 웃음을 흘렸다.

단목진희는 눈을 동그랗게 뜨고 위건화를 바라보았다. 그 동안 한 번도 본 적 없는 너무나 이질적인 웃음이었다.

너무 차가운?

아니었다. 차갑기만 하다면 이런 이질감은 느낄 수 없을 것이다.

잔인함!

그런 감정 한가닥도 스며들어 있는 웃음이었다.

그러나 그것으로도 부족했다.

차가움과 잔인함이 느껴지며 동시에…….

광기!

그랬다!

두 가지 감정에 광기까지 느껴지는 그런 웃음이었다.

"삼사형……."

단목진희는 더듬거리는 목소리로 위건화를 불렀다.

위건화는 천천히 웃음을 거두고 처음의 표정으로 돌아왔다.

"좋아, 인정해 주지, 암중인! 넌 내가 직접 상대해야 할 만한 능력을 지녔다. 진작 인정하고 내가 나서야 했는데 그놈의 자만이라는 것이 그만 실수를 하게 만들었다. 후후후!"

위건화는 다시 스산한 웃음을 흘렸다.

"어쩔 생각인가요, 삼사형?"

단목진희가 불안한 기색으로 물었다.

언제나 여유로움과 부드러움을 잃지 않던 위건화의 지금 모습은 검초로 따지자면 한가닥 파탄을 드러내는 것과 같았다.

평정심을 잃은 상태에서 드러나는 파탄은 더없이 치명적

이고 나아가 승패와 직결되기도 한다.

"이젠 내가 직접 나서야겠다."

위건화가 다짐을 하듯 말했다.

"삼 사형!"

단목진희가 목소리를 높였다.

지금껏 위건화는 두 사형과 다른 방식으로 흑도 방파들은 무너뜨리고 있었다.

두 사형들이 수백 명의 교룡각 무사들을 동원한 반면, 위건화는 세 명의 교룡각 단주들과 그 단주들 아래 각각 몇 명의 조장들만 동원하여 일을 꾸미고 있다. 그러면서도 자신의 존재는 털끝만큼도 드러나지 않는 방법을 택했다.

대규모의 병력을 동원하지 않았기에 위건화는 그렇게 암중으로 활약할 수밖에 없었다.

만약 위건화의 존재가 드러난 채 포위되면 그는 얼마 되지 않는 조력자들만 대동한 채 싸워야 하거나, 그들마저 불러 모을 수 없을 때는 혈혈단신으로 싸워야 한다.

아니, 단목진희 자신이 곁에 있으니 혈혈단신은 아닌가?

어쨌든 위건화는 직접 나서서는 안 되는 작전을 들고 여기로 왔는데 그걸 팽개치고 전면에 나서려 하고 있다.

"안 돼요, 삼 사형! 그러려면 성에 전서를 보내서 교룡각 인원을 더 차출해야 해요."

단목진희가 목소리를 높였다.

"사매는 그렇게 생각해?"

위건화가 단목진희를 똑바로 쳐다보며 깊이 가라앉은 목소리로 물었다.

"그, 그래요. 안 그러면 삼사형이 위험해질 수도……."

"하하하!"

위건화가 갑자기 대소를 터뜨렸다.

한참을 웃던 위건화가 웃음을 뚝 그친 후 다시 단목진희를 쳐다보았다.

"그렇게 해서는 두 사형과 똑같을 수밖에 없지. 안 그래?"

위건화의 눈이 이글거리고 있었다.

단목진희는 순간적으로 숨이 턱 막히는 기분이 들었다.

단연코 위건화의 이런 눈빛은 처음이었다.

마치 한 마리 승냥이 같은 눈빛이었다.

열 길 물속은 알아도 한 길 사람 속은 모른다고 하더니, 그 말이 지금 딱 맞았다.

그동안 위건화는 단 한 번도 두 사형에게 승부욕을 드러내지 않았다.

비무에 있어서도 언제나 적당히 한 후 결판이 나기 전에 손사래를 내저으며 꽁무니를 뺐다.

그래서 무골호인인 줄 알았다.

하지만 지금의 모습은?

절대로 그게 아니란 걸 느끼게 했다.

양처럼 온순하게 보이는 껍질 속에는 승냥이 같은 야수의 흉맹함이 숨어 있었던 것이다.

그동안 그 흉성이 드러나지 않은 것은 그럴 필요가 없어서 인 것이다.

비무에서 두 사형을 이겨봐야 경계심만 느끼게 할 것이고 소득은 거의 없다.

반면 자신이 중도에서 패배를 시인하고 꽁무니를 빼면 두 사형의 경계심을 누그러뜨림은 물론 호감까지 사게 된다. 그리고 누구 하나 위건화가 두 사형에게 비무에서 졌다는 사실을 책망하지 않았다.

어떤 때는 비무 후 사형들로부터 고급 주루에서 거나하게 술상을 대접받기도 했다.

하지만 두 사형이 사도맹과 마련을 궤멸시키는 과정에서 혁혁한 공을 세운 것은 비무와는 성격이 확연히 다르다. 그것은 무황성 수뇌부는 물론이고, 성주에게 있어서도 후계 구도를 정하는 데 결정적인 역할을 할 것이다.

그런 면에 있어서 세 번째 제자의 위치에 있는 위건화는 그만큼 불리했다.

똑같은 전과를 올린다면 셋째보다는 둘째가, 둘째보다는 첫째가 유리하다.

그러니 위건화가 입장에서는 둘째 사형 사운혁보다는 더 많은 전과를, 대사형 석모광보다도 더욱더 큰 공을 세워야 한다.

그런 의도가 지금 위건화의 눈에 가득 들어차 있었다.

"삼사형……."

단목진희가 말을 잇지 못하고 한참 동안 위건화를 쳐다보았다.

"알고 보니 삼사형은 대단한 야심가였군요?"

단목진희가 위건화의 눈을 정시했다.

"사매는 내가 안 그런 줄 알았나?"

위건화가 반문했다.

"여러 사형, 사저 중 삼사형만큼은 안 그런 줄 알았어요."

단목진희가 반항하듯 말했다.

"그건 사매가 잘못 본 거야. 사부님의 제자가 된 이상 그건 정해진 운명이야. 그러지 않고는 도태될 뿐이지. 그리고… 우리에게 있어 도태는 파멸과도 직결되지."

"삼사형……."

단목진희가 눈을 동그랗게 뜨고 위건화를 쳐다보았다. 그녀의 고개가 절로 좌우로 흔들렸다.

위건화는 입술을 비틀며 말을 이었다.

"그렇기에 나를 비롯한 사부님의 모든 제자들은 제각각의 방법으로 살아남기 위해 애를 쓰고 있는 것이야. 난 나대로의 방식을 택했고……."

"아니에요, 아니에요. 왜 그렇게만 생각하세요. 공존하며 같이 이루어 나갈 수 있잖아요?"

단목진희가 더욱 세차게 고개를 흔들며 목소리를 높였다.

"공존이라……."

위건화가 공허한 목소리로 중얼거렸다. 그리고는 단목진희를 쳐다보았다.

"그럼, 사부님의 사형제들은 다들 어디 계시지? 공존하고 계신 분이 있다면 말해봐."

"그, 그건……."

단목진희의 눈빛이 이리저리 흔들렸다.

부친 단목상군은 무황성의 창시자가 아니었다.

부친 역시 부친의 사부로부터 성주 자리를 물려받았다. 그런데 지금 자신에게는 사백이나 사숙이 없다.

어릴 때부터 그랬기에 그 사실에 대해서 아무런 생각을 하지 않았다. 그런데 지금 위건화의 말을 듣고 보니 부친에게는 사형제가 한 명도 없다는 것이 너무나 이상했다.

"모두 도태되었다는 말인가요?"

단목진희가 불신 어린 표정을 하며 물었다.

위건화는 대답을 하지 않고 창밖을 쳐다보았다.

"내가 너무 격해졌군. 방금 사매에게 한 말은 먼 훗날의 얘기야. 지금은 그게 중요한 것이 아니야."

긴 한숨을 내쉰 위건화가 차분하게 말했다.

어느새 그의 모습은 처음의 부드럽고 침착한 모습으로 돌아와 있었다.

"그럼, 지금은 뭐가 중요하죠?"

단목진희도 심호흡을 하며 물었다.

"지금은 구겨진 자존심이 더 중요해. 놈은 내 자존심을 무참히 짓밟았어. 절대로 간과할 수 없는 일이야. 지금부터는 내가 직접 나서겠어."

위건화가 우두둑 손마디를 꺾었다.

*　　　*　　　*

고급스런 주루의 한 객실 안에는 긴장된 기운이 감돌고 있었다.

그 기운은 실내에 들어서 있는 여러 명의 인영이 만들어내는 것이었다.

그들은 모두 제각기 다른 종류의 옷을 입고 있었다.

떠돌이 장사꾼 차림이 있는가 하면, 부유한 상인 차림도 있었고, 검은 색의 무복을 걸친 무인 차림도 있었다.

무인 차림의 중년인 옆에는 도관을 머리에 쓴 도인 차림의 중년인이 앉아 있었고, 그 맞은편에는 책상물림 서생의 모습을 한 청년도 있었다.

꽤나 넓은 실내의 탁자를 중심으로 석상같이 앉아 있는 그 인영들은 하나같이 경직된 표정으로 누군가를 기다리는 듯 이따금씩 문밖의 동정을 살피고 있었다.

"정말 답답하군."

실내의 제일 안쪽에서 문을 바라보고 앉은 무인 차림의 사내가 긴장감을 떨쳐 내려는 듯 입을 열었다. 그러나 그의 노력은 아무도 화답을 해주는 사람이 없음으로 해서 무산되고 말았다.

다시 답답한 긴장감이 실내를 가득 채우고 있었다.

그들이 이렇게 긴장을 하는 이유는 그들 모두가 한자리에 모인 데 있었다.

이번 임무에 투입되면서 그들은 철저히 점조직으로 움직이라는 명령을 받았다.

그래서 각자 따로 움직이면서 특정한 장소에서 비밀 지시를 받고 임무를 수행해 왔다.

그러니 그들이 한꺼번에 이렇게 모여서는 안 되는 것이다. 그런데 이틀 전 느닷없이 소집 명령이 떨어졌고, 명령을 받은 장소로 와보니 단주 한 명과 그에 따른 조원들만 빼고 다른 사람들이 모두 모인 것이다.

예측 못한 상황에 얼떨떨했지만 명령에는 이상이 없었다. 그들밖에 모르는 암호도 정확했고, 혹시 모를 사태에 대비한 비밀 표기도 이상이 없었다.

그것을 확인한 그들은 명령대로 이 자리에서 꼼짝 않고 기다렸는데 명령을 내린 사람은 이틀이 지나도 나타나지 않았다.

그것이 긴장을 고조시키다가 이젠 참기 힘든 갑갑함마저

느끼게 했다.

"화설금 오단주에게 무슨 일이 있는 것일까요?"

책상물림 서생 차림을 한 청년이 불안한 기색을 떨치지 못한 채 문밖을 쳐다보았다. 그는 아직까지 화설금이 오지 않은 것이 이번 소집의 이유일지도 모른다는 생각을 하고 있었다.

다른 사람들도 청년과 같은 생각인지 아무런 토를 달지 않았다.

"화 단주가 맡은 일이 무언지 알고 있는지요?"

도관을 머리에 얹은 중년인이 누구에게랄 것도 없이 질문을 던졌다.

그러나 철저히 자기 임무만을 숙지할 뿐인 사람들은 아무런 답을 주지 못했다.

"정말 답답한 일이군."

떠돌이 장사꾼 차림의 사내가 낮은 한숨을 내쉬었다.

그들은 다시 갑갑한 침묵 속으로 잠겨들었다.

한참 동안 침묵이 이어지던 중 문밖에서 미세한 인기척이 느껴졌다. 그러나 그것을 감지한 사람은 제일 안쪽에 앉아 있는 장사꾼 차림의 사내뿐이었다. 그만큼 다가오는 사내의 움직임이 가볍다는 말이었고, 또 그만큼 고수라는 말이었다.

덜컹!

문이 열리자 제일 안쪽의 사내만 빼고 모두들 튀어 오르듯 몸을 일으켰다.

그들은 제각각 반사적으로 손을 뻗어 문을 향해 출수하려는 자세를 잡다가 문을 연 사람의 정체를 확인하고는 한숨과 함께 어깨를 늘어뜨렸다.

문을 열고 들어온 사람은 조각 같은 얼굴과 몸매의 청년이었다.

먼지 한 점 묻지 않은 백의에, 그 백의만큼이나 흰 얼굴을 한 청년은 송옥과 반안의 화신이라고 해도 무방할 만큼 준수한 용모를 하고 있었다.

아직은 앳돼 보이는 얼굴로 보아 나이는 스물둘이나 많아야 스물셋 정도로 보였다.

그러나 그 어린 청년의 신분은 나이와는 전혀 상관이 없는 모양이었다. 청년이 방 안으로 들어서자 각양각색의 복장을 한 사내들이 청년을 향해 고개를 숙였다.

"삼공자님을 뵙습니다."

사내들이 이구동성으로 인사를 했다.

무황성의 삼공자 위건화가 보일 듯 말 듯 고개를 끄덕인 후 미리 마련되어 있던 빈자리에 앉았다.

위건화가 자리에 앉았음에도 불구하고 사내들은 꼼짝도 하지 않고 그 자리에 서 있었다.

"모두 앉으십시오."

위건화가 부드러운 목소리로 사내들에게 자리를 권했다.

위건화의 허락이 떨어지자 사내들이 비로소 자리에 앉았다.

"우선 차부터 한잔 듭시다."

위건화가 자신의 빈 찻잔을 보며 차를 청했다.

장사꾼 차림의 사내가 점소이를 불러 새로 차를 가져오게 하여 청년의 잔에 차를 따랐다.

"향이 좋군요."

차를 한 모금 마신 위건화가 미소를 지었다.

방 안의 경직된 분위기가 그 미소와 함께 일시에 풀리는 느낌이 들었다. 그러나 탁자에 둘러앉은 사내들은 누구 하나 자세를 흐트러뜨리지 않고 위건화를 쳐다보고 있었다.

"갑자기 변수가 생겨 여러분을 모두 모이게 했소. 다 모였으니 바로 본론으로 들어갑시다."

위건화는 이틀 동안 노심초사하며 이곳에서 기다린 사람들의 심정을 전혀 헤아려 줄 생각이 없는 듯 단도직입적으로 말했다.

"화설금 오단주는 오지 않는 것인지요?"

화설금과 함께 세 명의 단주 중 한 명인 십이단주 중극도(仲克屠)가 조심스러운 표정과 함께 질문을 던졌다.

그는 도관을 머리에 얹은 채 도사 차림을 하고 있는 사내였다.

"화설금 오단주는 중요한 일이 있어 참석하지 못했습니다. 그러니 우리끼리 회의를 하도록 합시다."

위건화는 화설금과 그의 조원이 연락 두절된 사실을 숨겼다.

언제나와 마찬가지로 부드러운 표정에 전혀 흔들림없는 위건화였기에 아무도 그가 거짓말을 한다고 생각지 못하고 모두들 가볍게 고개를 끄덕였다.

"잘 알겠습니다. 우리는 무슨 변고가 생기지 않았나 내내 걱정했습니다."

또 한 명의 단주인 구단주 양무악(襄武岳)이 긴장을 풀며 말했다.

떠돌이 장사꾼 차림을 하고 있는 그는 여기 모인 사람들 중 제일 비천해 보이는 신분이었지만 실제로는 지금 모인 사람들 중 제일 무공이 강했다.

그의 독문 병기는 협봉검이었는데, 장사꾼 차림의 지팡이에 교묘히 숨겨져 있어 모르는 사람이 본다면 절대로 그것이 협봉검이라고 생각할 수 없을 터였다.

"그럼 여러분을 모두 모이게 한 이유를 설명하겠습니다. 처음의 지시를 깨고 여러분을 모두 모이게 한 것은… 이제부터는 내가 전면에 나서서 직접 일을 지휘할 생각이기 때문입니다."

위건화가 이유를 설명하자 중극도와 양무악의 표정이 굳어졌다.

이건 예측하지 못한 변수를 논의하는 것이 아니라 이번 작전을 전면적으로 변경하는 것이었다.

"저희가 무슨 실수라도……."

중극도가 긴장된 음성으로 물었다.

"그런 게 아니오. 방금 말했듯이 예상치 못한 변수가 생겨 부득이 그렇게 할 수밖에 없게 되었습니다."

위건화의 설명에 중극도와 양무악이 굳어졌던 얼굴을 풀었다.

만약 자신들의 실수로 인해 이런 자리가 마련되었다면 그건 곧 파멸로 이어진다. 다른 사람은 몰라도 단주 급인 중극도와 양무악은 그런 사실을 잘 알고 있었다.

"그럼 어떤 일부터……?"

양무악이 질문했다.

"우선 거처를 옮기십시오. 지금 즉시!"

"즉시라면……?"

"지금부터 다른 거처를 마련하고 예전에 쓰던 거처는 잊어버리십시오."

위건화는 단호하게 지시했다.

양무악과 중극도는 물론, 다른 조원들까지 짧은 순간 난처한 표정을 지었다.

이렇게 갑작스러울 줄 알았으면 그곳에 남겨둔 은원보를 모두 챙겨 왔을 텐데 한 개도 챙기지 못한 것이다.

"설마 거처에 중요한 단서를 남긴 건 아니겠지요?"

위건화의 눈이 냉랭하게 빛났다. 단목진희 앞에서는 한 번도 내보인 적 없는 그런 눈빛이었다.

"아, 아닙니다. 절대로 그런 실수는 하지 않았습니다."

중극도와 양무악이 황급히 답했다.

그들의 대답을 들은 위건화가 이번에는 남은 조원들에게로 시선을 돌렸다.

"저희들도 우리 정체를 짐작할 만한 것들은 단 한 점도 남기지 않았습니다."

조원들은 고개를 숙이며 답했다.

"그럼 됐습니다. 지금부터는 새로 마련한 거처를 사용하기로 하십시오."

위건화의 말에 양무악과 중극도가 다시 긴장한 표정을 지었다.

"거처가 드러났습니까?"

"그럴 가능성은 희박하다고 봅니다. 하지만 만약의 경우에 대비하여 만전을 기할 생각입니다."

양무악의 질문에 대답한 위건화가 중극도와 양무악이 데려온 두 명의 조원에게 눈길을 주었다. 두 조원은 찔끔 신형을 굳히다가 위건화의 시선을 받았다.

"두 사람은 지금부터 옛 거처 주변에서 이틀 동안 은신하고 있다가 접근하는 자가 있는지 지켜보십시오. 만약 누군가 접근해서 무언가를 수색하거든 절대로 그자를 따르지 말고 즉시 이곳으로 와서 이 탁자 아래에 암호를 남기십시오. 그럼 다음날 나도 똑같은 방식으로 암호를 남기겠소. 그때 합류하십시오."

위건화는 두 조원에게 지시를 내렸다.

두 조원은 잠시 어리둥절한 표정을 짓다가 급히 고개를 숙였다.

지시에 대한 질문이나 반문은 단주 급들에게나 허용된 것이지 조원들에게 허용된 것이 아니다. 조원들에게는 즉각적인 복종만이 있을 뿐이었다. 또한 시종일관 정중한 위건화의 말이었지만 그 한마디에 자신들의 목 정도는 하루에도 몇 번씩 떨어뜨렸다 붙였다 할 수 있다는 것도 익히 알고 있었다.

"지금 즉시 움직이십시오!"

위건화의 지시에 부유한 상인 차림의 사내와 평범한 서생 차림의 사내가 벌떡 일어나 문밖으로 나섰다.

그들을 보는 위건화의 눈이 마치 시체를 보는 듯한 차가운 안광을 내뿜었다.

'네놈 덕에 아주 재미있어졌어. 사실 그동안 너무 싱거웠거든.'

꽉 깨물린 위건화의 입꼬리에 광기 어린 미소가 걸렸다.

『장홍관일(長虹貫日)』 2권에 계속…

武林君子

무림군자

장진영 新무협 판타지 소설

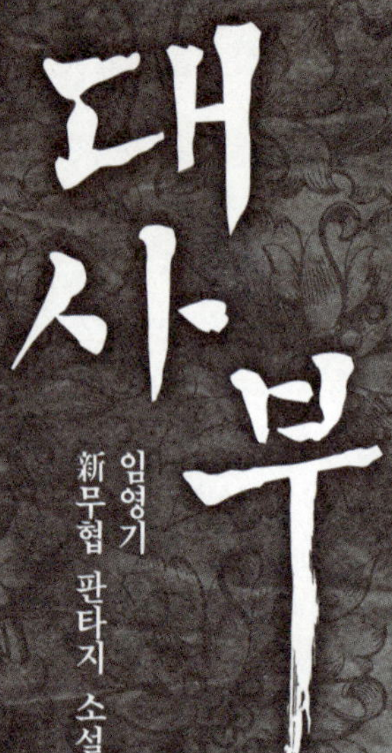

대사부
임영기
新무협 판타지 소설
大邪夫

천하제일 사고뭉치며 천하제일 기세를 지닌
천하제일 사파 후계자가 천하제일 문파를 계승하여
천하제일 성녀와 사랑하고
천하제일 거대 음모와 맞선다.

大邪夫

"누구든지 덤벼봐. 내가 바로 기개세야.
천하제일 기개세 말이야."

유행이 아닌 자유추구 -
WWW.chungeoram.com
Book Publishing CHUNGEORAM